集英社オレンジ文庫

シェイクスピア警察

マクベスは世界の王になれるか

菅野　彰

本書は書き下ろしです。

Contents

The Shakespeare Police

The Shakespeare Police
Akira Sugano

シェイクスピア警察

マクベスは世界の王になれるか

今日も世界の何処《どこ》かでシェイクスピアが上演されている。

I　マクベスはマクベスを精査する

「何はともあれ一同に、その一人一人に感謝したい。スクーンでの戴冠《たいかん》式には皆で参加してもらいたい――」

ラッパの吹奏《すいそう》と一同の退場を、三千人収容可能なナショナルシアターグローブトーキョー、略してNCGT《シアター》の客席で、文部科学省文化庁国際シェイクスピア警察課課長鬼武丸天道《おにたけまるてんどう》はあまりにも厳しいまなざしで見つめていた。

東京、いや、ここ埼玉県大《だい》さいたま新都《しんと》は十月に入って多少気温も下がり、シェイクスピア警察の制服も全身漆黒《しっこく》の冬服になった。丈の長い詰襟《つめえり》のジャケットには襟と肩にしっかりと、「Non sanz droict」と文字の刻まれた鳥が槍《やり》を掲げた紋章が付いている。その紋章は黒いロングブーツにも刻まれていた。ウィリアム・シェイクスピアの紋章だ。

鈍く銀色に光るダブルのボタンを天道がきっちりとめていると、余計に歴史の重厚さを彩《いろど》って映《は》える。

広い舞台上ではたった今シェイクスピア戯曲《ぎきょく》「マクベス」を演じ終えた中野《なかの》ヘンリー劇団一同が、神妙な顔で横一列に並んで審査の時を待っていた。

「完璧な『マクベス』でしたねえ」

三千人の観客を収容するため五階席まであるNCGTの客席には、一階H列センターブロックに三人しか座っておらず、天道と同じ黒い制服を着て右隣に座る白神公一朗《しらかみこういちろう》が黒縁の眼鏡を掛け直して微笑《ほほえ》む。心中で思った、「完璧過ぎて若干《じやっかん》眠くなりました」は気配も醸《かも》さずきれいに呑《の》み込んだ。

広い客席には、全体を監視するために同じ制服を纏《まと》った国際シェイクスピア警察課職員の男女が二人立っている。

課長補佐官の公一朗が笑顔で判断を待っている天道は、相変わらずの無言だ。

たった今舞台上で「先に『参った』と弱音を吐いたやつが地獄《じごく》に参ることになるだろう」と叫んで見事に地獄に参った当のマクベス役の役者よりも、いや、誰よりも天道はマクベスに相応《ふさわ》しいと思われる容貌《ようぼう》をしていた。

高身長で均整な肉体は厚みがあり、二十七歳にしては聊《いささ》か貫禄も過ぎる美丈夫と呼ばれる絵に描いたような男前の面相で、圧倒的威圧感を四六時中無意識に発していた。

「三人の魔女も、マクベス夫人もダンカンもマクダフも特に問題なかったかと思いますが」

その天道がいつものことだが難しい顔のまま一言もないので、誰も拍手をしない審査中のこの劇場は静かにもほどがあり、眼鏡がよく似合う優男の公一朗の声はなお宥《なだ》めるようにやさしくなった。

「完璧ではなかったね」

女性としては若干低めの声で断言したのは、同じく黒の制服で残酷にも遠近法で男性二人より長く見える足をパンツに包んでいる、天道の左隣に座るもう一人の補佐官六波羅《ろくはら》五月《さ》月《つき》女だ。

「あるいはそうかもしれません」

黒く長いまっすぐな髪を掻《か》き揚げて、手元のタブレットを叩いた五月女のマクベス夫人より恐ろしい美貌に、処世術に長《た》けた公一朗がいついかなるときも笑顔に見えるとよく人に言われる顔で頷《うなず》く。

「第四幕第一場、魔女が見せた幻影二が、『女が生んだ』を『生まれた』と言った」

長く黙り込んでいた天道が、よく響く低い声でメモも取らないまま断じた。

「『女』がなくなると何一つ辻褄《つじつま》が合わなくなる。『マクベス』の意味が全く不明となる。再審査処分だ。以上」

目の前のどの役者よりも通る張りのある声で天道が舞台上に告げると、二時間を超える愚直《ぐちょく》なまでの「マクベス」を演じ切ったばかりの劇団員たちは、全員ががっくりと舞台に膝《ひざ》をついた。

「ただの言い間違いだと思いますので、その部分を注意処分にすればいいのではないでしょうか？」

再審査となると、正直退屈でさえあった真面目《まじめ》なだけのこの「マクベス」をもう一度観《み》なくてはならなくなると、笑顔のまま公一朗がやんわりと天道と五月女に申し出る。

「『マクベス』の意味を理解していて、『女が生んだ』を言い間違えられると思うのか。白神は」

男前だが何ゆえにかなまはげを思わせるまなざしで天道は、腕組みをして公一朗に尋ねた。

「いいえ、全く思えません。はい、中野ヘンリー劇団のみなさん、もう一度正本《しょうほん》の『マクベス』を第一幕第一場荒野、からしっかりと読み直して出直してくださーい」

マイクを通して公一朗が、死屍累々《ししるいるい》の舞台上にさわやかな風のように通告する。

「……『マクベス』の意味ってなんだよ……っ」

マクベスに殺されたスコットランド王ダンカンの王子マルカムを演じた役者が、疲れ切って思わず小道具の剣を舞台に叩きつけた。

「意味がわからないなら二度とやろうと思うな」

感情的になりやすいのは役者の常とはいえ剣を舞台に叩きつけたことに、ただでさえ険しい顔をますます険しくして天道が言い捨てる。

「じゃあおまえが意味を説明しろ鬼武丸天道！　誰よりもシェイクスピアを熟知してるんだろう⁉　四百年以上も世界各国で上演されて研究も完全に終わったと言われているシェイクスピアを……っ‼」

ズタボロのマルカムが血を吐くように叫んだ通り、シェイクスピアが逝《い》って四百年以上が経《た》ち、この地球上では何万回、いや何百万回。

いや、何億回のシェイクスピア戯曲が上演されたか誰にも数えられない。

「わからないというなら説明しよう」

立ち上がったせいで黒い制服によく似合う天道の黒髪が流れ、切れ長の主張の強い眼光がマルカムに突き刺さった。

「『女が生んだものなどにマクベスを倒す力はない』というのは、『地球上のどの人間にも殺せない。マクベスは無敵だ』というマクベスの野心を煽《あお》る、魔女の甘言だ。『誰一人としてマクベスを倒せる者はこの世には存在しない』というあり得ない甘言にマクベスが惑わされたという根幹を理解していたら、決して言い間違えられる台詞《せりふ》ではない」

客席に立っているのにまるで役者のように無駄な存在感を放つ天道の説明する「マクベス」は、一六〇六年頃書かれたと言われているシェイクスピア四大悲劇の一つだ。

十一世紀に実在したスコットランド王マクベスをモデルにした戯曲で、三人の魔女に唆《そそのか》されてマクベスは先王ダンカンを王座への野心から殺害し、友人で将軍のバンクォーを殺して更にはダンカンの王子マルカムや貴族マクダフを殺そうと狂気に駆られていく。

「その台詞は、『きれいはきたない、きたないはきれい』に次いで『マクベス』の肝《きも》だ。話が繋《つな》がらないだけでなく、そこで『女』が抜け落ちてしまったことによって、自分はずっと気が散った。もし『マクベス』を知らないものが観ても、結末が破綻《はたん》する間違いなので観客へのよくないノイズになる」

隣におとなしく座っている公一朗は「相も変わらず無駄にでかい。そして話が長い」と涼やかに微笑み、五月女は冷酷な目でまっすぐ審査対象を見ていた。

「だが自分が気が散ったこと自体は、再審査の理由では全くない。国際シェイクスピア法に、曖昧《あいまい》な判断基準はない。白神」

立ったまま天道が、実際偉いにしてもいくらなんでも偉そうに公一朗に指示を出す。

「はい。国際シェイクスピア法、第一条」

手元にある聖書を思わせる白い布張りの表紙の「国際シェイクスピア法全書」を、公一朗は開いた。

「第一条、シェイクスピア戯曲のあらゆる台詞は、いかなる理由があっても変えてはならない。全て現在正本とされている戯曲の範囲に準ずるべし」

「貴殿らの上演は第一条に違反した。再審査処分だ。変更はない」

以上だと、もう一度言って天道が椅子《いす》に座る。

「本来シェイクスピアほど自由度の高い戯曲はないはずだ！　書かれて四百年以上経って、時代や社会の変化に合わせての改変はあって当然なのにこの法律自体がどうかしてる‼

こんなことをシェイクスピアが望むと思うのか‼」

それはご無理ごもっともということを、さすがの善王ダンカン役者が叫んだ。

「故人なので、シェイクスピアの望むところは誰にも確認できない」

訴えには一公務員としてきちんと対応するべきだと決めている天道は、余計に相手の神経を逆なでしていることにいつでも気づかない。

「ずっと訊《き》きたかったがその正本ってのは誰が決めたんだ！　シェイクスピア作品が三十七作品なのか三十六なのか四十四本なのかも議論されてきたのに、三十七本と決定するのもおかしいだろ‼　残された戯曲も直筆のものはないのが定説だし、ファースト・クォートからセカンド・フォリオ、バッド・クォートさえ残っている‼　底本だってケンブリッジ版もアーデン版もハーフォード＆シンプソン編版も全てが正本と言えるはずだ！」

さすがの善王なので、更にダンカン役者が正論と言えることを重ねて叫んだ。

審査上演終演後なのに、演劇への熱量はまだまだ熱い。

「その全てを見聞して作られたのが現在の正本、シェイクスピア戯曲三十七本だ。多数の有識者により研究と会議を重ねて正本を決定したのは、英国議会だ。解釈の枝葉の振れ幅がある箇所《かしょ》も多い。しかも日本では複数の翻訳者の訳が採用されているので、その分正本は諸外国より多少は多様化しているだろう」

長きに亘《わた》る翻訳文化に感謝して然《しか》るべきだと、天道は言い放った。

劇場内後方には、国際シェイクスピア警察課職員ではなく外部の警備会社から派遣されている全くシェイクスピアに興味のない警備員が、青い制服を着て二人立っている。

「なんのこっちゃ。わけがわからんことを言ってんのはどっちも同じだ……」

「どっちもただのシェイクスピアおたくなんだろう……」

国費が使われているおかげで自分たちの仕事もあるものの、部外者の二人はただ呆《あき》れていた。

「いやー？　おたくってなんかこうもっと。俺、あれの警備行ったことあんだけど。海辺で漫画売る巨大イベント」

「ああ、あの何百万人もおたくが来るという」

「もっとタチがよかったぞ。とりあえず自分の目の前のなんかにまっしぐらで、他人とこんな風に喧嘩《けんか》するほど海辺の人々はヒマじゃなかった」

これは喧嘩ではなく議論と言うのだと、天道に聞こえていたら注釈が入っただろう。

「待て！　そもそもマルカムが天道に訊いたのは『マクベス』の意味とやらだ。おまえが意味を定義するというならその定義をきっちり聞かせてもらおう‼」

マクベスを倒しただけのことはあるマクダフ役者の更なる声に、「なんだと致し方ない」と天道が椅子から僅《わず》かに腰を浮かせかける。

「それは各大学専門機関、国会図書館等で自力でお勉強なさってくださーい。はい、昼の部は解散時間です。ここからタイムトライアルに入ります！　劇場の退館時間が一秒でも過ぎましたらそこからこのNCGTの使用料金が発生しますのでお気をつけて撤収なさってくださーい」

立ち上がってしまった天道に説明させてしまうと本当に長い「マクベス」の講釈を、自分は体感で三万回は聴いたのに三万一回目を聴く羽目になると、公一朗は笑顔で手元の「退館まであと一時間」とセットされているタイマーのスイッチを無情に押した。

「押された！　一分でも過ぎたらここの莫大《ばくだい》な使用料が……っ！」

NCGTの使用料金は、一分過ぎるごとに一万円単位で加算されて問答無用で徴収される。

「くっそ……っ！　おまえは戦《いくさ》の女神ベローナに愛された軍神マルスの再来マクベスそのものだ!!　権力を盾に矛《ほこ》を振るうマクベスだ！　表現の自由って言葉知ってんのかこの公僕どもがあっ!!」

マクベス役本人が、堂々と立って権力の塊《かたまり》を体現している黒い制服の天道に、「マクベス」の佇《たたず》まいを表す台詞を吐いた。

「今の後半の台詞のみが一番迫力があった。表現の自由を堪能したいのなら、書き下ろしの戯曲をやればいいことだ。シェイクスピアを頼らずにな」

何十万も取られてはたまったものではないと撤収に走ったマクベスの捨て台詞に、天道は三度、拍手を聞かせた。

「その通りだ。シェイクスピアをやる必要もなければ資格もないよ」

言い放った五月女は、演劇界では「シェイクスピア原理主義のマクベス夫人」と広くあだ名されている。

「まったくその通りですねえ」

事なかれ主義という言葉が世界一似合う公一朗は、中野ヘンリー劇団の申請書に赤で無情にバツをつけて「再審査処分」のケースに入れた。

ペーパーレス時代だが、国際シェイクスピア警察課は役所なのでこの辺は紙の原本がまだ存在する。

「本日二つ目の再審査処分です」

日本が令和元年を迎えた頃、あらゆる文学者の中で最も素晴らしいと言われ続けているシェイクスピア生誕の地英国で、国際シェイクスピア法が制定された。

十七世紀頃僅《わず》か三十七本書かれたシェイクスピアの戯曲は、四百年以上経ってもいつまでも世界最高の作品と言われ続けていたが、二十世紀頃から「我こそはいまだかつてないシェイクスピア演劇をやってみせる」という演出家たちがしのぎを削り競い合い始めた。シェイクスピアの没後には既《すで》に、四大悲劇の傑作「リア王」がハッピーエンドに改変されていたくらいである。

四百年後には改変は過熱し、現代への置き換え、近未来、男女逆転、設定の大幅な変更、果ては結末の完全な書き換えと段々とシェイクスピアは原型を留めない程改変されていった。それだけシェイクスピアが、自由度の高い優れた戯曲である証《あかし》だとも言える。

しかし、「ほとんどが最早改悪でしかない上に、偉大な歴史的作家への著《いちじる》しい冒瀆《ぼうとく》である」と、英国女王が嘆いたことに端を発し、意を同じくしていたシェイクスピア原理主義者たちが立ち上がった。

「女王って、女王なんですね……シェイクスピアがエリザベス一世の女王一座であった四百年前と変わらず」

女王ってなんかすごいと、公一朗が独り言《ご》つ。

くしくもそのとき、宗教的国際紛争とその大規模テロをシェイクスピア戯曲「夏の夜の夢」と題して上演された作品が大ヒットしてワールドツアーが成功し世界を駆け巡り、大きな賛否に演劇界は世界規模で揺れた。

その波に乗って英国議会は、厳しくシェイクスピア演劇を監視する「国際シェイクスピア法」を制定してしまったのだ。

そこから現在、丁度《ちょうど》十年の時が流れた。

「同じ台詞なのに演じ手や演出によってこんなにも違うことには、毎回驚きを覚えますよ」

今日の午後だけで本格シェイクスピア審査がまだ何本も控えていることに、内心死にかけていても公一朗は笑顔だ。

公一朗は国立赤門大学文学部演劇科で、シェイクスピアを履修していた。

「そんなにも違ってしまうから、厳格な審査をしなくてはならないんだ。ひと時でも手を抜くわけにはいかない」

頷いた天道は公一朗と赤門大学同期で、四年間をシェイクスピア演劇一筋に過ごした。

立ち上げ当時の国際シェイクスピア警察課から天道は内々に入省の打診を受け、二人はその進路のために更に大学院でも二年シェイクスピアを学んでいる。

大学演劇だけでなく高校演劇から鬼武丸天道の名は全国に響き渡り、役者として演出家として演劇界で生きることを嘱望《しょくぼう》されていたにもかかわらず、学業を修めるのと同時に二十四歳で文部科学省に入省しシェイクスピア警察となった。

「まさか『女が生んだ』を言い間違えられるような認識で、『マクベス』に臨《のぞ》むとは。万死に値《あたい》するね」

なんという堕落《だらく》だと、五月女が正直恐怖刺激に等しい美貌を映えさせる黒髪を黒いゴムで無造作に纏める。

国際シェイクスピア法は、「第二条、ト書きの変更を禁ずる。第三条、時代の設定変更を禁ずる。第四条、地域の設定変更を禁ずる」と、細かで膨大な項目も含めて第九条まで立法されていた。

「きれいはきたない、きたないはきれい」

ふと、公一朗は「マクベス」の魔女の台詞を呟《つぶや》いた。

「これ以上の名文はないと思いますけどねえ」

天道と五月女に通じると思いはせず、若干だが舞台上からの言い分に加担する。

「ああ、その通りだ。きれいときたないは表裏《ひょうり》一体。白と黒は一つの世界、光と闇《やみ》は一つの世界だ。全てが世界の理《ことわり》だ」

意外にも天道は、公一朗に同意を示した。

「だがそれはまず、きれいときたないの区別がしっかりついてからの話だ」

天道の同意など一瞬でさえないことを、公一朗はよくよく知っている。

「世界は白と黒だよ。断定と断言が世界を変える。悲劇は悲劇、喜劇は喜劇。それほどわかりやすい分類でさえ、演出家は改変する。自《みずか》らの意図に引き寄せるために」

五月女は僅かな同意さえ見せなかった。

「……さすがマクベスとマクベス夫人、グレーゾーンがない……」

「日本は、国際シェイクスピア法に関わるのがあまりにも遅かった。準法規制定がしっかりしたのも、このNCGTを含む公認シアターが全国に設営されたのも、五年前だ」

遠い目をして次の審査の書類を準備し始めた公一朗に、天道が無駄な重低音で呟く。

「ええ。ニューイングランドのシェイクスピア原理主義者がすかさず法制定してしまった米国は自由の国なので、十年も経つとシェイクスピア・テロが蔓延《まんえん》して英国とは毎日開戦前夜と言われていますー。完全に日本は乗り遅れました」

何に乗り遅れたのだろうと思いながらも、公一朗は微笑んで頷いた。

「……白神は、『リア王』の道化を連想させるな。やったことがあるのか？」

四大悲劇「リア王」に思いを馳《は》せて、天道が隣の公一朗を見る。

「あ、本当のことばっかり言うもので、途中で音もなくいなくなってしまう道化ですね。その連想はいけません。僕は公務員が大好きです！　ちなみに今は三十分の休憩中なので白神でも道化でも公僕でも構いませんが」

「道化は、シェイクスピアが原典にしている『レア王』には全く登場しないシェイクスピア独自の登場人物であり、シェイクスピアの最高の創作でもあるよ。最大の悲劇『リア王』の緩衝材《かんしょう》になっているだけでなく、時にリアの鏡であり倫理的破綻は破滅を招くと予見する重要な人物でもある。光栄に思え」

次の審査の準備に入りながら、五月女は顔を見もせず公一朗に言った。

「六波羅補佐官は、京都の新島《にいじま》大学で英米文学を学んだだけのことはあるな。さすがだ」

ふと、天道が左の五月女を見る。

「そうだね。さすがだね」

だが五月女は大学院には進まず入省したので、同期の天道が課長となり自分が補佐官になっていることに、大いなる疑問と不満を持っていた。

「美しく才長けて、如才なく一人で生活しているようだが」

日本で国際シェイクスピア警察課が設置されたのも五年前なので、ここで審査している三人はそもそも最初から課の上層部となるために打診されて入省している。

「自分で作った料理が最も私の体には合う」

「完璧な女性だ。ここのところ自分は家庭を持つことを考えている。俺とどうだ、六波羅」

今は休憩中なのでプロポーズもセクシャルハラスメントにはならないと判断して、天道は五月女に真顔で求婚した。

「ああ。私は完璧な女だ。一人で完全体の人間だ。言うなれば雌雄《しゆう》同体生物のようなものだな。だからおまえのような時も場も弁《わきま》えない半人前の男になど、全く用はない」

まっすぐに天道を見て、休憩時間であるならば上司として扱うことも遠慮させていただくと、五月女は率直に求婚を固辞した。

「そうか。それはとても残念だ。一人前になってからまたトライしよう」

前回のトライから特に変化もないままトライしていると、天道は全く気づいていない。

「その日は来ないよ。道化に訊いてみろ」

「さ！　もうお仕事なので今から白神公一朗は完全なる公務員です!!　次は、横浜《よこはま》ストラトフォード座の審査ですね!!」

最近日常的ルーティンとなっている天道の五月女への求婚とその固辞を、「聴かない」力を身につけている公一朗はそれでも結構疲れ果てた。ちゃんと聴いていたらまず、「天道の結婚相手への条件付けを叩き直す」という一大プロジェクトを展開しなくてはならない。

「提出演目は『ロミオとジュリエット』となっております……」

三十分後にその審査を控えて、「疲れている上にロミジュリはシェイクスピア作品の中でもいまいちです」と心の中で公一朗はため息を重ねた。

審査の終わった劇団は一時間で退館、その上演の三十分後に審査を受ける劇団は前の上演中に準備を始めるので、ＮＣＧＴの舞台裏は混沌《こんとん》と怒号に塗《まみ》れ客席にも漏れ聞こえた。

「その後は高円寺《こうえんじ》ウィリアム座の『ヘンリー四世』、東京浦安《うらやす》リチャード座の『ヘンリー五世』、劇団ストレンジ川越《かわごえ》の『ヘンリー六世』、浅草《あさくさ》国王一座の『ヘンリー八世』と、三日に亘って史劇の審査となっております。なんだか下町の玉三郎《たまさぶろう》みたいですね！」

実はシェイクスピアはそれらの史劇と呼ばれるジャンルが好きな公一朗だったが、四時間に及ぶヘンリーが四本続くと思うと今この場で倒れそうにもなる。

「茶化すな。白神」

「申し訳、ございませーん」

翻訳された「ロミオとジュリエット」の台本と赤ペンを手元に用意して、即座に公一朗は朗《ほが》らかに天道に謝罪した。

公一朗の判断力は鈍る時がない。

「選ばれし者が、この三千人が客席に着くＮＣＧＴでシェイクスピア演劇を堂々と演じられる。皆必死だろう。茶化すことは非礼だ。それにしても史劇が多いな」

「米国でのテロ上演が英国を煽ってるからじゃないか？　このＮＣＧＴでイングランド史を上演することは、本国英国と女王への敬意と受け取れるから史劇は歓迎されると思うのだろうよ」

「まるでシェイクスピアの生きた王朝期、王政復古さながらですねえ。国王一座となってエリザベス一世やジェイムズ一世に」

すり寄るような史劇の乱舞と言ってはならぬことくらいはよくわかっていて、公一朗はモナリザ並みに意味不明に微笑んだ。

「米国では史劇は減っているそうだ。さもありなんだな。国際シェイクスピア法が制定されて十年、米国は本当に酷《ひど》いテロが絶えない。十年で却《かえ》ってシェイクスピア・テロリストの地下上演が増えたそうじゃないか」

本日一度も笑っていない五月女は、天道が求婚時に言った通り京都の私立新島大学の英米文学科で、シェイクスピアをこれでもかこれでもかと学んでいる。

「英国への反骨心と自由の主張でしょうね。米国大統領は昨夜、『いつまでも歴史にしがみついてんじゃねーよ。二十一世紀にもなってロイヤルシェイクスピアとかゆってんなバーカバーカ』と声明を出し、英国は『さすが歴史のない国』と本日いつもの声明です」

「開戦前夜と言われて何年になる。元々英国と反りの合わない米国のシェイクスピア・テロは滅茶苦茶だ。最後に二人が生き返るオフ・ブロードウェイミュージカル『ロミオ&ジュリエット』を私は資料映像で観たが……」

映像の「ロミオとジュリエット」を思い返して、五月女は美しい眉間《みけん》に深い皺《しわ》を刻んだ。

「生き返ったのか……それは酷いな」

同じく深々と皺を刻んで、天道が苦い息を吐く。

「ハッピーエンドじゃないと死ぬ病気だ。ポジティブシンキング病なんだよ。四大悲劇もどんな目に遭っているかわからない。死は万人に訪れる唯一の平等だ」

それを書き換えるなど万死に値すると、五月女は本日二度目の「万死」を声にした。

日常、人はあまり聞かない言葉だが公一朗は笑顔でよく聴いている。

「カタルシス以前に、生死を逆転させることはあらゆる創作への尊重を欠いている。国際シェイクスピア法を巡って開戦するなら、もちろん我々は英国とともに戦うべきだよ」

「戦争はしない」

幕の向こうからのバタバタと舞台装置を設営する音を聞きながら、生死とその尊重については五月女に同意したが、最後の意見に天道はきっぱりと首を振った。

「弱腰だな。課長は」

ロミオとジュリエットが生き返る米国を放置するのかと、五月女が凍り付くようなまなざしで天道を見る。

「シェイクスピア・テロリストは弾圧する。だが戦争はしない」

「両方を望むのは無理だろう」

「シェイクスピアは戦争をするほど弱くない」

テロを弾圧するなら戦うしかないという五月女の言い分にある意味矛盾《むじゅん》はなかったが、天道は決して主張を曲げなかった。

「俺も、また同じだ。開戦を望むほど弱腰でも脆弱《ぜいじゃく》でもない」

五月女にではなく、開演五分前を教える一ベルに負けない言葉通りの強い声を、誰にともなく天道が聞かせる。

「なら何を望むんだ。鬼武丸は」

未来の妻にと思っている女に射殺すように睨《にら》まれて、天道はまっすぐその黒い瞳を受け止めた。

「法の下の平等だけだ」

静かに天道は、低く、変に耳心地のいい声で言った。

「学生演劇のおまえはどこに行った！　鬼武丸!!」

バタバタと撤収作業をしながら気が済まないのか、突然舞台上に飛び出たマクベス役の役者が天道に怒鳴った。

「おまえだって高校大学とはいい潤色《じゅんしょく》をするいいシェイクスピア俳優だった‼　自由にシェイクスピアを届ける志《こころざし》は何処《どこ》に行った⁉」

叫んだマクベス役者に、本人的には礼節なのだがどう見ても迎え撃つ姿勢で天道が立ち上がる。

「……戦の女神ベローナの花婿《はなむこ》、軍神マルスのごとくマクベスは、無敵の鎧《よろい》に身を固め敵に勝《まさ》る勢いをもって……」

漆黒の長いジャケットに銀のボタンがダブルになっている制服が軍服にしか見えない天道に、思わず役者は「マクベス」の作中でスコットランド貴族ロスがダンカン王にマクベスを称《たた》えて語る台詞を無意識に言っていた。

戦の女神の花婿、軍神マルスと呼ばれるに相応しい強い威圧感のある骨格で、天道は人の言葉を止めてしまう。

「すっかり変わっちまったな！」

見た目はマクベスでも今はシェイクスピア警察だと、やけくそでマクベス役者は声を張り上げた。

「ああそうだ」

くどいようだが天道は威圧しているつもりはなく、投げかけられたことに公務員としての礼をもって返答しているだけだった。

「俺は変わったが、それがどうかしたか」

「おまえという男は……っ」

だいたいほぼ天道の礼節が人に伝わるということはなく、こういう場合相手を十割の打率で逆上させる。

「死ね!!」

中野ヘンリー劇団はもう撤収を終えようとしていて、「来い！」とせかされているがさすが主役マクベス、その声は客席の最後列までにも響き渡る。

審査の意義が一つもわからなくても、仕事なのできちんと待機していた二人の警備員が声の方に一歩出た。

「『死ね』、は他者が自ら死に至ることを望む、悪辣《あくらつ》でありながら責任を放棄した言葉だ。『殺せ』にはまだ多少の責任が生じるが、厳罰される行為を他人任せにする悪質さがある。『殺す』が、最も能動的かつ責任を知った発言だ。『死ね』と言うような者に構わなくていい。感心はしないがな」

死ねと叫んで去るような者は相手にする必要はないと、天道が警備員を止める。

二人の警備員は文脈の理解は早々に放棄したが、「構わなくていい」だけをなんとか拾って立ち止まった。

「言葉には、一つ一つはっきりした意味がある。世界を構築しているのは言葉だ」

誰にともなく、天道が独り言つ。

「言葉は、何よりも強い」

いつでも力強い天道の声に静かに笑って、公一朗が台本の隣に置いていた「国際シェイクスピア法全書」を開いた。

第一条から第八条までは、細やかに項目を添えて禁止事項が記してある。

だが第九条だけは、ただ一行で終わっていた。

国際シェイクスピア法第九条、但《ただ》しおもしろければその限りではない。

第九条が日本で発動されたことは、まだ一度もない。

II　ハムレットは逆上する

「殺す！」

悪目立ちするほどの恐ろしい美貌《びぼう》に、肩につく長さの色の薄い髪を振り乱して、高身長で若干《じやつかん》細身の遮那王空也《しやなおうそらや》は力の限り叫んで狭い楽屋のテーブルを叩いた。

「必ずこの手で殺す‼　鬼武丸天道《おにたけまるてんどう》！」

吊《つ》り上がったきれいなアーモンド型の目が血走った空也の美貌は、今はただの無駄でしかない。

この客席数三百人規模の地下劇場「fool」で活動している地下劇団、現在ではシェイクスピア・テロリストと称される地下劇団の中でも最も有名な「Non sanz droict 座」略してN《エヌ》座の座長であり潤色《じゆんしよく》と演出をしている空也は、舞台に立つ時はいつでも脇役だった。

だから空也の美貌は、正しく無駄だ。

「何があったの？　誰か通訳してー」

三十分後に開演を控えて素晴らしく高潔なデザインの白い詰襟《つめえり》の上下にマントを纏《まと》った厩戸飛鳥《うまやどあすか》が、見事な王子様顔だが舞台上以外ではいつでも冷酷無比な目の縁に目張りを入れながら、鏡の前、別名化粧前で同じ楽屋内の他の二人に問う。

「横浜《よこはま》ストラトフォード座の『ロミオとジュリエット』が、要注意で再審査処分になったのよ。骨太のいい芝居するのにね、あそこの人たち」

座長は空也だが、実質制作の全てを担っている制作代表な上に看板俳優でもある呉羽美《くれはみ》夜《や》は、真っ白なドレスを纏って長く美しい自前の巻き髪を結い上げた。

どの娘役をやるのにも、美夜の二十七歳でありながらいつまでも少女のように愛らしい顔立ちと、一六〇センチに少し足りない身長は丁度《ちょうど》いい。

「何が本当のシェイクスピアだ！　あいつ殺す!!」

新しい潤色で初めて今日から上演される「リア王」に於《お》いて、ほとんど登場しないフランス王と、途中で消えるリアの道化の二役を演じる空也は、ドーランを塗り黒いシャツに黒いパンツ姿で中音域の無駄に美麗な声を響かせた。

「本当ってなんだ！」

開演前の役者は皆化粧前に座っているが、空也の支度はいつでも簡単で質素なもので、楽屋奥のソファで幕が上がるのを待つのが常となっている。

「それ国際シェイクスピア法が上陸しちゃってる世界中で、今この瞬間も百人くらいは叫んでるんじゃない？　独創性が感じられないよ、空也さん」

潤色家で演出家なら抗議にもオリジナリティを求めたいと、飛鳥は肩を竦《すく》めた。

「だいたいシェイクスピアは別人説さえ未《いま》だに有力視されているのに、本物も偽物もないわよねえ。戯曲《ぎきょく》だって細かな指定や解釈の押し付けがないのが、シェイクスピア作品の優れているところなのに」

今日はもちろん悲劇の末娘コーディーリア役の美夜が正論でしかないことを言ったのは、そう思っているからというのが一割以下、残りの九割以上は開演前なので座長の空也を宥《なだ》めるためだった。

「すぐそこにいる、天道！　ちょっと行ってこの手で殺してくる‼」

だが正論で宥められる者は、そもそも人を殺すとは叫ばない。

「死ね殺せより、殺すはいいと思うよ？　すごくいい。だって激しく能動的だよね。人任せの感がないからそこにはかなりの責任能力が生じるね。気をつけて空也さん。今座長がいなくなると僕はとても困る」

白鳥にもなれそうな高貴な姿の飛鳥は茶色のゆるい巻き毛に金色の王冠を載せて、全く心のない美しいテノール声で空也に清潔に微笑《ほほえ》んだ。

N座オリジナル潤色シェイクスピア作品は今、全てこのまだ二十六歳の天才俳優厩戸飛鳥が主演となるので、飛鳥の整った容姿と耳心地のいい美しい声は試算可能な持ち物であり、空也と違って何一つ無駄ではなかった。

「いいところを探してあげて褒めるの上手《うま》いわね。飛鳥は」

褒めるのも上手ければ落とすのも上手いけれどいずれにしろ今の空也はそれを全く聴いていないと、美夜は肩を竦めて唇に紅を引いた。

「自分もなんか褒めてくださいい飛鳥様……」

暗く呟《つぶや》いたのは、リアの忠臣グロスター伯爵の庶子《しょし》であり悪役中の悪役でもあるエドマンドが似合い過ぎて衣装もいらないけれど黒いマントを纏った、舞台美術も兼任している最年少二十五歳の犬飼草々《いぬかいそうそう》だった。

全体にひたすら底なしに暗く、時には今のように自在に存在感も消すこともできてしまうのが、草々の最大のアピールポイントである。

「草々はどんな役でもこなせる名優だよ。主役以外ならなんでもできる」

左右対称に整っていることが、役者としては弱点でしかないと思っている己の顔を鏡で見つめて、飛鳥が草々をきちんと褒めた。

「今回の『リア王』も、エドマンドの他に騎士、従者、召使いなどたくさんの役をいただき大変光栄です……」

「少ないのもあるけど、劇団員。むしろ多くてごめん。二十人で『リア王』やれるもんねえ。でも草々はいつでも大役を担う個性派俳優よ。名バイプレーヤー。がんばって！」

五年前日本に国際シェイクスピア法が導入され、文部科学省文化庁国際シェイクスピア警察課ががっちり設置されて、審査委員会の審査を受けない無許可のシェイクスピア上演は、全て「シェイクスピア・テロ」と呼ばれるようになった。

だがもちろんこうした弾圧に従わないのが文化そのものだということは、シェイクスピアの時代から変わりはない。むしろ文化にとって弾圧とは燃料のようなものであり、それ以上燃えなくていいというくらい反骨心は燃えて成熟が増すと相場が決まっている。

「お姉さまたちの支度はできたかしらね。そろそろ開演だわ」

春夏秋冬四季ごとの公演期間のために三カ月に一度、二週間続く審査委員会の時期に逆にシェイクスピア警察の地下への取り締まりが最も手薄になるため、全国の地下劇場ではシェイクスピア・テロリストたちによる地下上演が盛んに行われていた。

「大部屋の方は明るく賑《にぎ》やかだね」

肩を竦めた飛鳥の言う通り、向かいの楽屋からは楽しそうな声が響いてくる。

首都圏には千葉県、神奈川県、東京都八王子《はちおうじ》市、東京都練馬《ねりま》区、東京都豊島《としま》区、茨城県、栃木県、そしてここ埼玉県大《だい》さいたま新都《しんと》等々に主な地下劇場があった。

大さいたま新都は、令和になって元はさいたま市であった埼玉県の中心部が、上尾《あげお》市蓮田《はすだ》市蕨《わらび》市を呑《の》み込んでできた埼玉県の巨大都市だ。

その巨大都市大さいたま新都の地下劇場《シアター》は、文化庁国際シェイクスピア警察課の本拠地NCGTの目と鼻の先に在《あ》り、テロ上演に関わる人々は「灯台《とうだい》もと暗し」という言葉を深く実感していた。

空也の言葉通り、「ちょっと行って天道を殺してくる」ことが実行可能な場所に劇場はある。

「横浜ストラトフォード座って確か、座長が強固なシェイクスピア本人説のとこでしょ？だから名前がシェイクスピア出生地のストラトフォードなんだよね」

どうでもよさそうに飛鳥が呟いた通り、シェイクスピアについては、広く作者だと知られている英国ストラトフォード出身のウィリアム・シェイクスピアが作家本人であるという説と、いくつもの別人説が今もなお議論されていた。

「僕はどっちでもいいけど、本人でも別人でも。だって戯曲が存在するんだからもうどうでもいいし、潤色だってシェイクスピアが生きてるときから海賊版が出てたっていうじゃない。だけど学説に拘《こだわ》ってるだけあってあそこの演出って結構堅くない？　いい演出だしいい芝居だけど堅いのが難だなあ。堅いのに、なんで審査に引っかかったの？」

意外な劇団に再審査処分が下りたのは確かに驚きだと飛鳥は、全力で美夜がシェイクスピア警察から話を逸《そ》らしたことは理解していてなお、話を戻した。

空気はきちんと読むが、飛鳥は空気についてはただ読んでいるだけだ。

「ティボルト!!」

「はい美夜さん通訳してー」

もう一度空也が仁王《におう》立ちでテーブルを叩くのに、再審査理由には強い興味があって飛鳥は美夜を見た。

「ティボルトの剣の構えが、イタリア・フェンシング様式なのが引っかかったそうよ。つまり英国式と同じスタンダードってことかしらね」

主に通訳をせざるを得ない美夜は、空也と大学で同期でつきあいが長い。

N座の座長空也と制作代表美夜は、ともに二十七歳だ。座長と代表というややこしい長が二人存在するのには、あまりにも浅い訳があった。

「イタリアの話でしょ？　ロミジュリって。花の都ヴェローナ」

それが何か悪いの？　と肩を竦めた飛鳥は、五歳でスタートした子役時代から大きな劇団で主役級の役を演じ続けたが、「僕、もう王子様飽きた」と三年前その大劇団を一片の躊躇《ちゅうちょ》もなくスッと出て地下に潜った。

「ティボルトは型通りの英国式フェンシングではなかったはずだって、要注意で再審査になったそうよ」

「さすがに何言っちゃってんの？　シェイクスピア警察様は。それ国際シェイクスピア法の中に書いてある？　第何条の何十項目目だよバカバカしい」

説明しながらもバカバカしげに言った美夜と、はっきりバカバカしいと口にした飛鳥は、審査に対して全く同じ気持ちである。

「マーキューシオ！　ティボルト！　刺したとき!!」

「美夜さーん。……まあいいやだいたい理解した、ティボルトのマーキューシオの刺し方が引っかかったと。殺意と憎しみがその剣に滲《にじ》んでなかったってことかな」

「あんた凄《すご》いわね。飛鳥」

通訳いらないじゃないと、美夜は呆《あき》れ半分感心した。

「演じ手ですから、そこは。空也さんが言ってる言葉を理解したんじゃなくて、シェイクスピア的に文脈を理解しただけ。……凄いのは空也さんじゃない？　感情的になると単語と短文しか出てこないのに、どうやってシェイクスピア戯曲こんな立派に潤色してるの」

自分の鏡前に置いてある、遮那王空也による新しい潤色のウィリアム・シェイクスピア作「リア王」の台本を、飛鳥は敬意をもって指ではなく掌《てのひら》で差した。

潤色とは、元の脚本に「潤いを与え色どりを加える」ことを示す。要は原作から変更し、アレンジをすることであり、空也はシェイクスピア戯曲の潤色を高校時代から続けている。

この潤色自体が、国際シェイクスピア法に最も大きく違反する行いだった。第一条から第八条まで満遍なく触れる。

第九条以外には。

「僕のこの夢の国のプリンス顔で、リア役やれる潤色なんて普通あり得ないよ。でも破綻《はたん》のない『リア王』だ。なんの齟齬《そご》も感じられない傑作だよ」

飛鳥は演技力と表現力に於いてはどのシェイクスピア俳優にも負けない力量があったが、今己で評した通り整い過ぎの王子様顔だ。

リアは老醜《ろうしゅう》をさらした王であり、たとえ潤色されていてもかなりのベテラン俳優が演じるのが通常のことだった。

「褒められたわよ、空也」

そのリアの末娘コーディーリアの支度がすっかり整った美夜が、空也に微笑む。

空也はシェイクスピア警察の審査に対して本気で怒ってもいるが、新作の初日の開演直前で気が立っているというのも大きかった。

「よかったね。飛鳥に褒められて、嬉《うれ》しいでしょ？」

後少しで初めての潤色を世に放つので、理由がなくても空也はどうしても感情のアップダウンが激しくなり、宥めるのも制作としての仕事と美夜は考えている。

「……飛鳥は天才だから、天才に褒められたらすごく嬉しい」

飛鳥に褒められたことで逆上していた血が多少は下がって、空也なりの長文を尽くして俯《うつむ》いて照れた。

しおらしくなってみると、恐ろしい美貌も途端に繊細な壊れやすい美術品のようになる。

「歌舞伎《かぶき》の『任』みたいなもんでしょ。仁左衛門《にざえもん》にしかこの役ができるできないみたいに、ルックスや雰囲気でシェイクスピアはできる役が本来なら決まってくる」

王子様顔には幼少期から苦労しかなかったと苦々しく思っている飛鳥は、しかし整形などの方法を選ぶには本来の負けん気があまりにも強過ぎた。

自分の資質だけを研《と》ぎ澄《す》ませて勝負し、そして勝つのが厩戸飛鳥だ。

「ああ、似てるわね。歌舞伎の『任』とシェイクスピアの配役って、考えてみたらそこは全く同じね。シェイクスピア作品の主役は、国王一座のリチャード・バーベッジがハムレットからマクベスからリアから全て演じてたって説が有力だから。名優バーベッジへの天才シェイクスピアのアテ書きなら、役者のイメージはどうしても限定されてくるわ」

「若いバーベッジがハムレットをやり、年をとってはリアをやり。だけど役者がみんな若い頃ハムレットやって年をとったからってリアがやれるとは思えないから、バーベッジはよほどの名優だったんじゃない？　人間的に大きな振れ幅がある」

「あんたには人間的振れ幅はなさそうだけどね。飛鳥」

それこそこのN座の中では、ロミオからリアまで演じている自分への自画自賛なのかと、美夜が飛鳥に首を傾《かし》げる。

「あ、僕への批判ですか？」

「振れ幅がないのに、全く違う人間をよく演じてると役者としてこの上なく評価してるのよ。飛鳥の心って見渡す限り氷の平原みたいじゃない」

「酷《ひど》いなあ」

酷いと責めたものの特に反論も思いつかず、ただ愛らしく飛鳥は笑った。

「正本《しょうほん》のシェイクスピアは、演技の振れ幅は無関係にルックスも限定される。この台詞《せりふ》はこういう年齢のこういう風情、雰囲気の人間が紡《つむ》ぎ出すというところが揺るぎにくい戯曲だよ。悔しいけどそういう完璧さがある。だから空也さんが潤色しない限り、シェイクスピアをやりたかったら僕はハムレットやロミオしかやれない」

「ハムレットやロミオ、しか……」

客観的に見ても当然の真理を飛鳥本人の口から言われて、通常なら華々しさがあってはならない「リチャード三世」でしか主役をやることはないだろう草々がどんよりと羨《うらや》む。

「国際シェイクスピア法及びシェイクスピア警察課課長鬼武丸天道理論だと、僕は三十になっても四十になっても下手すると五十でもロミオかハムレットだ。テロリストのうちにマクベスもリアもジュリエットもオフィーリアもやらせてもらいたい。だから殺人は今はやめておいてね、空也さん」

娑婆《しゃば》にいてねと、飛鳥は髪を整えた。

「あんたって本当に氷の平原に棲《す》む薄情もんだわー。すごい！」

テロリストのうちにとはっきり言った飛鳥の清々《すがすが》しさに、美夜が苦笑する。

「そう？」

「才能という巨大な武器を持ってるから仕方ないけど、突然消えないでよ？　消える時は前もって言ってちょうだい」

「お褒めにあずかり、大変光栄。だけどそれはお互い様じゃない？　役者なんて用がなくなったらトイレットペーパーよりいらないでしょ。何の役にも立ちません」

「まあそれはそうだけど」

そう言われると演じない飛鳥に何か存在意義があるだろうかと、美夜は真顔で考え込んだ。

「だけど制作もまあまあ人間だもの、みつを。あんたが万が一真ん中に立つ価値がなくなっても、捨てやしないわよ」

「だいたい」

ティボルトの剣捌《さば》き問題で再び頭に血が上ったものの放置されていた座長空也が、美夜と飛鳥の会話に小さく口を挟む。

「飛鳥に価値がなくなるわけがない」

「空也さんに言われると説得力があるね。ありがとう」

　ぽつりと言葉を与えられて、まさに王子様の顔で端整に飛鳥は笑った。

「だけどおまえは出て行きたくなったらいつでも、NCGTに行ってもニューヨークに行ってもロンドンに行ってもいいよ」

　決して嫌味にではなく、まっすぐに空也が飛鳥に告げる。

「自由の権利？」

「才能にはそのときそのときに合う大きさの箱があるから、それは当たり前だ」

　元は飛鳥は、収容人数二千人規模の専用大劇場を持つ劇団のスターだった。

　だがシェイクスピア・テロリストは地下活動という性質上、三百席からせいぜい五百席規模の公演を打つのが限界なのはどうにもならない。

「僕も表現ってそういうものだと思ってるから、出てくときはちゃんと言ってからスッと出てくよ。今はこの客席との近さで同じ世界に同時存在している感覚に、僕という役者は合ってる。今はね」

　冷たいのか温かいのかわからない会話を止める者は、今この楽屋にはいなかった。

「シェイクスピアも、表現されるものも、誰のものでもない。空気みたいに、吸い込む観客だけのものかもね。だからこの箱に合う空気が作れなくなれば、それは自分のためだけじゃなく世界のために僕はここを出る」

「引き止められる芝居を、俺は作る。稀有《けう》な役者だから離したくはない。その努力をする」

いつでも出て行く自由があると言った空也が、それとは別の願いを言葉にした。

「最初からそう言いなよ。気は変わらないけどね。僕は完全無欠のノンポリだから。いい芝居に出たいだけ」

「……シビアなんだかなんなんだか」

さっぱりわからないと、けれどお互い思ったことを言っているだけの二人を悪くは思わず美夜が笑う。

「ノンポリだけど魂《たましい》はあるよー」

「頼りにしてるわ」

「自分はポリシーもあります……」

「みんな違ってみんないいのが楽屋よね、みすゞ。うん。めんどくさい！」

男ばかりの楽屋に紅一点の美夜だったが、座長、主演俳優、有能な舞台美術兼俳優の要の三人の会話を成立させるために、どうしてもこの部屋には保育士的人材が必要だった。

「あたしも本当は大部屋で女子と戯《たわむ》れたいわ……何してるんだかホントに」

開演前なのに疲れる楽屋に、美夜もさすがに遠い目になる。

「人間が、人間のことをしてる。舞台の上も客席も」

言葉少なというよりはまるで足りずに、ぽつりと空也は言った。

だいたい何が言いたいのかは、ここにいる者はなんとなくわかったりわからなかったり、どうでもよかったりという空間だ。

「人間に向かって、人間のことをしていますね。なのに俳優の俳は人にあらずと書きますが……」

「気にしてられないからね！　他人なんて‼」

草々の呟きにカラッと飛鳥が笑っても、突っ込んで尋ねる者もいない。

「自分は結構気にします……そういえば、浅草《あさくさ》の『ヘンリー八世』は上演中止だそうですね……」

横浜の「ロミオとジュリエット」の審査結果には怒り心頭の空也は「ヘンリー八世」に一言もないままだが、草々は関東シェイクスピア秋の上演案件を気にした。

「ヘンリーは……眠くなる」

シェイクスピアに深過ぎる心酔を抱きながら史劇を上手く扱えない空也が、そっと落ち込む。

シェイクスピアが生きた十六世紀、十七世紀の王朝期、王宮一座としてシェイクスピアは当時の王室に至る道を描いた作品を、史劇として多く残した。「リチャード三世」、「ヘンリー四世」、「ヘンリー五世」、「ヘンリー六世」、「ヘンリー八世」、などの史劇はいずれも上演時間が長い。

「眠くなるんじゃなくて、あなたが眠くさせてるんだよ。空也さん」

「あんたホントのことばっかり言ってんじゃないわよ飛鳥」

サラッと言った飛鳥を咎《とが》めたつもりの美夜も、空也を思いやらない失言をうっかり吐いていた。

「戦争のとこ好きだ。あとヘンリー五世はネギのとこが大好き」

史劇だって頑張りたい空也なりに、精一杯自分が生かせそうな史劇の場面と向き合う。

「そういう感じですと史劇は遠いですね……自分はリチャード三世が……やりたいのですが……」

「とおい」

シェイクスピアも史劇にこそ自分の出番があるのではないかと期待している草々は、それでも俯瞰《ふかん》で自分の能力を測れている空也を頼りに思って、暗い顔は元々なのでどんよりと笑った。

「いつかやってもらう。草々にリチャード」

「えー？」

リチャードは草々なのかと飛鳥が、空也の言葉に軽い不満の声を上げる。

「欲張りね飛鳥は。ここから二週間はきっちりリアを生きなさい」

「はあい」

気の抜けた返事だが「十分で一ベル入ります！」と合図が廊下から聴こえて、飛鳥の顔つきが全く別人へと一変した。

もう言葉はなく化粧前の椅子《いす》から立ち上がり、楽屋を出て短い通路をまっすぐ歩き飛鳥は舞台袖《そで》に向かう。

客席に三百人が着ける大さいたま新都地下劇場「fool」は、N座の公演中はいつでも通路席や立ち見の追加も出る満席だった。

潤色はかなり個性的だが空也はクラシックに緞帳《どんちょう》を好んで多用し、今日も舞台には幕が下りている。

開演十分前が近づき、劇団員もスタッフも初日の幕開けに緊張感を持って待機していた。

「あんまり幕使う劇団ないから機材が錆《さ》びつくんで、やってくれると助かるよ」

冒頭に出番がないので袖で時を待つ空也と美夜に、程よく年齢の熟した男の掠《かす》れた声が掛けられた。

すぐに台詞のあるエドマンド役の草々は舞台中央に立ち、真ん中に薄布が下りていて、その奥の玉座に飛鳥はとうにリアの目をして座っている。

他の役者たちもそれぞれの立ち位置に抜かりなく準備していた。

「地下劇場がなかったら俺たちは野垂れ死ぬ」

真顔で極論に飛ぶ空也には慣れていて深いまなざしで笑ったのは、関東全ての地下劇場のオーナーである米倉兼章《よねくらけんしょう》だった。

「本当に助かってます。国際シェイクスピア法が日本に上陸して、無断上演がテロ行為に見なされるようになって五年近く。特に天道が鳴り物入りでシェイクスピア警察に入って、この三年取り締まりは厳しくなる一方ですから。常設の地下劇場が生きてることで、あたしたちも生きられます」

白い美しいドレスの裾《すそ》を摘《つま》んで、美夜が還暦《かんれき》は過ぎたという噂《うわさ》の米倉に頭を下げる。

「何より観客が生きられてるってことだよ。地下劇場を持って、こっちもこうして続いてるのは需要と供給だ。最初の頃は情報が漏れてすぐに閉める羽目になったが、うまいシステムを若い子たちが作ってくれたからね。スケジュールから場所からチケットから、全てダイニングチケット販売サイトとやらを装って、上手く回ってるようだ」

よく老いた男はそのシステムとはなんのことやらわからないという様子で語って、髭《ひげ》も一つに結った髪も白く何か過去には芸術家だったような雰囲気で、穏やかに笑った。

「だがそれでシェイクスピア警察が現場を押さえられないのは、奇跡じゃなくて観客がテロ上演を観続《みつづ》けたいからだけだよ。つまんないもんやったら、すぐに地下劇場は終わる」

「よくわかってる。心得てる」

たとえ理由がなくともそこで何か手を抜くつもりは全くないと、空也が無駄に美しい眦《まなじり》を上げる。

「でも去年も捜査が入って北区《きた》の劇場を閉めたり、痛手も多いでしょうに。米倉さん、なんでこんなに地下活動に積極的になってくださるんですか?」

毎日が必死なのは皆同じだが、そんな中でも一度訊《き》いてみたいと思っていたことを美夜は尋ねた。

「んー?」

いつでも少し気の抜けた感情の読めない声を、米倉は聞かせる。

「文化人は体制に楯《たて》つくものと、相場が決まっているんだよ」

本音の見えないやさしいばかりに聴こえる響きで、男は笑った。

「それに一階から上は全ての劇場で飲食店営業してるから、特にテロ公演中はよく潤う。シェイクスピア・テロリストを支援してる観客は、公演のない日もよく来るんだよ」

「そうなんですか？」

「ああ。公演中だけ混んでたら怪しまれると思って、通ってくれるようだ。経営は何処《どこ》も順調過ぎるくらいだ、飲食は不安定なものなのに。ボランティアではじいさんはこんなことしないよ」

「ビジネスの方が信頼できますが」

結局米倉のように自分たちの倍以上生きて世の中を見てきた男の真意がわかるわけはないと、訊いた自分を愚《おろ》かしく思って美夜が苦笑する。

「随分《ずいぶん》しっかりしたコーディーリアだ。いい子だ」

本当に幼子《おさなご》に掛けるような米倉の声に、開演五分前を告げる一ベルが重なった。

「俺は」

二人の話を聞いていたのかどうかもわからない空也が、地下活動のせいですっかり白くなった頬《ほお》に髪を落とす。

「ただ、シェイクスピアが好きだ」

飴《あめ》色の瞳が、まっすぐに舞台を見た。

玉座に鎮座している美しい凛々《りり》しさの飛鳥は、今リアでしかない。

「リアがこんなに若いなんて、それこそ天道が見たら馬で八方に引かれるわね」

一般的に「リア王」のリアは三人の娘に領土を三分割しようとした時点で、認知症を発症していると考えられていた。その行いは国の危険な分断を意味する。

十七世紀にその言葉がなくても、シェイクスピアも見たのだろう。老いて支離滅裂に朦《もう》朧《ろう》とする人を。

「リアは、纏ってきたたくさんの知恵や権威や権力を捨てて生まれた場所に還《かえ》っていく。無垢《むく》になって、何もわからなくなる。だから大切な末娘コーディーリアが、真実がわからない」

その無垢な赤ん坊のようなリアを体現して透明な笑顔を浮かべている白い衣装の飛鳥を、頼もしく空也は見つめた。

「……確かに飛鳥は天才役者だけど。あんただって充分、真ん中に立てるのになんで」

「しっ」

脇にしか回らない空也を暗に咎めた美夜の声は聴かず、空也が人差し指を立てる。

静寂《せいじゃく》が訪れて、ゆっくりと、幕は開いた。

「僕は身軽になりたいんだ。だから国は三つに分けて三人娘に分けるね。どこが欲しいか言って？　そして僕をたくさん愛してね？」

子どものように飛鳥は、ゴネリル、リーガン、コーディーリアの三人の娘に無邪気に地図を翳《かざ》した。

「リア王」は本来、年老いて前後の見境がつかなくなったブリテン王リアが、三人の娘に領土を三つに分け与えようとするところから始まる悲劇だ。一つの国を子どもたちのために三つに分割するという行いが、王としては最大の愚行《ぐこう》だ。正気とはとても思えない。

一番愛した末娘コーディーリアは真実しか口にせず、二人の姉のように美辞麗句の嘘《うそ》を言葉にできなかった。それ故《ゆえ》にリアはコーディーリアを罵《のの》り捨て去り、長年の重臣ケントをも追放して結局は長女と次女に酷く惨《むご》い扱いを受け、国は分断の危機を迎えリアは狂気に至って放浪する。

「ウソをついたら鞭《むち》打つからな！」

少年というよりはほとんど幼児となっている飛鳥のリアが、体は老いたけれど心はどんどん現世の重荷を捨て去って生まれた場所に還っていく姿なのだと、説明はなくとも三百人の観客には伝わっていた。

「あんたは知恵を二つに割って捨てちまったから、なあんにも残っていないんだよ」

本当のことばかり言う道化役の空也は、フランス国王の黒い衣装からコーディーリアのドレスと同じ生地で仕立てた白い羽織の衣装に変えて、双子の兄弟のようにリアに寄り添う。

「そうかあ。なあんにも残ってないんだ」

「そうだよ。なあんにも残ってない」

白い衣装のリアと道化は、舞台の真ん中で幼子のように笑い合った。

やがて長女ゴネリルと次女リーガンに追われるようにリアは嵐の夜を彷徨《さまよ》い、二人の娘のあまりの仕打ちに本格的な狂気に陥《おちい》っていく。

「人間服を剝ぎ取れば、哀《あわ》れな二本足の動物だ！　みんな！　誰も‼　全部借り物だ！　捨てちゃえ！　誰かこのボタンを外してよ‼　ボタンを外して⁉」

子どもが服を脱げずにぐずるように、襤褸《ぼろ》になった白い衣装を脱ぎ捨てようとしてリアは嵐の中で地団駄を踏んだ。

「落ち着いてよ、リア。まだ早い」

あやすように、道化が微笑む。

「よし！　あいつらを尋問してやる‼　女狐《めぎつね》どもめ！」

彷徨《ほうこう》から狂ったリアは、いない娘たちを裁判にかけようとした。

「あの娘の船には穴があり、川を渡れぬ訳がある。女に言えるわけがない」

はいはいと傍聴席に座った道化は、楽しそうにリアに歌う。

「静かに、静かにしてくれ」

ふと、リアは静寂を求めた。

「朝になったら夕ご飯を食べるから」

横たわり、瀕死《ひんし》の体が不意に楽になるかのように、何もかもを捨て去る無垢な眠りにリアはついた。

「なら、俺は昼に寝床に入るよ」

閉じられたリアの目に、道化は触れる。取れなかったボタンを一つ、ゆっくりと外してやる。

「この世の全てを見てしまったね。リア」

老いからリアが忘れてしまったもう一つの真実を体の外側に持ち歩く、そのために傍《そば》にいた道化は、真実を一つリアが呑み込んだので姿を消す。

纏っていた真実と知恵が一つ自分の内側に消えて、リアは身軽になった。

ボタンが外れたので現世の権威の衣装を捨てて、半裸でリアは野の花を身に着けて遊ぶ。

無邪気さが求める喜びは単純で、幸いはただわかりやすい美しさの形をしていた。

けれどまだ僅《わず》かに残っていた現世の務めに、リアは自分が無残に捨てた末娘コーディーリアが「真実の娘」だと思い出す。

「コーディーリア、おまえに跪《ひざまず》いて赦《ゆる》しを乞《こ》う。求めてくれるのならそのようにまた生きていく。歌を歌いお伽噺《とぎばなし》を語らいまた役目を果たす」

真実を捨てたことをリアは悔やみ、嘆き、赦しを乞いまた重い衣《ころも》を纏おうとした。

「役目を果たす、ふりをするよ。コーディーリア」

「ふりを、するの？」

嘆くリアに、「それはおかわいそうだわ」と真実の娘は白いドレスで微笑んだ。

もうよく生きた肉体で現世で仕事をしなくていいのだと知っている真実の娘は、幻のように美しく愛《いと》おしくリアを見つめて立ち去っていく。

真実の娘は最初から存在したのかさえ観ているものにはわからなくなった瞬間、正気のリアにコーディーリアの遺体が渡された。

「おまえは、息を止めたの？」

真実を抱いて、それはもう完全に息絶えたとリアは知る。

絶望は深くリアの心は一度死んで、全てを捨てた。

「ねえ、知ってる？　生まれたときに赤ん坊が泣くのは、この世にやってきてしまったせいなんだ。だってたくさんの仕事が待っているからね」

現世の全てを洗い流す穢《けが》れ一つない瞳で、リアは顔を上げた。

「この世にはたくさんの仕事が待っている。たくさんの仕事が待っていた。僕はたくさんの仕事をした？」

泣いてやってきた場所での務めは終わったのかと、リアは確かめるようにゆっくりと世界を見渡す。

「誰か」

コーディーリアの死に、リアは泣かない。

「お願いだよ。僕のボタンを、外して？」

生まれたこと、生きた幸いと苦しみ、与えられた仕事、愛すること憎むこと、現世にしかない権威を、脱ぎ捨てるボタンが今また留まっていた。

「ボタンを外して？」

リアの中に重なるように消えた道化がいつの間にかぴったりと背後に重なっていて音もなく現れ、リアの腕の中の真実の娘コーディーリアが指を伸ばす。

道化とコーディーリアは、一度も同時存在しない。朦朧としたリアが真実を手放そうとしたので、真実は道化という形でリアに寄り添い、この世の仕事が終わって生まれた場所に還る道行を護《まも》っていたのだ。

道化とコーディーリアは一つの真実だ。

眩《まばゆ》い光の中で二人でボタンを外してやって、何もかもをリアはその場に置いた。薄い皮《ひ》膚《ふ》一枚となり、全ての荷を下ろす。

言葉もなく立ち上がり赤ん坊も見せない苦しみの一つもない笑顔で、リアは命を離れた。

緞帳が下りて、初日の客席からは息を呑む間をおいて割れんばかりの拍手が与えられる。

無言のカーテンコールを経て、「リア王」は幕を閉じた。


三回目のカーテンコールに、初日なのに渾身《こんしん》のスタンディングオベーションが起きた。

「安心した」

楽屋で空也は、全身の力が抜けて古ぼけた赤いソファにぐったりともたれた。

新しい潤色の初日は、新作の初日だ。幕が開くまで対価を支払った観客に受け入れられるかどうかは、誰にもわからない。

「シビアな三婆《さんば》が真っ先にスタオベしてたわよ」

その空也の真摯《しんし》な緊張はよく知っていて、N座の観客の中でも最も厳しい三人の女性ファンのことを美夜は言った。

ファン、だろうか。しかしチケットを買って通ってくれるからファンに間違いはない。

その三人は前々回「十二夜」をやった時には初日、中日、千穐楽《せんしゅうらく》と大変厳しいお言葉をそれぞれアンケートの裏側までびっしり書き込んだ挙句に紙が足りなかったと追加の紙をホチキスで三枚止めた駄目出しを、アンケートボックスに何度も投げ込んでくれている。

「自分は三婆の方角は見ないことにしています……というより客席などとても見る余裕はないです……」

空也以上に一安心してドーランを落としている草々は、地の底から出てきた謎の生命体のように深過ぎるため息を吐いた。

「僕のボタンを、外して？」

心はまだ舞台の上にいてリアが終わらない飛鳥は、最期《さいご》の台詞を空に言った。

「リアのボタンを外しながら鳥肌立ったけど。納得いってないの？」

初日から楽日まで完璧なものを渡すことだけを仕事としている飛鳥がそうしているときは、何か引っかかりがあると知っている美夜が言葉を掛ける。

「ボタンを外して」

舞台の上に心がある飛鳥は、いい意味で客席と呼応しながらも見てはいなかった。演じているとき、舞台の上が世界の全てであることが飛鳥には観客への最大限の敬意だ。

観客が入って初めて幕は開くので、見ていない飛鳥も、見られない草々も、今安堵《あんど》して魂が抜けている空也も、それぞれが全力で劇場全体と呼応していることに変わりはない。

「そういえば米倉さんが言ってましたが、三婆はNCGTにも通ってるらしいです……」

年齢不詳のその三人の女性客は、シェイクスピア演劇界隈《かいわい》全体で「三婆」とあだ名されていた。

「まあ、いいんじゃない？　それが由緒正しきシェイクスピアファンの姿よ」

「俺たちがその言葉使ったら終わりだ」

初日成功の安心で魂が抜けていた空也が、美夜の言葉を咎める。

「シェイクスピアファンに由緒正しいも何もないのに、警察どもは」

「今日の『リア王』も、シェイクスピア警察が捜査に入ったら即刻上演中止なんでしょうね……」

「……俺が、リアは重荷を下ろしてコーディーリアは娘の姿をした『真実』だと思ってるだけだ。道化は本当は存在しないリアの鏡でコーディーリアと一体だと俺は思ってるけど、シェイクスピアが何を思ったかは」

草々の呟きに、空也はふと四百年前に原典となった戯曲を描いた人に深く心を囚《とら》われた。

「わからないけど、俺は俺の敬意でシェイクスピアと向き合ってる。もし取り締まりがこれ以上厳しくなるなら俺は……！」

「厳しくなったら……どうするんですか……？」

どうすると草々に尋ねられて、勢いで立ち上がった空也は実のところノープランだった。

「もっと闘う!!」

「殴り込みですか……？」

極めて好戦的な目をして世界征服も辞さない勢いで言った空也に、心から不安を感じて草々が問いを重ねる。

「殴り込まない。もっと潤色してもっと上演する」

武力行使は全く考えていないと、空也はあっさりと首を振った。

「観客が受け入れたら、それでいいのよ。演劇の価値もシェイクスピアの価値も、それ以上でもそれ以下でもないわ」

三人の男をまるで気にしてやらずに盛大に着替えだした美夜から空也と草々は目を逸らして、飛鳥は美夜の下着姿は目に入らずまだリアのままぼんやりしている。

「……いつ見てもあの三人は」

観客が受け入れたらと言われて、空也はさっき話題になった三婆のことを思った。

「マクベスの心の隙《すき》を覗《のぞ》く、三人の魔女にしか見えない」

三人の女性客が「三婆」と広く呼ばれている理由は、誰がどう見てもシェイクスピア戯曲「マクベス」に登場する、「きれいはきたない、きたないはきれい」という名台詞を唱える三人の魔女にしか見えないからだ。

「あたしもその意見には同意だわ……どうしてかしらね。今日はなんだか三人ともきれいなワンピースだった気がするけど、服装や髪型のせいじゃないのよ。心の奥底にある欲望を覗かれて唆《そその》かされて、破滅に導かれる予感しかしないわ……褒められても貶《けな》されても」

「世界が、このくらいわかりやすくあったならあるいは」

わかりやすく三婆について美夜が語るのを聴きながら、初日が開いて観客との呼応が始まったからこそ、「リア王」に於けるシェイクスピアの真意について改めて深く考え込んでいた空也が呟く。

「どのくらい？」

「三婆くらい」

「言いたいことはわかるけれどね。あの三人は『マクベス』の魔女だと、きっとシェイクスピア警察でさえも認めるでしょうよ。天道の厳しい審査を通るわ」

苦笑して美夜は、シェイクスピアと、そしてシェイクスピアと向き合う人々を思った。

「ボタンを外して？」

指を伸ばして、透き通るような美しい声で飛鳥が微笑む。

リアがようやく重荷を下ろしたことが、聴いている三人にはわかった。

Ⅲ　マクベスはティボルトの剣を研ぎ澄ます

二週間に亘る審査が終わり次第、十月半ばのＮＣＧＴ《シアター》ではシェイクスピア作品のオータム公演がスタートした。ＮＣＧＴだけでなく、全国の公認シアターでオータム公演は展開している。客席数の規模は様々だ。

ＮＣＧＴの最初の三週間は、東京エリザベス一座の「リア王」だった。

「私一人なら浮気な運命の打つ手を打ち返すのだけれど。お会いになりませんか、二人の娘。私の姉たちにどうか」

白いドレスを纏《まと》った無垢《むく》な美しいリアの末娘コーディーリアは、狂気に彷徨《さまよ》った父王と再会してなんとかそのリアを助けようとした。

「いや、いや、いや、いや！　さ、牢獄《ろうごく》へ行こう二人っきりで。籠《かご》の小鳥のように、歌って暮らそう」

老練のベテラン俳優が老いてなお三千人の観客にマイクなしで響き渡る声を、心の底から張り上げる。

満席の初日となった火曜日の昼公演、シェイクスピア警察である天道《てんどう》、公一朗《こういちろう》、五月女《さつき》は、調整室から公演を視察していた。

「審査中の百倍は迫力がありますね」

審査で観《み》ている演目が退屈なのは実のところ役者や演出のせいではなく、審査を受けているということと観客が一人も入っていないということで、手を抜いているつもりがなくてもどの劇団も実力の半分も表現できていないからだ。

「客席に人が入って、初めて幕が開く。それはどの芝居でも同じだ」

黒い制服をきっちり纏って天道は、ミキサーの横で立ったままガラス越しに舞台を観ていた。

「わしは跪《ひざまず》いておまえに赦《ゆる》しを乞《こ》う、そのようにして生きていこう」

老耄《ろうもう》のせいで酷《ひど》い仕打ちをした末娘の手に、涙ながらにリアはくちづけて誓う。

「お祈りをし、歌を歌い、昔話をし、蝶《ちょう》のようなけばけばしい連中を笑いの種にし、卑《いや》しい者たちの宮廷の噂《うわさ》に耳を傾けよう」

末娘に跪けた喜びの中捕らえられているリアは、やはり正気は手放しかけていた。

「神様のお使いのようにこの世の秘密に通じている、ふりをして語ろう」

当時詩人と呼ばれた作家たちの中でも極めて美しい詩を紡《つむ》ぐシェイクスピアの言葉は、潤色《じゅんしょく》などなくても四百年の時を経てなお色褪《あ》せることはない。

リアが跪いても、コーディーリアには無情にも死が与えられる。権威に我を忘れた王の愚《おろ》かさと老耄は国を分断し治世を脅《おびや》かし、天に赦されることはない。

「この娘は死んだ、土くれのように。鏡を貸せ、息でその表が曇るか汚れるかすれば、まだ生きているのだが……っ」

「……これがこの世の終わりの日か？」

コーディーリアを抱いてまだ死を認められないリアに、耄碌《もうろく》から追放されてなおリアに付き従った重臣であり忠臣であるケントが絶望を声にした。

「ケント役の豪太《ごうた》さん、いつもすごい安定感ですね」

「シェイクスピアに必ず必要な役者だと皆言うな。半世紀も」

半世紀シェイクスピアを演《や》っているが全く衰《おとろ》えを知らないケント役田畑《たばた》豪太の存在感には、感激を通り越してさすがに公一朗も五月女でさえも怖さを感じる。

「この羽が動く、生きておるぞ！」

死んだ娘が生きていると、リアは信じたい。

「ああ、陛下！」

その悲しみに寄り添って、ケントは泣いて跪いた。

「誰だ……おまえは？　目がよく見えぬ」

死に向かうリアは、もうほとんど何もわからない。

「どうもはっきり見えぬ。ケントか？」

物語の冒頭、かつては名君であったはずのリアは国を三つに引き裂き一番愛した娘コーディーリアに暴言を吐き、黙らないことが忠義だと言って忠告したケントを追放していた。

「陛下のご難儀の始まりからずっと悲しみのお供をして参りました」

そんなリアに、野に身をやつしてまでケントは仕え続けている。

そのケントの姿が、作中では描かれることのない遠い昔にリアが善政を敷いた日もあったことをしっかりと教えた。

老いがリアを狂わせ苦しめた。

「おまえは息を止めたのか？　もう戻ってこないのか、二度と！　二度と！　二度と！　二度と！」

残酷にも最後にはリアは正気となり、コーディーリアが二度と帰らないことを思い知る。

「頼む、このボタンを外してくれ」

誰にともなく、リアは王としての全てを脱がせてくれと懇願した。

「ありがとう」

悲しみの叫びの中、リアは息絶える。

葬送《そうそう》のオーケストラとともに、「リア王」は大きな喝采《かっさい》を受けて終演した。


「あ、さすが三婆《さんば》初日は外しませんね。平日のマチネなのに」

初日昼公演の視察を終えてＮＣＧＴから十月の抜けるような青空の下に出て、公一朗は三人の女性客が感極まって「リア王」について語らいながら、大《だい》さいたま新都《しんと》駅へのウッドデッキを闊歩《かっぽ》するのを目撃した。

白いクラシックな石造りのNCGTの前はシェイクスピア喜劇「夏の夜の夢」の妖精パックが現れるような楽園をイメージしていて、ウッドデッキに繋《つな》がる丸い広い広場には一年中ふんだんに緑が揺れている。

「ああ……『マクベス』の三人の魔女か」

何がどうとは誰にもはっきり言えないのだが、いつも三人連れ立っていてよく見ると年齢もバラバラの彼女たちは、厳しいシェイクスピア警察課課長である天道の目にさえも何処《ど》処《こ》をどうひっくり返しても何故《なぜ》か三人の魔女にしか見えなかった。

特に楽園を模した緑の中を通っていく姿は、物語から抜け出てきたような魔女だ。

「突然NCGT前広場が荒野に見えてくるな……」

「あの三人の魔女、シェイクスピア・テロリスト達の地下劇場にも通ってると聞くが」

苦々しいまなざしで三人を見たのは五月女だった。

「初日中日楽日と欠かさず地下にも通っていると、ロビーで堂々と話しているのを自分も聞きました。NCGTにもいつも見事にそのように通い、初日以降に三婆がチケットを増やした公演は右肩上がりで大成功するというのは都市伝説ではなく確率統計学です」

一部の固定客に着目するというのは本来はいただけないことだったが、如何《いかん》せん率直に言って三人は何処でも目立ち過ぎている。

「公認シアターの出入りを禁止してはどうだ。テロ活動幇助《ほうじょ》だよ」

審査を通ったNCGT上演と地下のテロ上演両方に同じに通うとは許しがたいと、五月女は強い口調だ。

三人の女性客は何を話しているのか、遠目にも早口にテンションが高いことはよくわかる。彼女たちは他の観客と同様に、今日の「リア王」を存分に楽しんでいた。

「いや」

それにしても魔女だとらしくない戦慄《わなな》きとともに三人を見つめて、天道が口を開く。

「舞台の上のことと客席は無関係だ。観客は好きに選ぶ権利がある。そこは我々の関与するところではない」

国際シェイクスピア法では審査を受けていない無許可のテロ上演は固く禁じていたが、観客については法律の元となっている英国でも、どの国でも触れる項目はない。

「無関係ですかねえ。自分は無関係だとは思いませんけどね」

大さいたま新都駅とは真逆のビルに向かって、三人はウッドデッキを歩いた。

「何故だ」

呟《つぶや》いた公一朗に、天道が尋ねる。

「彼ら、彼女たちは対価を払ってます。選んで享受《きょうじゅ》する以外にも、権利はあるんじゃないですか？」

「どんな？」

「劇場の九割を埋めている人間は誰だと思いますか」

権利について尋ねた天道に、軽く公一朗は尋ね返した。

「観客だ」

「そうです。観客なくして舞台は成立しませんから、自分は観客は劇場、もっと言えば舞台を構成する欠かせない人々だと思います」

「だから出入り禁止にしろと？」

五月女の意見に同意なのかと、天道が困惑を深める。

「いいえ。無関係だとは思いません、権利があると思いますという僕の言葉へのお尋ねの答えです。ただの」

訊《き》かれたから答えただけですーと、意味を持たせず公一朗は笑った。

もう気配のない三婆の消えていった駅を、天道が振り返る。

「権利か」

権利という言葉を使われると、正規のＮＣＧＴと違法の地下劇場の両方を同じように構成している観客の自由度について、多少は天道も考えた。

だがそれは一瞬のことだ。天道はよく考えるが、答えが出るのが音よりも光よりも速い。

「鬼武丸《おにたけまる》。おまえ道に迷ったんじゃないだろうね」

白黒はっきりつけるのが自分たちの仕事で、そこは一致しているはずではないのかと五月女は天道を咎《とが》めた。

「どの道かによるが」

五月女をなお苛立《いらだ》たせる、珍しい曖昧《あいまい》な言い方を天道がする。

実のところ、道にはずっと迷っていると天道は知っている。それを誰も知らないことも知っていた。

天道は唆《そその》かす魔女もいないような荒野を歩いていた。

地図もコンパスもなく、時には導《しるべ》となる星も見えない荒野には迷う道もあるのか怪しいが、天道は自《みずか》ら望んでそこを歩いていた。道に迷っていると知っている天道自身には、何一つ迷いはない。

「苛々する。おまえが曖昧なことを言うなんてどうかしている」

「そうだな」

感情をそのまま言葉にした五月女に、天道は己が荒野にいることを説明するつもりはなかった。

文部科学省文化庁は霞《かすみ》が関《せき》にあるが、文化庁国際シェイクスピア警察課は埼玉県大さいたま新都にあった。ナショナルシアターグローブトーキョーを言い張るNCGTもこの埼玉にあり、NCGTでの審査が仕事の半分を占めるため国際シェイクスピア警察課もここを本拠地としている。

「待てえっ、天道！」

四車線の公道をデッキで越えて十三階建てのビル内に入ろうとしたとき、待ち受けていた歌舞伎《かぶき》の見栄《みえ》を切るような男の声が天道の足を止めた。

「どうした。こんなところまで」

大声で名前を呼ばれても動じることなく、天道が声から誰なのかを察して男を振り返る。

「陳情に来た!!」

そこには横浜《よこはま》ストラトフォード座の座長、天道と張る大男の梅田晴彦《うめだはるひこ》が、全身から怒りのオーラを発して立っていた。

「審査は終わったはずだ」

「はい。横浜ストラトフォード座の『ロミオとジュリエット』は、要注意再審査です」

そうだろう、と確認するように天道が公一朗を見て、すぐに公一朗が持ち歩いているタブレットを開き結果を確認する。

「おまえらっ、こっちが審査にかける時間と労力がどんだけのもんか知ってんのかあっ!!」

どうしても歌舞伎を連想させる梅田の叫びは、このビルに到達して終わるウッドデッキに見事に響き渡った。

どいつもこいつも職業柄声がでかい。

「知っている。いつもご苦労だ」

真顔で険しい顔のままだが、天道にはそれは心からの労《ねぎら》いだった。

「いいやおまえはわかってねえ！　ＮＣＧＴにかけようと思うようなシェイクスピア演目はどんなに短くても三時間、長けりゃ五時間だ。その芝居を作り込み最低限のセットと衣装で可！　とか言われてもこちとらどうしても全力で準備する!!　あの観客のいねえ三千人規模のＮＣＧＴでおまえらの前だけで演じ切って、ティボルトの剣の持ち方一つで再審査上演やってられっか馬鹿《ばか》野郎！」

こうして陳情や抗議に来る者は、そもそもが演劇に関わっている者たちで感情表現豊かな上に制御が効かないのであとを絶たなかったが、どの抗議も公一朗は天道の隣で「ご無理ごもっとも」と笑顔で聴いていた。

「だったらシェイクスピアをやらなければいいよ。オリジナル戯曲《ぎきょく》、または違う原作もの。世界には億という本がある。シェイクスピアが書いたのはその中のたった三十七本だ」

そして五月女は誰にでも平等に満遍なく、徹頭徹尾冷酷無比だった。

「その三十七本に頼らなければやっていけないのであれば、最低限の敬意を払え」

「黒い制服着て突っ立ってケチつけてるだけの役人より、四六時中シェイクスピアを上演することを考えてる俺たちの方がよっぽど敬意を払ってる！　俺たちはシェイクスピアの言葉を世界に解き放つんだ!!　その俺たちの時間を貴様ら公僕はなんだと思ってんだ!!」

文部科学省に入省して早三年、公僕と罵《ののし》られることにすっかり慣れ親しんだ公一朗が「ご無理ごもっとも」とひたすら微笑《ほほえ》む。

「そこは労働基準監督署とも話し合って、徹底して定めた部分だ。劇団及び劇団員の経済や生活が、国際シェイクスピア法によって決して侵害されないよう日本は日本独自の取り決めをした。再審査までの稽古《けいこ》期間中には文科省から研修費が出て、最低限ではあるが補塡《ほてん》は守られているはずだ」

戯曲と向き合い直す時間に集中できるようにというのと、基本的人権の側面から制度は決めてあると改めて天道は説明した。

「金の話をしてんじゃねぇんだよ！」

「金がなければどんな芝居も打てないだろうに」

経済を蔑《ないがし》ろにするとは何事だと、五月女の声は何処までも厳しい。

「それどころか、金がなければ文化のみならず生命の維持も困難になる。芝居を打つのも観るのもまず生命が維持されてのことだ。何か人権侵害があったなら、即刻対処するから申告しろ」

百八十センチを超える立派な体軀《たいく》を黒のロングジャケットに包んだ天道は、同じ目の高さで横幅は自分よりある梅田に重々しく告げる。

天道本人はいつでも最大限の礼節という名の制服を纏っているつもりだが、他人の目にはその黒い制服は軍服に等しい激しい威圧でしかなかった。

「文化庁はそもそも文化を発展させるために存在している」

「……ったくてめえは」

衰退《すいたい》はさせない、必ず守ると天道に言い切られて、意外と国際シェイクスピア法の審査を受ける者への保護が手厚いことには梅田も実のところ感謝があり、勢いが多少削がれる。

元は、審査を受けている者も地下に潜っている者も、審査している国際シェイクスピア警察課の者も、ほとんど生まれ出た場所は同じである。

誰もが何処かで、シェイクスピアと出会った。学生演劇、商業演劇、英米文学、或《ある》いは観客としてシェイクスピアをそれぞれに愛した者たちが今向き合わされているものが、国際シェイクスピア法だ。

ましてや演劇に直接関わっていた者同士は、この法律が日本でここまで厳しくなる五年前以前に何かしら直接的に縁があったことも多い。

「天道がくそ真面目《まじめ》な堅物なのは俺もよくよくわかってる。だがな！　ティボルトの剣捌《さば》きが何条何十項目に触れたなんてそんな重箱の隅《すみ》を突《つつ》くようなつまらんことにいちいちきあって観客のいねえ審査上演が何遍もできるか！　役者舐《な》めてんじゃねえ‼」

「句読点《くとうてん》のない滑《なめ》らかな長台詞《ぜりふ》お見事です。ちなみに、第二条、卜書きの変更を禁ずる。第五項、人物を表す振る舞いに於《お》いて細心の注意を払うべし。第十項、剣に於いては時々の一次資料を参考とすべし。など、二項目に抵触しております」

勢いを取り戻そうと声を上げた梅田に、タブレットに整理された注意事項を公一朗は細かく読み上げた。

「意味がわからん！」

「重箱の隅を突くようなつまらない意味のないことだと、本当に思うのか。梅田」

学生時代、大学演劇で同じコンクールで競った過去をお互い覚えていたが、仕事の構えは崩さず天道が梅田に問う。

「ああ。問題はティボルトがマーキューシオを刺し殺す感情だろうが！」

「ティボルトは劇中三度、剣での争いに率先して参加している。ティボルトの剣はティボルトの人格そのもの、また自尊心の象徴だと考えるのは自然のことだ。そしてそのティボルトの剣については、刺し殺された当のマーキューシオが『格式ばった天晴《あっぱれ》武芸の達人よ』と揶揄《やゆ》している」

戯曲の中に、ティボルトの剣について言及される言葉は印象的に多かった。

「『戦いぶりは、楽譜《がくふ》通りの歌のお稽古といったところ、拍子、間合い、リズムときたら確かなものだ。一、二で休止符、三で突きてな具合だ。それ何番目のボタンを突くぞと指定すりゃ、間違いなく突くことまさに肉屋の包丁よろしくだ』」

そうして揶揄したティボルトの剣に一瞬の隙《すき》を衝《つ》かれたマーキューシオの言葉を、それこそ全く過《あやま》たず天道が諳《そら》んじる。

「『神業《かみわざ》のまっこう突き』、神業とわかっていてマーキューシオは殺される。ティボルトの剣は実に特徴的だ。『ロミオとジュリエット』はティボルトが一瞬でマーキューシオを突き殺すまで恋愛的展開が聊《いささ》か喜劇的でさえある。それを一転悲劇に変えるのは誰の剣だ」

秋の青空の下にまるで似合わない漆黒《しっこく》の眼にまっすぐに尋ねられて、梅田はすぐに答えなかった。

「最近、原典の戯曲をしっかり読み返したことがあるか。梅田」

更に訊いた天道をねめつけている梅田の目が、意味のない反発ばかりではなくなる。

「……シェイクスピア自身の作品が、どの作品も他の作家や古典、史劇からの二重三重の転用だ。二次創作だ。その上シェイクスピアが当時書いたとされる戯曲さえ、現代に正確に伝わっているものと一致しているかどうか怪しい」

「そうだ。だが中でも『ロミオとジュリエット』はシェイクスピアの存命中に少なくとも二度印刷された作品だ。一五九七年に第一版ファースト・クォート、一五九九年に第二版セカンド・クォートが上梓《じょうし》されている。ファースト・クォートは役者の記憶で書かれ、セカンド・クォートはシェイクスピア自らが関わったという説もある。疑わしい説だが」

「てめえの蘊蓄《うんちく》はもうたくさんだ！」

「本人説別人説、原本原典の是非《ぜひ》については自分の律するところではない。俺も学びはしたが、国際シェイクスピア法でもその研究史には言及していない。様々な底本から現在の正本《しょうほん》が上梓されたが」

　問題はそこではないと、天道は言った。

「シェイクスピアの言葉は、現代にしっかり残っている。シェイクスピアが誰であろうと」

　その現代に継がれた「シェイクスピア」が本物なのかなどはどうでもいいことだと、言い放つ。

「もう一度、戯曲を隅から隅まで読み返してみろ」

「……シェイクスピアが四百年以上超えて遺《のこ》したものって、残ってるもんってその言葉だけじゃねえのかよ！」

　けれど表現を闘わせる者として、容易に梅田もひれ伏しはしなかった。

「そこがもう滅茶苦茶になったから、一旦秩序《いったんちつじょ》を取り戻すんだ。曖昧な線は司法が引くしかない。誰が納得する、納得できないでいちいち議論していたら止めることはできない」

「何を止めるって言うんだよ」

「それは今言った」

「おまえがそれを決めるのか⁉」

「俺は国際シェイクスピア法に従っている、ただの一公務員だ。俺は何も決めない。ではウインター公演再審査日にまた」

これ以上話すことも聞くこともないと断じて、天道がビルに向かって大きく歩き出す。

「このネロがー！」

この界隈《かいわい》では主に天道に向かって叫ばれる「暴君ネロ」には、国際シェイクスピア警察課本部出入り口に立つ警備員も中に百二十人在籍している職員も、すっかり慣れて動じなければ振り返りもしなかった。

「ネロは善政も敷いている。『暴君説』は、後《のち》のキリスト教徒が唱えた角度のものも大きい」

気になる正誤は正さずにはいられない五月女が、空調の整ったまだ新しい十三階建てのビルで入館証を読み取り機にタッチして呟く。

「六波羅《ろくはら》補佐官はよくものを知っているな。美しく才長《た》けて……」

「鬼武丸」

この流れで最近よく出る天道の求婚を、五月女は名前を呼んで止めた。

「今は職務中だ。それに、同じことを繰り返して違う結果を期待することを狂気というと覚えておけ」

「アインシュタインだったか」

「男に思いつく言葉か。作家のリタ・マエ・ブラウンが初出だと言われている」

「六波羅はよくものを……」

狂気的行為を繰り返そうとした天道を置いて、五月女がエレベーターホールに向かう。

「場違い、分不相応」

少し二人に遅れて歩きたいと強い意志でゆっくり歩きながら、公一朗は呟いた。

「どうした白神《しらかみ》。ぶつぶつ言って」

五月女に完膚《かんぷ》なきまでに振られたが慣れているので落ち込まず、天道が公一朗を気に掛け振り返る。

「適切な言葉が見つからず、脳内の辞書を引いておりました」

眼鏡を掛け直して、公一朗は笑顔を貼り付かせた。

「何についての適切な言葉だ。言ってみろ」

俺が答えを一緒に探してやると、本人は親身になったつもりだが誰の目にも傲慢不遜《ごうまんふそん》にしか見えない居丈高な強面《こわもて》を、天道が惜しみなく公一朗に向ける。

「いえ、答えが出ました。適切な言葉は、『勘違い』でした。もう少し踏み込むと『自己認識不足』ですね」

なんの話なのか全くわからないまま、天道は少しだけ不審そうに公一朗を見た。

「課長は」

ただの一公務員とはまさしく自分のことを言うのであると、公一朗は思ったところで別に天道に言いたくはない。

「脳内会議しないんですか?」

断定と断言の帝王でありその決断と判断の光速に等しい速さから、人は鬼武丸天道を「ネロ」と呼んだ。

「必ずすることにしている。一人で結論を出す前に対論を求めるのは、絶対に必要なことだ」

「どうやってなさってるんですか?」

すぐに来たエレベーターにさっさと乗った五月女の姿はもうなく、男二人で二基目のエレベーターの到着を待つ。

「決断の前に、必ず俯瞰《ふかん》の対立論者に頭の中で手を挙げさせて発言させると決めている」

「それで?」

「いつも三秒程で論破してしまう」

だと思いましたと笑顔で、上階から下りてきたエレベーターに公一朗は天道に従うようにして乗り込んだ。

脳内で対立論者を出して会議をしていると天道は言うが、最初から三秒でなぎ倒されるその国民はいないも同然である。

「脆弱《ぜいじゃく》な国民に悩んではいる」

困ったものだという顔をした天道は、三秒で論破してしまうことをいいことだとは思っていないようではあった。

「なんための会議でしょうねえ」

強化ガラス張りで大さいたま新都が一望できるエレベーターで十三階に向かう中、公一朗はクラシックな洋風建築を模したＮＣＧＴを眺めた。

「ナショナルシアターグローブトーキョーが燦然《さんぜん》と佇《たたず》む……ここは埼玉ですが」

近代的な耐震構造だが外見は白い石造りで、シェイクスピアが存命中に実際に芝居をかけていたグローブ座というよりは、神殿を思わせる荘厳《そうごん》な劇場だ。

「明日のための会議だ。俺はいつでも明日のことを考える」

同じ方角、劇場を見つめて、天道は言った。

「……きっと皇帝ネロも明日のことくらいは考えたことでしょう」

カリギュラも、西太后《せいたいごう》も、なんならスターリンも考えたことでしょうと公一朗が劇場に微笑む。

一方天道はこんなとき、己の考えに捕まると人の話など全く聞いていない立派な帝王である。

「白神」

話を聞いていないのに、まるで話の続きのように天道は公一朗を呼んだ。

「はい」

「国際シェイクスピア法に抵触しない反論がある場合は、すぐに申告しろ」

「……はい」

独り言と変わらない声で命令されて、ため息のように公一朗が笑う。

神殿のように聳《そび》え立つＮＣＧＴを見つめ、言葉の通り帝王は明日のことを考えていた。

Ⅳ　三人の魔女は荒野のみにあらず

文部科学省文化庁国際シェイクスピア警察本部は、埼玉県大《だい》さいたま新都《しんと》の大通りを越えた劇場の裏手にあった。

もちろん、天道《てんどう》、五月女《さっき》、公一朗《こういちろう》の三人で日本中のシェイクスピア・テロが取り締まれるわけもなく、この本部にだけでも百二十人の職員が常駐して日々テロ上演を厳しく取り締まるよう努めている。

全国にも国際シェイクスピア警察課は署を構え、特に大阪《おおさか》、宝塚《たからづか》、名古屋《なごや》、博多《はかた》、仙台《せんだい》、札幌《さっぽろ》にはそれぞれ三十人から五十人の職員が配置されていた。

「本日は自分たちの割り当てもかなりの量です」

十三階本部で公一朗が言ったのは、抗議文や陳情書、嘆願書を読む作業だった。ほとんど脅迫状のようなものもある。

まさに役所、警察署内といった簡素な広いフロアにはパソコンとオープンデスクが並んで、そのパソコンからは厳重にサイバーテロ対策がされたサーバー上に保管している署内データにアクセスできるようになっていた。

「課の上層部である自分たちも、いや、自分たちこそが見なくてはならないところだ。今は審査も終わって多少時間がある」

広いデスクを囲む形で四方に椅子《いす》があり、一つに天道が座る。

そのデスクにはもう五月女が着いてパソコンからデータにアクセスし、慎重に一つ一つ見ていた。

「だいたいは表現の自由についての権利を問う文章だよ、相変わらず。人権問題まで深く突っ込んでいるものは、長官のところまで上げなきゃならないが判断が難しい」

これは本来我々が是非《ぜひ》を問うものではないと、五月女の手元は淡々《たんたん》としている。

「殺人や放火などを示唆《しさ》するものは、警察本部に回さないとなりませんしね」

三カ月に一度のNCGT《シアター》審査が天道、五月女、公一朗にとっては最も気の抜けない大仕事であり、四季の公演に突入するとこうした対応にも携《たずさ》わった。

「それにしてもシェイクスピア・テロリストの密告は来ないものですねえ」

一際容量の大きいデータを上層部であるこの三人で検分する理由はそこもあるのだが、シェイクスピア・テロリストについてのタレコミは、公一朗が呟《つぶや》いた通りほとんど来ない。

「文化を規制するということは、それだけ大事だということだ」

観客がかなりの困難を乗り越えて地下劇団の席に着いていることは、シェイクスピア警察でも把握していた。

去年サイバー捜査が功を奏してSNSの隠語感想と発信場所を解読して北区王子《きたおうじ》の地下

劇場を突き止め、公演期間中に現場を押さえることができた。その地下劇団関係者は全員厳しい監察下に現在も在《あ》るが、関東の地下劇場を統括《とうかつ》しているオーナーは依然不明で、チケットの販売方法が突き止められないまま従業員は全て劇場から消えた。監察下の劇団関係者たちも、地下劇場の経営者について何も口を割らない。

「法律じゃなくて準法規だから、拷問《ごうもん》するわけにもいかないしね」

その件について考え込んでいた五月女は、リアの忠臣グロスター伯爵の目を夫とともに抉《えぐ》り出した次女リーガンより冷酷なまなざしを見せた。

「正法規、法律だったとしても拷問はしない」

それこそ人権問題だと、暴力行為に天道はとことん厳しい。

実際のところ、摘発を受け確保された地下劇団の関係者は取り調べを受けた後、執行猶《ゆう》予《よ》中の犯罪者に準ずる処遇を受ける。執行猶予というよりも、厳しい正本《しょうほん》シェイクスピア講習が義務付けられた保護観察が近い。地下劇場に関する情報を申告すれば処分期間が短くなるが、密告の前例はまだなかった。

そこまでしてテロ上演はなされ、困難を潜り抜けてチケットを入手した観客が観《み》ようとしているものを、シェイクスピア警察に売る地下劇場関係者は意外とこれが存在しない。

「同胞《どうほう》の落とし合いをしていた者たちは、初期に自滅して消え去りましたしね」

人気の地下劇団を潰《つぶ》すためにライバル劇団がタレこむということも全くなくはなかったが、どんなに悔しい思いをしていても同じくシェイクスピア演劇を志《こころざ》す同志を売るところまで人は己を貶《おとし》めないものだった。

特に表現に関わる者は、それをよしとしない。そうした卑《いや》しいやり方を選んだ者は、シェイクスピア警察の取り締まりが始まった五年前の段階で、瞬《また》く間に評判も落として表舞台からも地下からも消え果てた。

「規制が入ったことで、足の引っ張り合いをしている場合ではないと自覚が生まれて地下は却《かえ》って団結したようだ」

自分たちの存在が地下劇団の結束を固くしていることは、天道も理解している。

「連帯という言葉を見かけるようになったよ。表現者が連帯してどうする」

右耳にイヤホンを入れて映像での抗議を確認し始めた天道に、テキストファイルを開いて文字を追う五月女が苛々《いらいら》と呟いた。

「連帯と団結のおかげでこの時間は、ど素人《しろうと》から大学教授までの表現規制論文を読むことにほとんど終始している。長いだけのど素人の感情的な主張を読む時間は、仕事とは言えないよ」

「幅広く読めて勉強になりますー」

開いたテキストが大当たりの母校教授の論文だと、公一朗は熱心に読んでいた。実のところ公一朗はこの時間を、仕事と称して表現規制問題のエキスパート達の全力論文を読めるお得な時間だとエンジョイしている。

「課長、千葉県本八幡《もとやわた》市の地下劇場の入り口と思《おぼ》しき映像を衛星探査機が撮影したと、情報が入りました。映像データが届いております」

　近づく十一月に相応《ふさわ》しい黒い上下の制服は百二十人の職員全員が着用していて、希望してこの部署に入り二年目の中野冴子《なかのさえこ》が、際立ったスタイルのよさでロングジャケットを映《は》えさせながら天道の横に立つ。

「この作業が終わったら地下に行く。専門家を呼んで映像解析を始めてくれ」

「了解しました」

　長い脚《あし》を黒いパンツで包んで、中野は地下一階のＩＴ班のところに向かった。

「失礼します。ナショナルシアターグローブウメダから、審査基準確認の問い合わせが来ています」

　金髪で短髪の高坂《こうさか》エドガー亮平《りょうへい》が、同じく黒い制服をきっちり着込んで天道に申し出た。

「もう全国でオータム公演がスタートしているのに、何故《なぜ》審査だ」

「後期組の難波《なんば》バーベッジカンパニーが演出を変えてきていることが稽古《けいこ》場で判明し、本部の判断を求められています」

　エドガーは母親が英国人で幼少期に英国で教育を受けていたという経歴から、本人はただ文部科学省に入省しただけなのに国際シェイクスピア警察課に配属されてしまった新人だった。

「ウメダは後期に『リア王』が入っていたな」

「はい。その『リア王』第三幕第六場の道化最後の場面が、エドマンドが道化の殺害をしたと示唆する転換に変わっています」

　言葉で説明してエドガーが、職員全員が装備している小型のタブレットを天道の前に置いて、「失礼します」とウメダの「リア王」稽古場映像を流す。

　シェイクスピアが一六〇六年頃書いたと言われている「リア王」には、元になった戯曲《ぎきょく》「レア王」や歴史伝記の「年代記」などいくつかの原典があるが、リアが愛した道化役は完全なるシェイクスピアのオリジナルだ。「リア王」にしか登場しない。

　老耄《ろうもう》に襲われて愛娘《まなむすめ》コーディーリアを捨て重臣ケントを追い払っても、リアは時に本当のことを告げる予言者のような道化を決して手放さない。

「上演中止の通告書を出す」

　戯曲の中で、道化はまさしく第三幕第六場で「おれは昼になったら寝床に入るとしよう」とリアに言ったきり、理由もなく突然不意にいなくなる。それは「リア王」の尺からいえば半ばのことだが、二度と道化が登場することはない。

　最後に愛娘コーディーリアが殺されたときにリアが「わたしの可愛《かわい》いやつが、阿呆《あほう》め、絞め殺されたぞ！」と絶叫する嘆きは、道化を同様に殺された思いが含まれるという解釈もあるが、もちろんその解釈自体はかつては多様だった。

　難波バーベッジカンパニーの稽古場では、リアにとっては大きな敵となる、忠臣グロスター伯爵の庶子《しょし》エドマンドが、道化の「俺は昼になったら寝床に入るとしよう」という台詞《せりふ》を聞きながら殺意をもって睨《にら》みつけている。

「中止の場合、演目の差し替えやメディアリリース等広報担当もかなり大掛かりな仕事になりますが……この場面転換へ警告をなさってはいかがでしょうか」

「広報の仕事が大変だから、監査の手を緩めるのか」

厳しさは見せず、ただ手を止めて天道はエドガーに訊《き》いた。

「すみません、それは余計な言葉でした。ただ、ここにエドマンドさえいなければ上演できる……審査は通るのではないかと思っただけです」

自分の仕事を見誤ったことに、エドガーが頭を下げる。

「これは明確な意図のある確信犯行為だ。審査は通るように上演して、本番でこの通りにやろうとしたのだろう。これが正しい解釈だと信じて。難波バーベッジカンパニーには、専用シアターの審査自体を当面見合わせる処分の検討会を開く」

「それが妥当《だとう》だね」

いつの間にか五月女と公一朗も天道の後ろに立って、無言で映像を観ていた。

「完全なる正義の確信犯ですね。上演すればまかり通ると思ったのでしょう」

その独善的行為がいただけないと、公一朗が肩を竦《すく》める。

「まかり通ってしまうという前例を作るところだった。稽古中も監査は怠《おこた》れないな」

疲れを見せずに、揺らがず天道は言った。

「すみません、自分は配属されて間もない上に元々不勉強で。どうしていけないのか伺ってもいいですか？」

英国出身なのでうっかり配属されてしまったエドガーは、シェイクスピアには触れずに育っていて興味も薄く、この特殊な部署で四月から混沌《こんとん》の毎日を過ごしている。

「戯曲は読んだか。エドガー」

「はい……一応としか言えませんが。関連書籍も読み進めていますが、正直受験勉強が追い付かないノイローゼの受験生です僕は……」

本当に疲れきっているエドガーは、弱々しい声を発した。

「エドガーはうっかり入省でしたね……転属希望、出していいんですよ」

文部科学省に入省するものは皆公務員となるが、更に外局の文化庁のそのまた新規部署であり特殊な国際シェイクスピア警察課には、元々専門知識のある所属希望の精鋭ぞろいだ。何しろ五年前に開設された新しい課なので、精鋭を揃《そろ》えないと国際法に追いつけない。

結果、五月女のような激しいシェイクスピア原理主義者が入省打診を受けた結果取り締まりが行き過ぎて、問題になることも少なくはなかった。

「いえ。一応と申し上げましたが三十七本の戯曲正本を全て翻訳と英文の両方で読み、こんなにおもしろいものがあったのかと今頃感じ入っているところです。知識が足りずに足《あし》手纏《でまと》いになっていますが……知りたいという気持ちが今は強いです」

疲れ果てながらもシェイクスピア愛が高まっていると、控えめにエドガーは言った。

「だが、仕事上のストレスの配分が五割を超えたらすぐに転属願を出せ」

ブラックな労働は課さないと、真顔で天道はとてもわかりにくいことを言う。

『リア王』の道化については、シェイクスピア作品の中でも解釈が大きく無数に分かれるところだ。そもそもはロバート・アーミンという天才役者がジェイムズ朝になって国王一座に入ったことによって、アーミンが演じる前提でシェイクスピアが書いた役だと言われている」

「……すみません……世界史も就学中一応履修してはいるのですが……」

ジェイムズ朝と突然天道に言われても何時代に飛んだらいいのかわからないと、素直にエドガーは打ち明けた。

「シェイクスピアが活躍した時代は、エリザベス一世の時代だと思われがちですが、その後のジェイムズ一世の時代に多くの傑作が書かれたとされています」

国際シェイクスピア法で正本とされている戯曲さえ、執筆年代についてははっきりさせられるものではない。シェイクスピアの生きた時代、死没直後にも戯曲本は繰り返し版を重ねて一時はシェイクスピア作品ではないものまで全集に入ったりと議論は数百年絶えないので、ましてやシェイクスピア本人について断言断定は実のところ不可能だった。

「エリザベス一世が崩御《ほうぎょ》したあと、スコットランド王のジェイムズ一世がイングランドも統治して王国同士が統合されます。この歴史的事実は、ジェイムズ一世の国王一座になってから『リア王』が書かれたのであろうという合致を見せています。王国を三人姉妹に三つに分けることはリアのように悲劇を呼び、統合こそ賢者《けんじゃ》の選択と平和への道導《みちしるべ》だとリアは伝えていると解釈するのは自然です。国王一座としてだけでなく、分断が悲劇を招くことは何処《どこ》でもあることですからね」

「なるほど……」

そうした背景があって「リア王」が執筆されたと考えるのは腑《ふ》に落ちやすい話で、公一朗の説明にエドガーが深く頷《うなず》く。

「アーミンが国王一座に現れたことによって、この道化というとてつもなく難しい役をシェイクスピアが書くことができたとも言われている。実際アーミンが死没したあと、道化の存在しないネイハム・テイト翻訳の『リア王物語』が二百年以上上演されていた」

「二百年って、長すぎませんか」

歴史に於《お》いてはどの地点どの事象でも本来は断定不可能だが言い切った天道に、エドガーが目を丸くした。

「それだけ道化は難しい役だということだ。あれほど気難しく耄碌《もうろく》してしまったリアが、役立ってくれるはずの重臣のケント伯爵さえ追放したのに、聞きたくない真実や未来を告げる道化を決して手放さないのは不自然だ。道化は実存しないと考える向きもある」

「リア自身、リアの妄想、ですか」

「鏡なのかもしれないし、全く理由付けがなく途中で消えるのはあまりにも意味深い。だからこそ後世、多くの者が道化の解釈については考え続けていた」

道化に引き付けられるように身を乗り出したエドガーに、天道は過去形で語った。

「リアが愛した道化を、破滅のキーマンであるエドマンドが殺害したと考える者は多い」

ふと、珍しく天道の声が僅《わず》かに張りを落とし、それは誰にも向かわない言葉となる。

「物語としてはそれは自然ですが……道化がリアの心そのものなのかもしれないと思うと、『リア王』の意味が見失われてしまいますね。唯一残っていたリアの真実の具現化である道化が、老いや狂気とともに音もなく去ったのかもしれないのに」

自力でエドガーは、その答えに辿《たど》り着いた。

いつもならすぐに是非や可否を言葉にする天道が、じっとエドガーを見て何も言わずにいる。

意味のわからない天道のまなざしに後ずさったその肩を、公一朗が軽く叩いた。

「向いてますよ、エドガー。シェイクスピア警察」

「……だったら嬉《うれ》しいです」

「ああ、頼もしい」

ようやく天道からも言葉が与えられて、安心してエドガーが笑う。

「ありがとうございます。意味を感じてきましたし、何よりやっぱりシェイクスピアはすごいです！　ウメダに至急報告します」

曇天《どんてん》の濃い雨雲のような気鬱《きうつ》を振り払い、顔を上げてエドガーは自分のデスクに駆けていった。

「うっかり入省でどうなるかと思いましたが、育つのが早いですねえ」

基本署内はゆっくり移動でお願いしますとエドガーを見つめながら、公一朗が天道に笑う。

「……言葉の力だ。シェイクスピアの」

「解釈が分かれるとやたら皆騒ぐが、シェイクスピア悲劇程わかりやすい話はないよ。人は老い、狂い、恋をし、破れ、憎み合い、殺し合い、そうするとだいたい死ぬ」

静かにシェイクスピアを称《たた》えた天道とは違う方向性でやはりシェイクスピアを称えて、五月女は「リア王」の道化についても様々解釈が割れるという対話自体に否定的だ。

さて元の仕事に戻ろうと三人がデスクを振り返ると、さっきまではなかったはずのクラシックな茶色い封筒がポツンと置かれていた。

「……またか」

ペーパーレスが八割方浸透した時代、署内にこの時期現れるそのA5の封筒には、お決まりのものが入っている。

「どうやって署内に入ってくる」

天道は反射で十三階のこの広い本部フロアの中を見渡したが、黒い制服に身を包んだ見知った職員以外は見当たらなかった。

「忌々《いまいま》しい。わざわざ挑戦的に」

言葉通り忌々しげに五月女は手元の通信機で鑑識を呼んだが、この古典的なまるで十七世紀から訪れたような封筒には、科学捜査班がどれだけ調べても何も人の痕跡《こんせき》が出ない。

いつも中に透明なプラスチックケースとメディアが一枚入っているだけで、そのケースにもメディアにも、指紋どころかＤＮＡの一片たりとも残っていなかった。

そしてメディアには、鮮明な記録映像が入っている。

誰が撮影したのか、目的がなんなのか全くわからない、Ｎ座《エヌ》のシェイクスピア・テロ公演の千穐楽《せんしゅうらく》全編が入っていた。

「Ｎ座の公演は決まって、ＮＣＧＴの審査が一番詰まってテロ捜査が手薄になる二週間を狙って打たれる。毎回審査時期を微妙にずらしているのに、何故なのかいつも日程が事前に漏れる。しかも必ず開幕演目にぶつけてくる！」

毎シーズン審査委員会が終わると、こうして忽然《こつぜん》と署内にＮ座の記録映像が置かれるようになってもう一年以上になり、封筒が天道を激高させる。

「馬鹿《ばか》なのかおまえは。情報が漏れているんだ。内通者がいると考えるのが普通だよ。毎回全ての出入り口の監視カメラを検証するが、外からの侵入者は認められない」

意外と激高しない天道が珍しく声を荒らげるのに本部内は静まり返ったが、その静寂《せいじゃく》の中五月女が淡々と「馬鹿なのか」と課長に言い放った。

「この封筒がどうやってここに入ってくるのかは謎ですが……審査日についてはどんなに伏せても、今はどうやってでも流出します。率直に言って、演劇関係者は制作サイドの者も観客サイドの者も、シェイクスピア・テロリスト達を支援しています。一方我々の味方は、シェイクスピア原理主義の学者達くらいです」

その学者も逆にかなり偏《かたよ》った変わり者だけとなるので、シェイクスピア警察の情報が漏れるのは当然だと公一朗が諭《さと》す。

「ただ、封筒は一人ではここに来ないでしょうから」

内通者も当然いるのだろうと言葉が止められるのに、本部フロアの空気は凍り付いた。


「ぶっちゃけこっちは、おもしろかったらなんでもいいんですよ！」

そんなに華美でもないが鮮やかな青が美しい秋物のワンピースを纏って、池袋《いけぶくろ》のビストロ「Bordeaux」のテラス席で西條蒼《さいじょうあおい》は優雅にシャンパンを待っていた。

「そうっス。観て感動して笑って泣いたら本物でも偽物でもどうでもいいんス」

少し目立つ朱赤のドレスを着た東山朱美《ひがしやまあけみ》も同じテーブルでシャンパンを待ち、髪を低いところで括《くく》って肩を竦める。

「パクリはあかんけど、何がホンマかとかこっちには関係ないっちゅうねん。つまらん蘊《うん》蓄《ちく》聴きに劇場行っとるんちゃうわ――」

細身でショートカットの南野山吹《みなみのやまぶき》は黄色い丈の短いワンピースを着ていて、よく「ツイッギーみたいだ」とよぼよぼのじいさんに言われるけれどなんのこっちゃと思っていた。

「ルイ・ロデレール ブリュット・ヴィンテージ・ロゼ、二〇一五年シャンパーニュ地方のロゼでございます。まだ少し若い四年ものですね」

見た目がよくきちんとしたグレーのシャツに黒のベストを着ている容姿も整った北崎《きたざき》が、

手入れの行き届いた美しい指でシャンパンを三つテーブルに並べる。

「その説明もどうでもええわ。おいしいんやろ？」

「はい。大変おいしくよい呑《の》み頃になっております」

三人は池袋の外れにあるこの小さなビストロの常連客だったが、店長でありソムリエでありホールもやっている北崎の、いつも長いワイン蘊蓄もほぼ聴いていなかった。

おいしくてそこそこリーズナブルだからこの店に来るのであり、うまけりゃそれでいいのである。池袋である理由は、大さいたま新都駅から新埼京《さいきよう》線で一本な上にこの店は墓地の前にあるせいか穴場で、三人はそれぞれ全く別の地元駅に帰るため立地も丁度《ちようど》よかった。

「『リア王』、初日おめでとうございます！」

「素晴らしい名優の今度こそ最後かもしれないリアに乾杯っス」

「最後最後詐欺《さぎ》やろ、どうせまた来年辺りシレっとやるわ。詐欺でもなんでもええねん！　何度観てもええわあのおっちゃんのリア。乾杯!!」

乾杯！　と、ＮＣＧＴ上演「リア王」初日を祝ってシャンパングラスを合わせたこの三人は、ＮＣＧＴ関係者でもなんでもない観客だ。

ただ、初日や千穐楽を口実にこうして乾杯する観劇客は多い。更にはこの三人は、通っているどの劇場でも誰からも「三婆《さんば》」と呼ばれている。

それを知らないのは当の三婆だけであった。

「毎回同じ演目かけてきますね。Ｎ座とＮＣＧＴ」

上品な青が似合う蒼は一番年下の三十五歳で、大手映像会社の会長秘書をしているが、会長が最近若干《じゃっかん》リア状態となり持ち帰り仕事が増えたので平日も観劇可能になっている。

「NCGTは審査が終わってタッチアンドゴー告知出してるみたいですから、N座が当て来てるんスかね。だとしたら準備期間短か過ぎないっスか。なんもわかりませんけど」

朱美は四十歳になるイラストレーターで、所謂《いわゆる》フリーランスなので土日祝日はむしろ全身全霊で邪魔だった。

「なんでかは知らんけど、遮那王空也潤色《しゃなおうそらやじゅんしょく》と正本の本気のNCGT続けて見比べられるんはめっちゃおもろいわー」

山吹は大阪で呉服屋を切り盛りしている四十五歳で、大阪でも観劇するが東京、もとい埼玉での初日も欠かさない。

三人はシェイクスピア・テロリスト上演のチケット入手が取り締まりによって困難になった五年前に、その入手を巡ってSNSで知り合った純然たる観劇友達だった。

「でも厩戸飛鳥《うまやどあすか》のリアが私はたまりませんでした……泣きましたよー。泣き殺されるかと思いました。以上、語彙《ごい》死亡です」

「厩戸がいいのってあれじゃないスか。空は青い砂糖は甘い塩はしょっぱいみたいなやつじゃないスか」

「それゆうたら今日の最後最後詐欺おっちゃんのリアも、普遍の真理みたいなもんやろー。ほんまに死んだんちゃうかと思うたわ、最後」

泣いたわー、と三人で今日の初日を絶賛する。

「それ二重の意味で思いました、私。本当に死んだのかと。でも最後最後詐欺リアには、ぼちぼち後進に道を一つ二つは譲ってはと思いますけどねえ」

「あ、私それ今日アンケートに書いたっス。だってあのじいさん明日倒れても今NCGTに代わりになる役者イマイチ育ってないじゃないっスか」

「種は蒔《ま》かな育たへんねん。捕まったシェイクスピア・テロリストが結局NCGTに出とるのは、刈り取っとんのか。自分で育てろやプラントハンターかいな！」

こうしてわいわい楽しく話している会話を、三人はそれぞれきっちりバリバリ勤めている仕事上の文書作成能力を以《もっ》てして、アンケート用紙が真っ黒になるまで書き込んでボックスに放り込むことを常としていた。

観劇以外の日は「血が出る」くらい働いてその対価を支払っているので、アンケートなど時間を割いて書いてくれてやっているのである。

「まあ、難を言えばN座にもNCGT規模の劇場でやってほしいですね。今ただでさえ買うのが大変なチケットが、倍率高くなって入手困難で疲れてきました……」

「確かに。芝居って娯楽だから、疲れてまで観るようなもんじゃないっスよ。蒼ちゃん」

「楽しさより疲れが勝ったら、そこで観るのをやめたらええ話や。観客は」

そうですねと二人は山吹の言葉に軽く頷いて、北崎の無駄に美しい指でテーブルに置かれた前菜に喜びの悲鳴を上げた。

「本当にそうです。疲れたら家でビール呑みながら配信の海外ドラマでも観ます」

こうして観客が「つまらん」とある日チケットを買わなくなったら舞台は終わると、演劇関係者は意外と実感していない。

その日は突然理由なく来るのではなく、つまらなくなったら来るのである。

「けどまあ、地下劇団の観客って爆発的には増えようがなくないスか？　口コミというか、紹介者がいないとあの偽装通販サイト買い物できませんからね。実は」

シェイクスピア・テロリスト公演のチケットは、米倉《よねくら》が経営している関東全ての劇場のチケットを若手のエンジニアが作った飲食店オーナーリンクサイトで販売していた。

「でもN座は最近追加席を出していても、抽選も外れるのではないかと震えます……」

一階の飲食店での食事券を観たい公演日時で購入するシステムで、誰が考えたのか上手《うま》くできている。普通にサイトに辿り着いて内容のわからない食事券を購入する者はほとんどいないし、その上うっかり購入してしまう者が現れないように、紹介者からパスコードを貰《もら》わないと買えないシステムになっていた。

チケットは電子で配信される。

「普通にできないんスかね。普通に両方観られたらそれに越したことないっス。そもそも劇団やってるのって役者じゃないですか？　劇場運営できなくなったらどうするんスかね。不安っス」

観客にはオーナー米倉の存在は見えていないので、五年前の国際シェイクスピア法上陸以降試行錯誤《さくご》につきあわされ三年前からなんとかこの安定期に入ったものの、ある日突然劇団ごと全て消えるのではないかというのは皆の心配事だった。

「会社とちゃうからなあ。不安しかないわ。なんちゅうたったらええんかな。あいつらなんでわからへんのかな？　経営や運営と、芝居作りは全然違う仕事やろー。餅は餅屋や。役者や演出家はその辺は制作に任せて、創作に没頭せえや」

「そうだそうだー」

だから法人化も確定申告も全て税理士に任せているイラストレーターの朱美は、適当に右手を上げる。

「表現の才能があったら、余計なことしてほしくないですよね……だいたいできないし。できないから表現者やってるって、朱美さんみたいにちゃんと自覚してほしいです！」

「なんてこと言ってくれんスか蒼ちゃん」

「うちの会長なんて、『耄碌したから大枠の仕事しか触らないし判断は経営陣に任せるけど、三人息子に跡継がせると伸びないし揉《も》めるだけだから』って。一番有能な部下に会社継がせる遺言書作ってあります、三人息子に内緒で。今日は囲碁クラブに行きました」

リアにその会長の爪の垢《あか》でも煎《せん》じて飲ませてやりたいと、三人はしみじみとおいしく前菜をいただいた。

「そら遮那王の潤色も演出も立派やけど、あいつなんで座長やってんねん。長の才覚、客席から見とってもゼロやろ。ゼロ。ゼロやったら何かけても増えへんで」

「なんか、いるっスね。役者に多いっス、自分で制作したがるという」

「わかりますー。やりたい芝居がないから自分で作ると言い出す、自分で舵《かじ》取りしたい帝王志望者たちですよね」

いるいるー、と三人は運ばれてきたキッシュに驚喜して、ボトルで白ワインを北崎任せで追加する。

「成功例見たことねーって気づけって話っスよ！　君たちはオファー受けて仕事して！　おとなしく！　私を見習って!!　ハウス！」

「男はみんな王様になりたいんやな。あほなんやなあ、気の毒に。不憫《ふびん》や」

「でも私にも女王になりたいという欲望はありますよ？」

キッシュを頬《ほお》ばり、「おいしー」と可愛く微笑《ほほえ》みながら蒼は女王になりたいと言った。

「なってどないすんねん。面倒ごとが増えるだけなんちゃうの？」

「そういう余計なことをする役者は全て衣食住足りているレッスン場に監禁して、稽古と本番の時だけ外にお出しします」

かわいらしく笑った蒼に、山吹と朱美が完全同意で深々と頷く。

「わかるわー。遮那王には今から待遇のいい牢屋《ろうや》に入ってほしいわー、愛ゆえに」

「愛が深すぎっスよね。私たち。待遇のいい牢屋に入れるのも一苦労ですよ。あ、でもその苦労を一手に担ってくださっているのが、N座制作代表呉羽《くれは》美夜《みや》様じゃないスか」

先日はコーディーリアを熱演していた愛らしい美しい美夜の名前を、うっとりと朱美は口にした。

「ああ、俺は王様になりたい男子をそっと座長にしてやって。運営に必要なことはテキパキ美夜様がやってらっしゃいますね……あんなに可憐《かれん》な演技もなさるのに、運営もできてしまうという。美夜様は女神様です。あまりに尊いので、私この間の千穐楽にそっとオパールのピアスをプレゼントボックスに入れました。大奮発です」

観客にもスケスケのこうしたとても浅過ぎる理由で、N座には座長と代表の二人の長が存在しているのである。

「あたしはかなり奮発して、白いドレス入れてもうたわ。コーディーリア美しかったなあ！　でもドレスのイメージはオフィーリアや。水に浮くのが似合うわー」

「私はあの華奢《きゃしゃ》な手首にお似合いかと思ってうっかり18金のブレスレットを……。あ、でも遮那王と厩戸にもライオンのTシャツテキトーに入れといたっス！　僕は王様になりたいんでしょうねと思ってなんかライオンにしました。ニッキュッパでしたけど」

「あ、二人には特に……思いつきませんでした。朱美さん偉いですね」

まあでも他のファンが何か労《ねぎら》っているだろうと、三人は基本美夜にしか差し入れはしていなかった。

使えないのに才能だけが有り余る男どもをテキパキ始末している美夜の苦労は、舞台下からもあまりに偲《しの》ばれる。

「それにしても、シェイクスピア警察とN座の間には、常に闘いの気配が充満してませんか？　演目ぶつけ合って。このあと後期の追加公演に、絶対NCGT全力の正本『リア王』かけますよね。最後最後詐欺したばっかりなのに」

　蒼が言った通り、N座の新作がヒットしたらNCGTの追加公演が正本の同じ演目で全力で叩き潰しに来るのは、この一年の通例になっていた。

「NCGTがそのぶつけ方してるのN座の演目だけっスよね。シェイクスピア警察が一番追ってるのはN座なのはなんなんスか？　そりゃ一番動員してますけど、シェイクスピア・テロリスト達の中では。他にも数打ってくる地下劇団いますけどね」

「まるで『ロミオとジュリエット』の中で激しく憎みおうとる、キャピュレット家とモンタギュー家のようなんは気のせいやないで？　まさしく親の仇《かたき》みたいなもんやろ」

「もしくは飼い犬に手を嚙《か》まれる感覚ですかねえ」

　国際シェイクスピア警察とN座が特別な敵対関係にあるのは、演目のぶつけ合いを見ているだけでも不自然なほど伝わる。

「個人的怨恨《えんこん》に、かるちゃあを巻き込んだらあかんやんなあ」

　その上ちょっと興味を持って調べた者には、憎み合いの背景はネット検索レベルですぐに知れた。

「この鶏《とり》レバームース最高っスね。白ワインにめちゃくちゃ合います」

「客席で観てる分には、シェイクスピア警察課課長鬼武丸《おにたけまる》天道の審美眼と、遮那王空也の潤色や演出の才能はこのくらい合うのに……」

会話とともに食事を楽しむことも忘れない朱美に続いてレバームースをいただきながら、白ワインを呑んで蒼がため息を吐く。

「しゃあないわ。どっちも俺は王様になりたい男なんやろ。別々に王国を作って戦争するしかないんや」

「大学時代から険悪だったんスかね。さすがに大学演劇までは観なかったんで、詳しいことは知らないんスけど。レポだけは読み漁《あさ》りました」

プロフィールや経歴を検索すれば、誰にでも背景はわかる。

鬼武丸天道と遮那王空也は、国立赤門大学文学部演劇科の同期で、在学中は四年間「Non sanz droict 座」という現在のN座と全く同名のカンパニーを学内で結成し、天道を座長として学生演劇の域を超えた公演を打っていた。

白神《しらかみ》公一朗も呉羽美夜も、同じカンパニーの同期出身者である。

「ネットに動画の一つも上がってへんかと思て検索したけど、ないもんやなあ」

「記録映像持ってる人にお布施《ふせ》したいっスよね。遮那王がハムレットやったときは、鬼武丸のクローディアスが凄《すご》かったみたいっス。父親殺しの叔父《おじ》クローディアスがハムレットの母親ガートルードを掻《か》き抱くのがエロいのなんのって、ハムレットの神髄《しんずい》オイディプス・コンプレックスの真骨頂《しんこっちょう》でハムレットの憎しみも圧巻だったと熱いレポでしたよ」

今では国際シェイクスピア警察課課長の鬼武丸天道が、学生時代はシェイクスピア戯曲の潤色と演出をして舞台にも立っていたことを知る者は多かった。

「鬼武丸……たまにNCGTで見かけるけど、そのクローディアス垂涎《すいぜん》もんやな。あいつ、生まれた時からマクベスでしたが何かみたいなツラしとるやんけ。なんで警察になってもうてん。おとなしく舞台に立っとけやどあほ」

「ホントっスよねえ。遮那王がロミオで鬼武丸がティボルトやった公演のレポも、読みましたよ。ロミオが憎悪からくる殺意でティボルト刺し殺したようにしか見えなくて、ロミジュリの話変わってたってレポには書いてあったっス。急所にまっすぐ行ったらしいっスよ。裁判で殺意の否認が認められないロミオだったそうっス」

文字面《もじづら》だけで聴かされると、それは一体どんな惨劇なのかと三人も口を噤《つぐ》む。

「二人の共演は観たかったですけど、所詮《しょせん》舞台は消えものですから。もう観られないもののことを思ってもしょうがないです。現在の対立はシェイクスピア演劇の活性化にめちゃくちゃ繋《つな》がってますから、結果オーライじゃないですか？」

「あたしらは漁夫《ぎょふ》の利的なやつやな」

「いやいや、飛んできた魚にお代はきちんと支払ってるっス」

何があったか知らないが、ロミオとティボルトの殺し合いのおかげで双方向に素晴らしいシェイクスピア演劇が堪能できて、悩みと言えばチケット代や遠征費、美夜様労い費のために倍働かなくてはということくらいだ。

しかし、楽しみがあれば人は働き甲斐《がい》も増すものである。

「それにしても、遮那王空也の美貌《びぼう》も今はただの無駄遣いやなあ。学生時代はハムレットもロミオもやっとったんやな。すっかり真ん中に立たんようになってもうたやんけ。たまには観たいわ、遮那王のロミオやハムレットも」

「あまり見せ場のない役しかやらなくなりましたね。厩戸飛鳥がいるからまあ、仕方ないといえば仕方ないかと。どっちが観たいかって言われたら、こっちも迷いますよ。厩戸ハムレットか遮那王ハムレットか。最近観てないですしね、遮那王の見せ場のある役」

「けどこないだの道化、出番少なかったけどめちゃめちゃよかったじゃないっスか。遮那王と厩戸でオールメールで『から騒ぎ』やるとか、ダブル主演観たいっス」

それはもちろん何度もアンケートを真っ黒になるほど散々に書いた挙句の、今はただ楽しい観劇仲間三人の観劇トークだ。

「オールメールにしたら可憐な美夜様拝めませんよー、ダメダメ。遮那王は潤色に集中したいんですかね。なら座長やめたらいいじゃないですかね」

「まあ、とりあえず公演ができとるうちはその辺は好きにしたらええけど。あたしらも牢屋に入れてやる義理ないしな」

「役者は健康でいい演技してくれてたら、それ以外のことは正直マジでどうでもいいっス」

与《あず》り知《か》らないところで三婆と呼ばれている三人は、舞台上以外は実際マジでどうでもいいので、心のままに拍手もスタンディングオベーションもするし、アンケートも好きなだけ書き、こうしておいしい食事をしながら好きに歓談しているが、何故か劇場で人目につくだけで特別な魔女ではない。

こうした観客がごく当たり前に多く存在していることを作り手は知らず、舞台の上と客席の間には、存外深くて底なしの谷が広がっているのだった。

「どっちのチケットも買って席に着いている観客がいると思うと、観客というのは本当に気楽なものだな」

灯《あか》りを落とした国際シェイクスピア警察課本部十一階映写室で、鑑識が調べ終えたメディアの映像を仁王《におう》立ちで睨みながら五月女は言った。

天道と公一朗は、ミニシアター並みの映写室として設《しつら》えられているこの部屋の椅子に座って同じ映像を観ている。

メディアの中身は予想通り、先日千穐楽を迎えたN座の地下上演「LEAR」だった。

「観客は入っているようだが、見事に舞台しか映らない記録映像だ。場所も規模も相変わらず判然としない。販売方法も」

遮那王空也潤色の「リア王」、「LEAR」に激しく苛立ちながら、五月女はシェイクスピア警察として劇場を検証しようとしている。

『ねえ、知ってる？　生まれたときに赤ん坊が泣くのは、この世にやってきてしまったせいなんだ。だってみんなバカばっかり。僕もだった！』

映像の中では白い美しい衣装を纏った厩戸飛鳥が、頭に金の王冠を載せて無邪気な笑顔を見せていた。

『すっごくいい帽子だね！　フェルトで兵隊の靴を作ろうか？』

「厩戸飛鳥、いい役者なのに野に下りおって」

表現力は認めるがシェイクスピア・テロリストとなったことはとても看過《かんか》できないと、五月女が呟く。

「まあ、ＮＣＧＴの方だとロミオかハムレットを最長だと今後二十年くらいやっていただくことになりますからね……厩戸飛鳥の場合」

二十六歳とは公一朗も知っていたが、天性の演技力が残念ながら整い過ぎの正統派王子顔という器の中に入ってしまい、それが飛鳥の役者としての最大の弱みだとも知っていた。

「入省を打診されたとき、横浜《よこはま》シアターの正規公演で厩戸のハムレットを観た。とてもわかりやすい正統派のハムレットだったのに、まさかテロリストになるとは。残念だよ」

「僕も彼の表舞台での最後のロミオを観ました。最後になるとは思いませんでしたが、手を抜くような役者ではないですがこんな風には生き生きしていませんでしたねえ」

思えばあれが、厩戸飛鳥が正本での正規公演を見限ったロミオだったのだろうと、公一朗は今は腑に落ちていた。

「丁度日本で国際シェイクスピア法が準法規化されて二年目、自分たちが入省する直前でした。まだ正規公演にも迷いがあって、あの頃の公認シアターのシェイクスピアには物足りなさがあったのは否《いな》めません」

そもそも英国の文化であり英国発信の国際法に、何故日本が従いそこまで国家予算を割かなければならないのかと、国際シェイクスピア法が日本に上陸した当初は議論の的となった。

押し通そうとした学者にも、抵抗しようとした学者にも、演劇関係者にも、法整備化されるされないを決定する力など実のところ全くなかった。

「あと少し辛抱してくれたら、我々が日本の準法規整備も公認シアターの上演環境も整えたのに。厩戸飛鳥……」

忌々しい潤色の映像からも、稀代《きだい》のシェイクスピア俳優を公認シアターが逃がしてしまったのだということは口惜しくもしっかりと伝わり、五月女が奥歯を嚙む。

「それを厩戸はまだ知りませんでしたからね。我々は学生で、彼は子役時代からの大スターですから。ロンドンにも二年行ってます。役者としてのキャリアでいったら今年で二十一年目だそうですよ」

公認シアターの舞台監督、音響、スタッフを全力で整えたのは、三年前に入省したここにいる天道と公一朗だった。正本の精査と劇団を経済面で支える制度等は五月女が徹底した。そのために選び抜かれた生え抜きの三人だ。

欧米文化から遠いとも言える日本で、ここまで国際シェイクスピア法に準ずるシェイクスピア警察が公《おおやけ》に予算を割き権限を持つことになったのは、五年前に保安上の日米関係が悪化したことによる巻き込まれ事故だった。

安保条約で戦後最大の関係悪化が訪れ、何か一つ抗議の記にと米国が抵抗を示している英国発信の国際法が選ばれ、文化と無関係な政治によってうっかり日本に上陸してしまったのだった。

「国際シェイクスピア法を導入した政治家は、『マクベス』も『リア王』も『ロミオとジュリエット』どころかシェイクスピアそのものもろくに知らないそうです……国際政治なんてそんなものなんですねえ」

「役人が、根拠もなく制度を批判するな」

押し黙って映像を観ていた天道が、初めて口を開いた。

五月女の罵《ののし》りも聞かず、どの会話にも参加せず、ここまでただ黙って天道は遮那王空也潤色の「LEAR」を観ていた。

空也は道化役で出演していたが、先ほど道化は仕事を終えて消えたところだ。

「感じ入っているように見えますが」

揶揄《からか》うようにではなく、心の表情を見せずに公一朗が天道に告げる。

何も答えず、天道はまっすぐに映像を観た。

『僕は喜んで死ぬよ。花嫁を迎える花婿《はなむこ》みたいにね。でも僕はまだ王様だから、命が欲しかったらつかまえてみて？　そーれ、そーれ！』

飛鳥のリアは楽しそうに笑って、舞台下手《しもて》に走って消える。

「……感じ入るなどというような、生易《なまやさ》しい感情ではないな」

顔色を変えず、天道は公一朗にではなく、声を落とした。

『この世にはたくさんの仕事が待っている。たくさんの仕事が待っていた。僕はたくさんの仕事をした?』

泣いてやってきた場所での務めは終わったのかと、リアは確かめるようにゆっくりと世界を見渡す。

『誰か。お願いだよ。僕のボタンを、外して?』

生まれたこと、生きた幸いと苦しみ、与えられた仕事、愛すること憎むこと、現世にしかない権威を、脱ぎ捨てるボタンを外してほしいと飛鳥のリアは笑顔で言った。

『ボタンを外して?』

第五幕第三場と思われるラストシーンを迎えて、二度と現れないはずの道化がリアの後ろから光に包まれて姿を現す。

永遠に目覚めないはずのコーディーリアと道化でリアのボタンを外してやると、リアは重荷を捨てて光の中に還《かえ》っていった。

ぷつりと映像が途切れて、機材を扱っていた職員が映写室の灯りをつける。

天道が一言もないので、誰も言葉を発せなかった。

けれどそれはいつもの威圧とは違う天道らしくない気配で、公一朗も声を掛けられない。

「六波羅《ろくはら》補佐官」

随分《ずいぶん》長く押し黙ってから、光の中に立たされた五月女を天道は振り返った。

「今の『リア王』どう思った」

何処からなんのためなのか映像が届くようになって、今まではこうして映写室で一通り確認してから天道は国際シェイクスピア法に基づく駄目出しをして終わっていた。憤《いきどお》る日もあった。

だが今日初めて天道は、五月女に意見を求めた。

「私の視界は、多くの人と違うそうだ。他人の視界がどうなのかはまるでわからないが」

前置きに五月女は、時々それを言う。前置きとして必要な場面が、多くあったのだろう。

五月女は幼少期に、数としては少ない特性だと診断された。知能指数は高く、知識も広く対話もできる。

「私にとって人間というものは、憎しみと悲しみとそれを覆《くつがえ》すための揺るぎない正義があるものだ。そして人はそのために生きたり死んだりする」

針ほどの穴から世界を見ているという感覚だと教育者に教えられて、他者との違いを知り意識しながら、五月女は公一朗や天道にはない努力をして社会とともに在った。

「老いと成長は、全く違う」

多くの人に比べて自分の視界が「針の穴ほど」という自覚は、他者との会話の中から五月女も気づく機会は多い。

「深いですね」

だからその針の穴ほどの視界の中から正しさを選び取ろうとする五月女には、公一朗も信頼があった。

「何も深くない。ただの事実だ。老いは悲しみだ。老醜《ろうしゅう》をさらすと言うだろうが。成長はできることが増えていくが、老いはできないことが増えていく」

観念的な話は一切していないと、五月女が首を振る。

「老いは悲しみだ。このリアは無垢《むく》な子どものようだ。『リア王』にある老醜が欠片《かけら》もないので悲しみがない」

ともすれば公一朗の言った通り感じ入ってしまうかもしれない「リア王」を、きっぱりと五月女は断じた。

「六波羅」

きっちりした解釈の解説に、いつもの求婚のように天道が五月女に呼び掛ける。

「私にはおまえは必要ないんだよ。鬼武丸」

だが余計な賛辞を言われる前に、五月女はそれを止めた。

「私は一人で世界が完結している。そのことに不満はないし、不幸せだと思ったことは一度もない。だがどうやら人と違うということは不自由ではある。世界が在って社会がある以上、私はそれに即して生きなくてはならない。自分の外の世界と繋がるために」

己に与えられた性質とともに、五月女は世界と向き合っている。

「針の穴から世界と繋がるために、言葉があるんだ」

だからこそ、悲劇、喜劇、老い、生まれること、生死が描かれたシェイクスピアを学んだ。

「言葉が曖昧《あいまい》になると、私は本当に一人にならざるを得ない。だがそれは、私じゃなくても同じじゃないのか」

シェイクスピアには全てがはっきりと描かれていると思ったのは自分の視界だけでのことだったと気づいた時に、五月女には世界との乖離《かいり》が待ち受けていた。

教育者に与えられた「針の穴」という意味を、他者との対比でようやく実感した。

「私は一人でもかまわないが、言葉の定義ははっきりさせる。それが私の仕事だ」

言い切って五月女が、長い脚を包んだ黒いロングブーツで床を蹴って映写室を出て行く。

「オータムの追加公演に、最高の『リア王』を持ってくる」

ドアの閉まる冷たい音を聴きながら、天道は決めごとを声にした。

「あとひと月しかありませんが、選《え》りすぐりのキャストスタッフ達が燃えることでしょう。NCGT総監督に伝えます」

追加公演は、劇団を限定しない、謂《い》わばオールスター公演と決まっていた。

NCGT総監督が舞台監督となり、演出家の選出から始まって、演目に合わせて全国の劇団からオールキャストオーディションでキャスティングする。

そこには一切の忖度《そんたく》もバーター取引もなく、一週間の追加公演はこれ以上ない傑作になることは間違いなかった。キャストどころか演目が発表される前からサーバーがパンクする勢いでチケットが完売するので、ここ二回は全て完全抽選の形を取っている。

「結局、空也に振り回されているとも言えると思いますが」

こうして映像が届くようになってから、話に聞いているのとは違い空也潤色のシェイクスピア・テロを目《ま》の当たりにするようになり、否応《いやおう》なく追加公演は同演目をぶつけてせめぎ合いは過熱していた。

「遮那王空也に振り回されているんじゃない。シェイクスピア・テロリストに対抗せざるを得ないだけだ。NCGT、いや、シェイクスピア警察は」

個人の問題ではないと、天道はきっぱりとそれを否定した。

「……あいつが道化をやるとはな」

だが大学卒業と同時に文字通り左右きっぱり道が分かれ、顔を見ることもなくなって早五年になるが、ここ一年こうして映像で空也の姿を久しぶりに見ていることに天道は様々もの思うところがある。

「すっかり主演をやらなくなりましたね。それどころか見せ場のある役をほとんどやっていないようです」

大学時代同じカンパニーで活動していた四年間は、皆若かったのもあって演目は若手でやれるシェイクスピア戯曲が多く、その場合主演はいつも空也や天道だった。

「潤色に集中しているのか」

「或《あ》るいは役者としての評価を聞くのが嫌になったのかもしれません。僕はいい役者だと思っていますがねえ」

学生演劇でも、卒業後シェイクスピア・テロリストとして舞台に立つようになってからの評判も空也の場合見事に是非が分かれて、その否定に尽くされる言葉はかなり悪意の籠《こ》もったものが多い。

「過度な美貌が仇《あだ》になっているというか。厩戸飛鳥はきれいな顔ですが、なんというか丁度いいと思います。人の気持ちに悪く触らない美しさとでも言いますか」

公一朗の評価はわかりやすく、飛鳥は王子様顔で苦労はしているが、好感の持てる美しい顔立ちだった。

だが一方空也の美貌には、「過ぎたるは猶《なお》及ばざるが如《ごと》し」という言葉を贈る他ない。

「あいつが正当な評価を受ける日は永遠に来ない。あの顔では仕方がない。そして不当な酷評があいつをまた追い込むので、永遠にあの粗暴な性格なのだろう。感情が高ぶると手が付けられない」

「永遠は長すぎますねえ。空也にも」

天道にもと言い掛けて、しかし公一朗は決して余計なことを言わない。

「学生時代、『リア王』を潤色しようとしたことがありましたね。あなたも」

決定的に天道と空也が決裂した卒業公演の準備期間のことを、公一朗は言った。

それは余計なことではない。

何故ならそのとき天道は、今日上演禁止通告をした難波バーベッジカンパニーと同じく、道化をエドマンドに殺させようとしたのだ。

「道化の退場は、解釈が分かれる。オールメール、女優禁止で全て男で上演していた国王一座では、道化とコーディーリアが同じ役者だったという文献《ぶんけん》がある」

今映像で観た「リア王」潤色「LEAR」の道化とコーディーリアは、ともにリアが持っていた真実の具現化であり、現世の最後の重荷であり、リア自身として描かれていた。

「卒業公演の『リア王』潤色で、確かに俺はエドマンドに道化を殺させようとした。そのことで話し合っているうちに空也と取っ組み合いになって」

あれを話し合っていたと言うのかと、生々しく怒鳴り合いを覚えている公一朗がそれでも沈黙する。

「摑《つか》み合いながら、空也はこのことを言っていた」

卒業公演の潤色で、道化を殺害したのがエドマンドだと示唆する第一稿を出した天道に空也は激しく反発して、稽古場で大乱闘になった。

「聞こえてきたときには既《すで》に素手で殴り合いになっていた。なんのための言葉だ」

「それは心から僕が聞きたいですね……」

さすがにと、その日の後始末がどれだけ大変だったかと、公一朗が少しばかりの抗議を込める。

「『リア王』を潤色しようとして、俺は結局一度もしなかった。卒業公演は再演の『ハムレット』に差し替えた」

「もちろん覚えてますよ」

「……摑み合いはしょっちゅうだったが、殴ったのはあの時が最初で最後だ」

小さく、天道は独り言《ご》ちた。

横顔が少し弱っていることと、確かに天道が空也を本当に殴ったのはあの時だけだと公一朗も初めて気づく。

「命のことは、俺には決められない」

散々揉めた末過去に上演した「ハムレット」を空也主演で上演して、天道は兄である先王を殺したクローディアスを怪演した。

「いや」

それが天道が役者として立った最後の舞台となり、何故なのか空也にも最後の主演となった。

「唯一、決して誰も決めてはならないことだ」

遠くを見つめながら言って、もう何も映し出さないスクリーンに天道が顔を上げる。

――道に迷ったんじゃないだろうね。

この間五月女に尋ねられた言葉が、天道の胸に去来した。

五年前、空也と摑み合い初めて殴ってしまいながらも道化の話をした日に、天道は確かに迷路に入った。

だがそれは自《みずか》ら望んで入った迷路であり、迷路を歩くことと道に迷うことは全く意味が異なる。

「きれいはきたない、きたないはきれい」

ぽつりと言った公一朗を、問うように天道は振り返った。

「いえ。厄介《やっかい》なときというのは、全てが悪しきときではないと思ったんです」

悪しきという言葉も朗《ほが》らかに、公一朗が告《あ》げる。

「最も厄介なのは、全てが正しいときです」

「……いい台詞だな」

苦笑して天道は、意味を知らないような素振りをした。

「台詞ではありませーん」

実はも何も、天道と公一朗も大学一年生十八歳からのつきあいなので、そろそろこうして十年という時間になる。

だが天道は決して慣れ合いを見せず、恐らくはそうしたことをほとんど顧《かえり》みない。

「失礼します」

律義に二度ノックがされて、先ほど解析に行った中野がドアを開けた。

「課長、本八幡の地下劇場と思しき施設の映像解析が出ました。場所を特定しました。合わせてサイバー班が、チケット販売ルートなのではないかという怪しい動きを見せているサーバーを監視しています」

「すぐ行く」

なかなか突き止められない地下劇場を、ついに衛星探査機からの画像で特定したとの知らせに、天道がすぐさま立ち上がる。

「確かにおまえの言う通りだ」

珍しく完全同意を示されて、どの件なのかと公一朗は首を傾《かし》げた。

「全てが悪であるならば、全て倒せばそれで済むことだからな」

こともなげに全て倒すと言って、天道が映写室を出て行く。

「目的に向かってまっすぐ前へ……しかし目的地は一体何処なのか」

あとを追いながら、天道が望んで迷路を歩いているとまでは知らない公一朗は苦笑した。

多少過去を振り返ってみても、何も顧みることはなく天道はいつも明日のことだけを考えている。

そしてそういう天道を公一朗は、「ああ今日も天道はまた天道です」と思っているだけなのであった。

V　マクベス・ハムレット　本八幡 in

十二月の半ばになると、NCGT《シアター》公演に臨《のぞ》む者たちは、ウインター公演審査のための入念な準備に入る。

シェイクスピア正本《しょうほん》の新作を完璧に作り込んだつもりで挑んでも、全ての劇団がNCGTで公演ができるわけではなかった。国際シェイクスピア法に一切触れない正本上演でも、出来が悪ければ三千人収容のNCGTは埋まらないので使えず、関東圏なら千五百席から二百席まである様々な劇場に振り分けられた。

「おい遮那王《しゃなおう》！　おまえ携帯切ってんじゃねえよ!!」

そんな国際シェイクスピア警察課の審査など知ったことではない空也《そらや》が、午後一時のカレーの香り漂う千葉県本八幡《もとやわた》駅の改札にぼんやり立っていると、張りのあるまるで歌舞伎《かぶき》役者のような声で怒鳴られた。

「よ、梅田《うめだ》」

声の主が横浜《よこはま》ストラトフォード座座長の梅田晴彦《はるひこ》なのは、振り返らなくても待ち合わせをしていたので空也にはわかっている。

「携帯持ち歩いてねえのかよ！」

「……携帯？」

寒くなってきたので長袖《そで》のTシャツにデニム、白いコートを羽織ってただ立っていた空也はなんのことだと体の大きな梅田を見た。

「携帯は持ち歩いてる」

謂《い》われなき言いがかりだと空也がコートのポケットを探ると、梅田からの着信が三十件も入っている。

「どうした、梅田。こんなに俺に熱いコールをして。俺は困る」

「どうしたじゃねえ！」

「いつ聴いてもよく通るいい声だな、梅田。体が厚いからなのか？　羨《うらや》ましい……」

マクベスもオセローもリアもできてしまうかもしれないと、携帯のことなど知ったことではなく空也が梅田の胸の厚さを両手で測った。

「……ったくおまえは調子が狂うやつだな」

怒り心頭で本八幡駅の改札を飛び出してきたものの、興味の矛先《ほこさき》がシェイクスピアにしか向かない空也に梅田が毒気を抜かれる。

「もうすぐ、うちの連中も来る。俺少し早く着いたけど、マジでカレーしかない本八幡。市川《いちかわ》ホワイト・ホールパレス俺一人で辿《たど》り着けないから、ちょっと待ってて」

久しぶりの本八幡の地下劇場は自分一人では歩き出せないと、空也はここで待ち合わせているN座《エヌ》の面々を探して辺りを見回した。

「それで電話してたんだ。すまないが、今日の本八幡ブリテンカンパニーの『ロミオとジュリエット』は俺は観劇できねえ。今までは観《み》てきたが」

ティボルトの剣捌《さば》きでオータム公演の上演が叶《かな》わず要注意再審査になった横浜ストラトフォード座の梅田は、もう公認シアターには三下り半を叩きつけてシェイクスピア・テロリストになると仲間内に宣言していた。

「なんで？」

「NCGTのウインター公演の審査をきっちり受ける。『ロミオとジュリエット』でもう一度。今地下劇場に出入りしたことが発覚したら、審査資格を失うかもしれねえから」

観客のテロ幇助《ほうじょ》について禁ずる文言《もんごん》は何処《どこ》にもなく、地下劇場に入ったことが知れたら実際どうなるのかは誰にもわからない。

そこはグレーゾーンとなっているので、公認シアター上演に挑む劇団の者もこっそりと地下劇場でテロ上演を観劇することはままあった。

「……そんなに埼玉のトウキョーグローブ座でやりたいのか」

シェイクスピア・テロリストに転向しようとした気持ちがすっかり変わったと打ち明けた梅田に、無意味に美しい空也の形相が変わる。

「正直、それもある。何しろ三千人収容の劇場だ。シェイクスピアが生きた時代に在ったグローブ座と同じ観客数に観てもらいたい。ただ、それだけが理由じゃねえんだ」

空也が腹を立てることは最初からわかっていて、梅田は神妙な面持ちをした。

「俺もティボルトの剣捌き一つで要注意は納得いかずに、天道《てんどう》に談判に行った。国際シェイクスピア警察課本部まで。言いてえことを言われて本当に腹は立ったよ。あいつは相変わらず生まれたときから偉かったような顔しやがっていつでも偉そうだ！」

警察本部前での天道とのやり取りを思い出すとそれはもうはらわたが煮えくり返ると、梅田が奥歯をギリギリさせる。

「だが、本当にたかが剣一つのことだと思うのかと言われて。ティボルトは三度剣で直情的に闘いに挑もうとしていて剣はティボルトの人格そのものだし、ティボルトが一突きでマーキューシオを殺したところから『ロミオとジュリエット』は暗転すると……言われ」

天道に諭《さと》されたことはただ腹立たしく、苦い顔で梅田は言葉を切った。

「頭に血が上ったが、多少冷静になったらそれもそうかもしれねえと思った。それで、戯曲《ぎきょく》を読み直した。何度も」

ひと月以上前に、梅田は大《だい》さいたま新都《しんと》の国際シェイクスピア警察本部前で捨て台詞《ぜりふ》のように天道に怒鳴ったが、帰り足でもうティボルトのことを考え始めてしまっていた。

「俺はティボルトに色付けをしていた。無意識に」

「……どんな風に」

その色付けを否定的に語る梅田に、まさか天道に諭されたというのかと空也の声が低くなる。

「かわいそうだと、俺は思ってたんだ。両家の争いの犠牲になって、ジュリエットはロミオに取られて。純粋なジュリエットをティボルトが求めるのは、悲しさからだと思ってそう作り込んでた」

ティボルトもまだ若く、怒りではなく苛立《いらだ》ちや焦りや悲しさに囚《とら》われているとすると、物語の行く先は大きく変わってくる。

「ところが戯曲の中に、ティボルトがジュリエットに焦がれてロミオを憎んでいるなんていう描写はない。戯曲のティボルトは憎しみの塊《かたまり》だった。両家の大人たちに押し付けられた憎しみに突き動かされている、憎しみの奴隷《どれい》だ。そういう悲痛を背負った物語を象徴する憎しみがティボルトだ」

熱に浮かされるように夢中で梅田が新しい解釈を語るのを、黙って空也は聴いてきた。

「ティボルトを揶揄《やゆ》して甘く見たマーキューシオを、なんの迷いもなく一突きで殺せるフェンシングは遊びじゃあねえ。御前試合のためにティボルトは剣をやってねえ。一撃で殺すために剣を磨いて持って歩いてる」

無意識に、梅田の手がティボルトになって剣を握る。

「紳士の試合のための剣じゃ、迷いなく一突きで人を殺せねえよ。確かに」

その剣先がただ憎しみでマーキューシオの命を持っていくのを、空也は見ていた。

「憎しみが最後に若い命を全て攫《さら》っていくのが、『ロミオとジュリエット』だと今は知った。善良なパリスさえ意味なくロミオの憎しみに巻き込まれて殺される。ジュリエットは時代を鑑《かんが》みてもまだ充分子どもだ。そういう罪なきものたちが憎しみでみんな死ぬ。憎しみが命を攫うシンプルな物語なんだよ。戯曲で序詞役が最初に主題をはっきり語ってる」

それを今作り込んでいる梅田は、空也に説明しているのではなく自分の中で「ロミオとジュリエット」を夢中で再構築している。

「その憎しみの大罪をまっすぐ描きたい。正本で再審査にトライしたいんだ。すまん！」

ここが本八幡駅の改札外で目の前にいるのが空也だとハタと思い出したように、梅田は大きく頭を下げた。

「わざわざ今日行けないって、しかも理由がそれなのに。今までは適当にどっちも観てきたのに」

拙《つたな》い言葉で、空也が笑う。

「正直に言いに、横浜から本八幡まで来てくれたのかよ」

「おまえが携帯切ってるからだろ！」

「いいやつだな。おまえ」

短くそれだけ、空也は梅田に告げた。

「再審査、受かる。がんばれ」

軽く肩を叩いて空也は、もう一度頭を下げた梅田が、改札に走っていくのを見送った。

「僕はそもそもおもしろいとは思えないけどね、ロミジュリは。若手の番手を競わせるためだけに書いたんじゃないかと思うくらい」

いつもと変わらないきれいな声を聴かせて、いつからそこにいたのか空也の背後から飛《あ》鳥《すか》が笑う。

「あ、来てた」

「ロミオ、ティボルト、ベンヴォーリオ、マーキューシオ、ついでにパリス。同世代の番手がこんなにはっきりしてる戯曲はない。感想はそれだけだったし表舞台を降りようと思ったのはまさにロミオだったけど、今のはおもしろい話だったね。なるほど国際シェイクスピア法にも理《ことわり》がある」

興味深かったと、きれいな白のロングコートを羽織った飛鳥は肩を竦《すく》めた。

「まあ、正本って言ってるくらいだから、基本は間違いは言わないわよね」

隣には美夜《みや》が、美しい白いドレスにグレージュのコートを羽織って立っている。

「僕はティボルトをやりたいですが……マーキューシオしか経験がありません……」

意外と狂気的な演技が得意なグレーのジャケットの草々《そうそう》は誰が座長でも、エキセントリックな言動の多い、ティボルトに殺されて暗転のきっかけになるマーキューシオに配役したくなる役者だった。

「三人は何故《なぜ》、後ろから来たの」

改札に走る梅田を見送ったので、三人が改札を出てきていないことは空也にもわかる。

「カレーランチ食べてたんだよ。インドカレーとは一味違う、なんだっけ?」

「ネパールよ。違うものねえ、おいしかったわ。白いドレスに飛ばないようにエプロンも貸してくれて」

「興味深い祭壇《さいだん》がありましたね……象の鼻のついた女神の……」

いい店だったと、満足そうに三人は頷《うなず》いた。

「え。何それ。俺もカレー食べたかった！」

どうして自分だけ誘わなかったと、口を尖《とが》らせて空也が憤慨《ふんがい》する。

「本八幡と言えばカレーだわと思って、朝電話したわよ。とりあえず三回」

言われて空也が携帯をもう一度見ると、梅田の着信の他に美夜からの着信が赤く灯《とも》っていた。

「なんていうか自業自得だよね。そんだけ着信あって、気づかないでいられるもんなの？」

梅田からの赤い着信履歴も覗《のぞ》き込んで、飛鳥が呆《あき》れ果てる。

「……マクベスのこと考えてた」

すっかり不貞腐《ふてくさ》れて、空也は拗《す》ねた。

「次、新しい潤色《じゆんしよく》で『マクベス』やるんですか……？」

そうすると自分はマクベスに殺されるダンカン王かバンクォーか、はたまた妻子をマクベスに惨殺されるマクダフかと草々が尋ねる。

「うーん……」

「絶賛潤色中ね」

実のところＮＣＧＴのウインター公演開幕演目が「マクベス」だとは、Ｎ座に情報が入っていた。

そうすると自動的にN座がぶつけるのは「マクベス」になるのだが、空也には特別な思い入れのある演目だ。

「あのー、マクベスが……マクベスがね……」

どんな「マクベス」を思い描いているのか、言語化しては全く語れないのは空也には通常営業で、美夜はあまり似合わないマクベス夫人を自分がやることになるのかと笑った。

「いいね、マクベス。NCGTだったら僕には一生回ってこない」

どの演目でもN座でやるのなら飛鳥が主役なのは驕《おご》りではなく、今空也から言葉で何か聴いても何一つ意味がないことはもう学習していて、ただ潤色の完成を楽しみに待つ。

元々空也は学生時代からシェイクスピアの潤色をしてはいたが、きちんと舞台に仕上げられたものはそう多くはなかった。昨今自分でも心から納得のいく潤色を観客に渡せているのは、この厩戸《うまやど》飛鳥という天才役者を三年前に得たことが大きい。

「飛鳥は、こっちの想像を超えた芝居をしてくれるから俺も振り切れられる」

ここまでしていいのかというところを書いても、完全に噛《か》み砕いて落とし込んで、更に倍にして世界に言葉を解き放つのが飛鳥の才能の力だった。

「二十六歳か……まだまだ前に前にだな」

「それはもちろん。死ぬまでそうありたいけどね」

美夜を頼りに歩き出しながら独り言のように言った空也に、軽い声で飛鳥が笑う。

「自主レッスンもかなりやってるものね。ボイトレはもちろん、ワークショップも」

「海外のアーティストが来たら、潜り込んでワークショップは受けてるよ」

「観られる限りこうやってよその舞台も熱心に観ますよね……」

飛鳥ほど売れる要素があったら他劇団にまめに足を運ばない者もいるので、草々は飛鳥がスターとして嫌味なところを意外と持っていないことには常々感心していた。

「それはもう。あらゆる才能と文化に触れて全て自分のものにしたいからさ」

「欲深い理由でした……でも僕は飛鳥様のそういうところは見習っていきます……」

「あんたは元々偉い努力家よ、草々。飛鳥は本八幡が気に入ったら、行っちゃったりするんじゃゃないの？」

地図もなしに美夜が、本八幡にあるのに市川と名がついていて更にわかりにくいホワイト・ホールパレスに向かって、ブーツのヒールをカツカツ鳴らす。

「大劇団辞めてシェイクスピア・テロリストになろうと決めたとき、ツテを辿って名だたる地下劇団は全部観たよ。それでN座に決めたから」

本八幡ブリテンカンパニーに移籍することはないと言い掛けて、考え込んでから飛鳥は言葉を切った。

「まあ、進化してたらあり得なくはないけど」

「そのときはしょうがない、俺の力不足だから。……美夜、その白いドレスきれい。オフィーリアみたいだ」

ふと、歩きながら空也が、並んだ美夜のコートから見えている白いドレスが羽のように美しいことに気づく。

「いただいたの」

空也には女性の何かを褒めるような礼儀は一切備わっていないので、本当にドレスがきれいだと思ったのだろうと美夜は笑った。

「ファンの人に？」

「そう。まさしく『ハムレット』のオフィーリアみたいでって、カードがついてたわ。……水辺に浮いているところを想像して選んでくれたそうよ……きれいよね……」

役者は差し入れを満遍なく活用する者もいれば、人前では使わないという者もいて、その辺は多種多様だ。

「俺もこのTシャツ貰《もら》った」

服に拘《こだわ》りのない空也は、公演中にプレゼントボックスに入れられていた服を洗濯して順番に普通に日々着ている。

N座は地下劇団で、準法規である国際シェイクスピア法に反するシェイクスピア・テロリスト集団ということになるからメディアに出る機会もなく、日常的に差し入れを着ることにそうした憚《はばか》りはなかった。

「似合うわよ、その可愛《かわい》い王様ライオン」

本人に服に拘りがなくても、ファンの方ではだいたい似合いそうなものを選んでくれることが多い。

いつもと同じに無記名のカードがついていたので、美夜はこの白いドレスも、オパールのピアスも、18金のブレスレットも恐らくは三人の魔女として名高い三婆《さんば》の差し入れだろうと察していた。きっとバリバリの何かのキャリアなのだろう三人は、美夜に似合うけれど少し恐縮するような価値のあるものを入れてくることが多い。

「同じライオン、僕も貰ったよ」

だから見た目だけは麗《うるわ》しい空也と飛鳥に差し入れられた、白いドレスと違って二九八〇円くらいなのだろう小さな王冠を被った可愛いライオンが吼《ほ》えているTシャツもまた、まさか三婆の差し入れだとは美夜も想像しなかった。

「え？　そうなの？　着て来て飛鳥」

「お揃《そろ》いで？　やだよそんなの」

「確かに……僕はそのTシャツを着たお二人と連れ立って歩くのはなんとなく……」

嫌ですとまでは言えず、草々はじっと空也とTシャツを見た。

何故その壮絶な美貌《びぼう》をもってしてそんなにも適当過ぎるTシャツを着てしまえたのか、そしてどんな適当なファンがそれをプレゼントボックスに入れたのかは、草々と美夜には謎でしかない。

「僕、空也さんの貰い事故の気がする。それ、空也さんのついでに入れられたんだよ」

しかし同じものを貰って何故自分にこれをと若干《じやつかん》謎に思っていた飛鳥は、その謎を読み解いた。

「なんで俺の貰い事故なの」

「うーん。あのー、僕は役者としては活躍したいけど王様には別に興味がないんだよねー」

王冠を被ったライオンを見てファンが空也を連想したのはなんとなくわかると、飛鳥がからっと笑う。

「ああ、なーるほど」

「空也さんお似合いです……」

美夜と草々は、飛鳥の言い分にすぐに納得した。

「俺は服は着られたらいい……裸で歩くと捕まるから」

シェイクスピア以外のことはそのくらいの意識しかない空也だが、シェイクスピアが関わるのならばこのライオンよりも大きな王冠と王座をかけて大変なことになるのを、空也以外の者はよく知っていた。

「市川の一階部分は、『ワインバーマティス』よ」

飲食店オーナーリンクサイトで販売しているのは「ワインバーマティス」の今日のランチの食事券で、関係者席を買っている地下劇団の人間にも電子チケットが配信されている。

「前から気になっていたんですが……消防法は大丈夫なんでしょうか……」

上手《うま》いシステムだが大きな目隠しであることに変わりはないので、観客をこれ以上混乱させないため、基本はどの地下劇団もホームである地下劇場を繰り返し使用していた。

「地下劇場ありきで上物の飲食店作るから、その時に地下も店にしてお客さん入れるようにちゃんと申請してるって。米倉《よねくら》さんが言ってたわよ」

真面目《まじめ》な草々らしい質問が、けれど今まで訊《き》けないほど深刻な内容なのも草々らしいと、美夜が目を細めて振り返る。

「舞台美術も凝《こ》ったの考えてくれてるけど、そこすごく気にしてたよね。草々。ありがと」

「いえ……そんな。やはり地下ですし、お客様に万が一何かあったらと思うと……」

絶対に火器による効果は用いないと地下劇場は固く決められていたが、一階が飲食店なこともあってそこは気に掛かるのが当然だった。

「地下から八カ所非常出口あるよね、大さいたま新都の『fool』にも。すごく多い、非常口」

「何処も念のためそのくらい作ってるから、業者も消防も逆に怪しいと思ってるだろうって米倉さん笑ってた。下手するとそっちからシェイクスピア警察が突き止めるんじゃないかって言ってたけど、人の命にはとても代えられないものね」

シェイクスピア・テロリストと呼ばれてはいるものの、誰かの生命に危害を及ぼすことから最も遠いテロリストなのは世界中同じである。

「かけていいのは自分の命だけだ」

ぽつりと、空也が呟《つぶや》いた。

「何言ってんの、自分の命も勝手にかけちゃダメなのよ。……それにしても、第一弾の人たち大変よね」

当の「ワインバーマティス」に正面から入り、バーの従業員に四人は携帯に配信されている電子チケットを提示した。

そこには細かく分けて入場時間が書いてあり、地下劇場は三百人から多くて五百人規模だが、その人数でも一度に入場すると怪しさ倍増なので一時間半かけて観客は席に着く。

「米倉さんは……？」

今日はいるようなことを聞いていた空也がなんとなくぼんやりと従業員に尋ねると、何か微妙な表情が返ってきた。

「ちょっと……」

困ったような顔をした従業員に、四人で顔を見合わせて店の奥から地下に入る。

「この入場方法、よく考えたわよね。本八幡は五百席だっけ？」

「地下はどうやっても五百が限度だね」

雑談をしながら階段を下りて劇場に入ると、若干ファンタジーの世界に迷い込んだような気持ちに誰もがなった。

一階はごく普通の飲食店で、店の下には中規模だがきちんとした劇場が存在している。

地下劇場と名付けられているが地下に存在しているだけで、客席も米倉の拘りで見やすい傾斜と椅子《いす》の配列がなされ、舞台装置に制限がある分音響やライトは最新の機材が使われていた。

「客席に着くの久しぶりだ。どんな『ロミオとジュリエット』か楽しみだ……梅田の語り聞いたばっかだし」

関係者枠でチケットを購入したためか、割り当てられた入場時間が開演直前だったと席を探しながら空也が気づく。

もうほとんど客席は満席で、ざわめきも少なくなり開演を待つ状態だ。

「じゃ、あとでね」

劇団関係者が固まっていると人目につくという配慮から関係者席もバラバラに配置されていて、美夜や飛鳥、草々と別れて、空也は一人で後方の自分の座席を探した。

薄闇《うすやみ》で座席番号を探すのは苦手で、少し彷徨《さまよ》ってから空也はK列22番に座り、すぐに開演五分前の一ベルを聴いた。

ふと、隣に座っている男の足が、空也の目に入ってきた。一見なんということはない黒いパンツ、黒い靴に包まれた足だ。上等なその漆黒《しっこく》が心に掛かったのは、やけに立派な大腿部《だいたいぶ》がとても素人《しろうと》の骨格に見えなかったからだった。

人前に立つのが似合う、古代ギリシャではその肉体美を堪能するために全裸でされたというオリンピックに出られるような、しっかりした長い足だ。アジア人にはなかなかいない骨だ。

舞台に立たないのが勿体《もったい》ない骨格だ、丁度《ちょうど》潤色しようとしていたマクベスの正本がよく似合う美丈夫と呼ぶに相応《ふさわ》しいいい骨だと、完全なる職業病でその足から胸板から顔にかけてを考えなしにまじまじと空也は見上げてしまい、そして息を呑《の》んだ。

「……お、まえ……っ！」

空也の左隣の席、K列21番に着席していたよい骨は、国際シェイクスピア警察課課長、鬼武丸天道《おにたけまる》だった。

警察が地下劇場を突き止めて潜入していることを知らせなくてはと、慌《あわ》てて空也が立ち上がろうとした瞬間、驚くほどの強い力で天道に腕を摑《つか》まれ椅子に戻される。

「もう開演だ、おとなしくしていろ。チケット代を支払った他の観客の邪魔になる」

低い腹立たしいほどの美麗な声で言われて、それでも空也はなんとか劇場スタッフに知らせようとしたが、いつもより人が少なく誰とも目が合わなかった。

ここで空也に普通の社会人らしい機微があれば、入り口で従業員の様子がおかしかったことや米倉がいないことの意味に思い至れるのだが、社会と空也は果てしなく遠い。

社会と無自覚に乖離《かいり》している空也は、責任者となる従業員は米倉を含めて皆去った後だと気づくこともできず、本八幡ブリテンカンパニーの「ロミオとジュリエット」は開演して、もう声を発することもできない。

どんな状況だとしても、一度始まった芝居を止めることは空也には絶対にできなかった。

客席は静かに言葉を待っている。邪魔はできない。伝えることが始められてしまった他者の表現を止める言葉も、受け取ることを遮《さえぎ》る言葉も空也は持っていなかった。

「同じ教会で祈るのに、宗派が違うことをどちらかが改めないうちはこの闘いに終結はないだろう！」

全て現代に置き換えられた潤色は、宗教対立の中のラブストーリーとして成り立っていた。

「武器を翳《かざ》して和平を語るとは、貴様らモンタギューはたいした二枚舌だな！」

潤色も演出も、舞台美術も衣装も、どうやら今回の要であるティボルト役の役者もいいが、さすがに空也はすぐに舞台に集中できない。

「和平などと笑わせるな。貴様らとの和解こそが生き地獄《じごく》だ！　新教徒め‼」

しかし轟《とどろ》くキャピュレット家、荒ぶるティボルトの、モンタギュー家の当主の甥《おい》であるベンヴォーリオへの罵声《ばせい》だけは、今この時の強い共感を持って心の隅々《すみずみ》にまで染み渡った。

「どちらかが滅びぬ限り和解はあり得ぬ。滅びるのが嫌なら旧教を崇《あが》めよ！」

そしてそれは隣で、誰の目にも超然とした表情で座っているかに見える天道も、実のところ同じであった。

衛星探査機からの映像で、一定時期に集中してこの建物に異常な人数が出入りしていることが判明した。建築基準法、消防法の監査内容を調べて、営業しているのは一階の「ワインバーマティス」だけだと見せかけて地下も審査を受けていることを、シェイクスピア警察で調べ上げた。もう包囲していることは開演十分前に勧告し、座席に着いて監査し演目がシェイクスピア戯曲でないのなら何も咎《とが》めることはないと従業員に通告して、天道はこの座席を与えられた。

このK列21番は本来この千穐楽《せんしゅうらく》に、関東地下劇場オーナーの米倉が座るつもりだった座席だとは、天道も空也も知るところではない。

全ての地下劇場を存続させている米倉は、シェイクスピア警察の気配を察知次第、音もなく去った。

天道と空也は、隣り合うどころか顔を合わせたのも声を聴いたのも、お互い五年ぶりだ。

空也にとっても天道にとっても思いも寄らない隣り合わせの二時間となり、二人とも無駄にでかいので無関係な後方席の女性客が「うっざい二人連れ……」と密《ひそ》かに心で邪魔にしていた。

とはいえ空也は全力で天道の存在を忘れようと全身全霊で努力して、そうでなくても舞台への愛情と関心は元々度を越しているので、気づくと芝居に集中していた。

「ロミオ、次はあなたの牧師様のもとで式を挙げましょう」

この後が物語の本番なので、ロミオとジュリエットは出会ってあっという間に結婚する。

異教徒間の結婚なので、ジュリエットの実家キャピュレット家の旧教に合わせて教会で、神父のもと二人は式を挙げていた。

「二人の神様に赦《ゆる》してもらおう。約束だ、ジュリエット」

実はこの二つの宗教、新教と旧教の神父と牧師は同一人物が二人存在しているふりをしているという設定になっていて、元は対立ではなく調和を目的としたのに後戻りができなくなったというジレンマが、ロレンス神父役の言葉で嘆きとして語られた。

こうした、一見たいした違いには見えないような宗教間の対立にするのは、わかりやすい構図だと空也は感心した。観客としてはどっちでもいいような宗教の違いで、結局何を間に挟んでも憎み合うのは神でも民族でもなく、ただ人間でしかないことが浮き彫りになる。

政治性の強い、社会的メッセージが込められた「ロミオとジュリエット」の潤色だった。

「愛《いと》しい、私の夫」

けれどジュリエットがロミオをそう呼んだところで、空也は何か少し「違う」と感じた。

何故だろうとジュリエットを見つめて、このジュリエットは役者の年齢とは関係なく大人の女として描かれてると気づく。

シェイクスピアが描いたジュリエットは十三歳で、書かれた十七世紀前後でさえも父親が「結婚にはまだ早い」という子どもだった。だからロミオを夫と呼ぶときに、自分ならごっこ遊びの響きを持たせるけれどと、少し空也は気が散った。この物語は子どもが愛に触るから起きる悲劇でもあると自分は思っているのだと、改めて気づく。

「傷は井戸ほど深くはないし」

憎しみの塊であるティボルトに一突きで刺されたマーキューシオが、倒れながら刺された原因となった不要な庇《かば》い立てをした親友ロミオに笑った。

「教会の門ほども広くない」

このマーキューシオの台詞は詩文として非常に美しく、どんな潤色家も底本のまま使いたがる。自分でもここは必ずシェイクスピアに準ずると、空也は思った。

ジュリエットが大人だと思ってしまい少し気が緩んだせいで、確かにティボルトは三度好戦的に闘いに挑んでいるとも気づく。

さっき声のでかい梅田が本八幡駅の改札で、今21番に王のように構えている天道の言い分ごと、空也に熱く語っていった。

ちなみにK列では21番と22番の座席は周囲の観客には「玉座かよ」と突っ込みたくなるくらい、二人ともが王のように見えているが、それは空也も天道も知ったことではない。

「この世でもとことん憎み合ったおまえだロミオ！　あの世へも憎しみの供をしろ!!」

ティボルトはジュリエットに焦がれていないと気づいたとも、梅田は言っていた。

その話を聞きながら空也は、完全にそらで覚えている「ロミオとジュリエット」の戯曲を無意識に頭の中で追い始めていた。「ティボルトは実はジュリエットに焦がれていない」という梅田の解釈に、自分は同意できなかったからだ。

けれど確かに頭の中で戯曲を捲《めく》っていくと、ティボルトはシェイクスピアの本の中でははっきりジュリエットへの恋慕を明言していない。

だったら何故自分は梅田に同意できないのだろうと考え込んでいた空也の耳に、ティボルトの死後に繰り広げられる、ジュリエットの乳母《うば》との諍《いさか》いが耳に入ってきた。両親の勧めるパリス伯爵との結婚は重婚になると思い詰めたジュリエットは、ロミオとの式を挙げた教会のロレンス神父のもとに走る。

——おお、ティボルト様、誰よりもお親しかったティボルト様！　あんなにおやさしいお人柄で、立派な紳士のティボルト様！

その乳母の嘆きの台詞が飛ばされていると、空也は気づいた。

ジュリエットとティボルトは、キャピュレット家のいとこ同士だ。そして梅田が言った通り戯曲の中のティボルトは徹頭徹尾荒々しく憎しみに取り込まれたような、常に怒りに囚われた台詞を吐く男だ。

だからここで乳母のティボルト語りが入るのは唐突で突然なので、飛ばす展開は多い。この台詞は、感情の起伏が激しい乳母の支離滅裂な人格を破綻《はたん》なく描いていると解釈する向きもある。

けれど、ジュリエットの母とも等しい乳母が「あんなにもおやさしい方だった」と具体的な言葉で嘆くのは、いとこのジュリエットだけには、荒ぶるばかりのティボルトはやさしかったということなのではないだろうか。

ティボルトは幼い頃から、ジュリエットを知って育った。真珠のように美しいジュリエットも、赤子の頃はただの子どもだったと乳母は途中笑って語る。その幼いジュリエットにだけティボルトがやさしかったのかと思うと、ティボルトの背景が浮き上がった。

多くの潤色家、演出家が、ティボルトは当然ジュリエットに恋をしていたように描く。

だからこそロミオを憎んだと。

ティボルト自身がその愛を語らないのに、最初にそのティボルトの愛を誰かが受け取ったのは、ジュリエットの実母に等しい乳母の嘆きからなのではないのかと空也が考え込んでいるうちにロミオとジュリエットは重なり合って死んだ。

「我らは皆天罰を受けたのだ。許すべき罪は許し合おう」

この街、ヴェローナの太閤《たいこう》が、シェイクスピアが書いた台詞を声にして、若い二人の死が両家の憎しみを溶かし合いそれがカタルシスとなって、「ロミオとジュリエット」は幕を閉じる。

――ティボルト、そこか、血に染まる経帷子《きようかたびら》に包まれて。

最後にロミオが仮死状態のジュリエットの霊廟《れいびよう》に辿り着いて、呟かれるはずの正本の台詞がまた飛んでいると空也は思い返していた。

――おまえの青春をまっぷたつに切り裂いたこの手で、おまえの仇《かたき》であるこの俺の青春を引き裂いてやるぞ、それで許してくれ、従兄《いとこ》殿。

許し合うに、これ以上の言葉はないのではないかと胸のうちで空也がロミオの独白を反芻《はんすう》していたとき、突然舞台の上で爆発音の音響が響いた。

一瞬何が起こったのかと観客が皆目を瞠《みは》ると、舞台上の人々は皆死に絶え、一人ずっと公平さと温厚さを見せていたロミオの友人、モンタギュー家のベンヴォーリオだけが立っている。

「許される憎しみの量はとうに過ぎた」

宗教間の争いで多くの若い命が失われ、憎しみは時に二度と取り返しがつかない荒野を招く。

それは梅田が語った正本の解釈と大きく齟齬《そご》があるとも言えなかったが、空也は釈然としない思いでカーテンコールを観ていた。

満席の客席には本八幡ブリテンカンパニーのこうした強い政治性を好むファンが多いようで、満足を得て立ち上がり拍手をする人も多い。

「百人百様なんだな……」

梅田の話は納得がいったのに、宗教間の対立に救いがない結末を、空也はただ一観客として受け入れたくなかった。

「いいや、そうではない」

外に出していた黒いズボンの裾《すそ》を鬱陶《うっとう》し気にロングブーツの中に入れて、座席の下に隠していた黒いシェイクスピア警察の制服であるロングジャケットを羽織ったよい骨の男が、低い声で呟きながら立ち上がる。

隣で天道がこれを二時間監査していたのだったと、空也はようやく「ロミオとジュリエット」から現実に還《かえ》った。

「みんな……っ」

「シェイクスピア警察だ！　この劇場は既《すで》に包囲されている。劇団関係者は全員事情聴取を受けてもらう!!」

逃げろと空也は言おうとしたが間に合わず、仁王《におう》立ちになり天道はマイクなしで劇場中に響き渡る声で通告し、国際シェイクスピア警察バッヂ、シェイクスピア家の紋章を舞台上の劇団員に見せた。

「な……っ」

まさかシェイクスピア警察が千穐楽の客席にいるとは思いもしなかった本八幡ブリテンカンパニーの面々が、反射で駆け出そうとする。

「はい、走らないでくださーい。国際シェイクスピア法日本準法規違反の現行犯で、確保させていただきます」

だが外で待機していた三十人もの黒い制服のシェイクスピア警察がすかさず劇場内に入り、緊張感で凍り付かせた場を公一朗《こういちろう》の穏やかな声が多少宥《なだ》めた。

スタンディングオベーションをしていた客席は、話には聞いているが滅多に遭遇することのないシェイクスピア・テロリストの現行犯確保に、ただ茫然《ぼうぜん》と立ち尽くしている。

「移送は客出しを終えてからだ！　観客の皆様は一切無関係です。職員の誘導に従って、速やかに建物から退去なさってください」

天道本人は丁寧なつもりでいるが、いついかなるときも威圧感しかない姿と声からの呼びかけに、却《かえ》って竦み上がる者もいれば、逃げ出そうとする者もいた。

「危ないから走らないでください！　職員が順次誘導します!!」

大きな声で更に威圧を見せたのは、長い黒髪が映《は》える制服がこの場だと軍服に見えてしまう五月女《さつき》だった。

「怖がらなくても大丈夫ですよー。観客のみなさんには無関係です。職員の誘導に従って、気をつけてお帰りください」

もしや自分たちも捕まるのかと案じるのが当たり前の観客には、公一朗の当たり障《さわ》りのない声が最も安堵《あんど》を与えられる。

「全ての出入り口を開放します」

金髪のエドガーが八つの出入り口にそれぞれ立つシェイクスピア警察を示すと、そちらに向かおうとする劇団員の動きが見えた。

「カンパニー関係者は動かない！」

もちろんそれは天道が見据《みす》えていて、まるで主演俳優のように堂々と通路を歩いて舞台に歩み寄る。

「俺はこんなことには屈しない！　たとえ逮捕されても極刑に処されても俺は俺のやりたいシェイクスピアを必ずまたやる!!」

舞台上の、本八幡ブリテンカンパニー座長高塚《たかつか》が、大きな声を張り上げた。

「『ロミオとジュリエット』は世界中でやり尽くされた！　正本に近いものは映画にもなっている。今更正本通り上演して現代で何が伝わる!!　十七世紀に書かれてるんだ！　四百年後の世界観に合わせてシェイクスピアの言いたいことを伝えるのが現代を生きる俺たちの仕事じゃないのか！」

　さすが役者で演出家なだけはあって、声もよく通り演説にも凄味《すごみ》があり、「そうだそうだ！」と方々から声が上がった。

「私は調整室で全て観ていたが、一体シェイクスピアの何を伝えたんだ」

　誰よりも長く見える足を黒で包んで高塚の前に立ち、変に澄《す》んだまなざしで五月女がまっすぐに尋ねる。

「この潤色には、憎しみと対立は最後には全てを焦土《しょうど》にしてしまうこともあるというメッセージを込めている！」

　確かにそういう話だったと、空也を含めて観ていた観客は理解していた。

「そうか。私には全く伝わらなかった。ただの、最後は皆殺しの話だ。それ以上でもそれ以下でもない」

　聞きながら空也は、いつかマクベス夫人をやってほしいと言いたくなる造形《ぞうけい》の美女がしかも迫力のある落ち着いた声で言い放つのに、正直自分もそう考えたとは内心思った。

　だがそれはあくまで個人の感想でしかないはずだと、取り調べることにとても同意はできない。

「誤解があるようですが、日本で制定されている国際シェイクスピア法は準法規であり、これは逮捕ではなく確保です。極刑などあり得ません。この後は取り調べを受けていただき……あ、こちらは任意ではありません。強制力を持っております」

「なんで準法規？　法律じゃないのになんの強制力があるんだよ！」

「免許停止のようなものだとお考えください。免許停止は裁判所に異議申し立てをすると覆《くつがえ》る場合があります。そちらと同じで、確保を拒まれる場合は裁判所に異議申し立てをなさってください」

　笑顔で公一朗が説明すると大抵のものは毒気を抜かれ、それに普段縁がなければ人は裁判所になど近づきたくないのが一般的なことだ。

「シェイクスピア警察は現行犯でしか確保する権利を持たない。本八幡ブリテンカンパニーは現行犯確保とさせていただく。白神《しらかみ》」

　抵触部分を通告せよと、偉いのでも偉そうなのでもなく、そもそもこういう生命体として生まれてきた天道が公一朗に命じる。

「はい。みなさんは、第一条、シェイクスピア戯曲のあらゆる台詞は、いかなる理由があっても変えてはならない。全て現在正本とされている戯曲の範囲に準ずるべし。同、項目。第二条、ト書きの変更を禁ずる。同、項目。第三条、時代の設定変更を禁ずる。同、項目。第四条、地域の設定変更を禁ずる。同、項目、以下第八条までの全てに抵触しております」

「誰がその線を引く。誰が決めてる」

　今回の「ロミオとジュリエット」の感想は五月女と変わらない空也だったが、それでも確保を見過ごそうとは思えず声を上げた。

「そうだ……っ！　本八幡ブリテンカンパニーの舞台がもう観られなくなるなんて‼」

熱心なファンの一人が、涙ぐんで激しい声を張り上げる。

「大丈夫です。このあと、監察処分中に正本シェイクスピアの講習を受けた方の七割が、NCGTに自主的に出演なさいます」

刑務所にぶち込まれるわけでもなければ会えなくなるわけでもないからご安心なさってくださいと、すかさず公一朗がテレビショッピングのような気軽さで告げた。

「……言われたらそうかも」

この五年の間にこうして確保されて解散に追い込まれたカンパニーは多数あるが、所属していた劇団員が皆娑婆《しゃば》にいるし何かしらの舞台に戻ることは観客も知っている。

「第九条はどうなんだ！」

それでも簡単に確保されてくれる劇団はもちろん過去にも一つも存在せず、高塚はまだ声を荒らげた。

「国際シェイクスピア法第九条、但《ただ》しおもしろければその限りではない。ですか」

困りましたねと、公一朗が天道を振り返る。

「そうだよ……私たちはおもしろかったです」

観客は皆劇団のファンで、第九条が発動されるべきだと劇場内は大きくざわめいた。

「本八幡ブリテンカンパニーの『ロミオとジュリエット』がおもしろかったかおもしろくなかったかは、自分の判断するところではない」

　だが、そのざわめきを一瞬で静かな湖畔《こはん》くらい静まり返らせる天道の声が、天井まで響き渡る。

「シェイクスピア警察が判断しないで誰が判断するんだ！　生まれたときから偉そうなマクベスみたいなツラしやがって!!　観てたんだろう⁉　最初から最後まで！　観客のスタオベも見ただろう!!」

　皆楽しんだはずだしそれを目撃したはずだと高塚が強く訴えるのに、公一朗がいつも通り「ご無理ごもっとも」と微笑《ほほえ》んだ。

「全て観た。おもしろいおもしろくないは自分は判断しない。この憎しみに救済のないディストピア的戯曲が書きたいのであれば、オリジナルを書き下ろせばいいことだ。それがどんな結末でも我々はそこに関与することはないから安心して書けばいい」

「今ディストピア的な行動をしてるのはおまえらシェイクスピア警察だろ⁉　シェイクスピアはおまえらのもんだって言うのか！」

　酷《ひど》い言論弾圧だという高塚の叫びは、今この瞬間にも国際シェイクスピア法が上陸している国々で誰かしらが叫んでいるに違いない。

「シェイクスピアは誰のものでもない。貴殿らが違反したのは国際シェイクスピア法だ。自分たちは違反者を確保することだけが仕事だ」

「おまえ、赤門大学でシェイクスピアやってた鬼武丸天道だよな？　学生演劇でおまえのマクベスを観たことがある。その生まれつきマクベスみたいな偉そうな顔は絶対に忘れん。

後方席にいたんだろう？　どうなんだおまえは。いい芝居だと思わなかったのか！」

精一杯演じ切ったばかりの役者が、第九条を動かせと訴え出るのは当然の心理だ。

「敢《あ》えて、一観客としての感想を述べるのであれば」

国際シェイクスピア警察課課長ではなく、鬼武丸天道と自分を呼ぶのならと、天道が苦い息を吐く。

「素材となったと言われているアーサー・ブルックの韻文訳《いんぶん》『悲話ロミュスとジュリエッタ』より、意図的にシェイクスピアはジュリエットの年齢を十四歳未満に下げた。オールメールで少年が演じたせいとも言われるが、何もわからない子ども故《ゆえ》の悲劇だと言いたかったのかもしれない。大人が招く行いとはとても思い難《がた》いのは、十七世紀でも現代でも同じだ。だが今回は、『私の夫』にままごと的な違和感が全くなく悲劇性はむしろ薄れた」

同じところが気に掛かったと、空也は天道の言葉を聴いてしまった。

「そして乳母の『おやさしい方だったのに』というティボルト語りの台詞が飛ぶと、ティボルトは本当のただの暴漢として死んで終わりだ」

「……そういう人間も、そういう人生もあるだろうが」

きっちり観ていたことを説明されても、「はいそうですか」とすぐに矛を収められる者はそもそも表現を生業《なりわい》にしない。

「『傷は井戸ほど深くはないし、教会の門ほども広くない』」

地から身体《からだ》に這《は》い上がるように低音で、天道はマーキューシオの台詞を再現した。

「なら何故、シェイクスピアの美しく力強い詩文を借りる必要がある。おまえの描きたい救いのない世界のために」

　まっすぐ問いかけた天道に、高塚はすぐに答えられない。

「シェイクスピアの綴《つづ》った言葉の力は大きい。その影響力をせめて監察処分中に知れ。以上だ」

　きっぱりそう告げて、カンパニー関係者の確保と客出しを進めろと、天道は職員に指示を出した。

「……自分も、そう思うようになりました」

　客出しのために出入り口に向かうエドガーが、小さな声で天道に告げて走っていく。

「怪我人《けがにん》が出ないように気を配れ。エドガー」

　育っていく部下に、天道は声を掛けた。

　その天道を、仁王立ちで空也は唇を噛み締めて睨《にら》みつけている。

　二人を知る者たちはこの劇場内に複数いて、嵐の予感、いや、そこに既に巨大台風が渦《うず》巻くのに、皆ただ身構えるしかなかった。

「結局は、おまえが本物のシェイクスピアを決めてるんじゃないか！」

　八つの出入り口を使っても、千穐楽で五百人以上入っていた観客を慎重に外に出すのは時間がかかり、更には敢えて立ち止まっている空也が、真っ向から天道に言った。

「……シェイクスピア警察は、現行犯でしか身柄確保できない」

こうして叫んだ空也も、いつの間にかそばに立っていた美夜や、映像で観た飛鳥や草々がシェイクスピア・テロリストだということは天道もわかっているが、観客としてここにいたN座を捕らえる権限は、日本のシェイクスピア警察にはなかった。

「おまえを確保するには、商業上演の現場を押さえなくてはならない。非正規シェイクスピア演目の。必ず押さえてみせる」

五年ぶりに向き合った、最大のシェイクスピア・テロリストとなった空也を今確保できないのは天道にも苦々しいことだが、必ずと言い添える。

先ほど公一朗が説明した通り、あくまで準法規であり、シェイクスピア・テロリスト達は厳密にいうと犯罪者ではなかった。

「俺のシェイクスピアもおまえが否定するのか」

たとえ今の上演内容に納得がいかなくても、目の前で一つの表現が禁じられるのは空也の血を逆流させるに充分だった。

「俺が否定するのではない。国際シェイクスピア法が定義を定めている」

「なんだってそんなもんに従う!」

立法はされず、犯罪とならないことは、日米関係の悪化で制度化されたときに、シェイクスピアの「Sha」の字も知らない政治家と有識者達が徹底的に闘った部分だった。

そもや戦後の日本では憲法第二十一条で、表現の自由は保障されている。

第二次世界大戦終戦まで、日本には治安維持法という最悪の悪法があり、それは思想を取り締まる法律で最高刑は死刑と制定されていた。

作家の小林多喜二《こばやしたきじ》など延べ千四百人以上が拷問《ごうもん》等で絶命し、思想、表現の統制はシェイクスピアであろうとなんであろうと絶対にされてはならないと闘い抜いた人々がいて、結果日本の国際シェイクスピア法は準法規という制度になったのだ。

それでももちろん、表現規制としての激しい批判は絶えない。

「……俺はおまえとは議論しないことに決めている」

空也が国立赤門大学を卒業してＮ座を立ち上げ、天道はそのまま大学院の修士課程に進んだ五年前から、全く顔を合わせず二十七歳になった二人は、五年分は双方大人の男になっていてもいいはずだった。

「逃げるのか！」

しかしとりあえず空也は五年前と、大人としてという意味ではたいした進化は遂げていない。

「議論をしないと、決めているんだ。逃げるのではない」

一方黒い制服にきっちり身を包んだ天道は、一見社会人として著《いちじる》しい落ち着きを備えて見えた。

「おまえはいつもそうだ！　何も説明しない!!　学生時代もそうだった。決定を伝えるだけだ！　暴君か!!」

「暴君と俺を呼ぶことには独創性を感じられないが、俺は暴君ではない。学生時代は演出家志望だった。演出家が説明しないでどうする。いつだってきちんと説明してきた」

説明していないというのは言いがかりだと、相手にしないつもりが天道も否定は返してしまう。

「いいやそれは説明じゃない。おまえが勝手に決めたことを伝えてるだけだ」

「広くそれを人は命令と言いますね」

もう少しわかりやすい言葉がありますがと、まだ出られない観客を含めた衆人環視状態になり始めた二人を見守り、いや放置しながら無責任に公一朗は笑った。

「その前によく考えてのことだ。きちんと考えて決めている」

「考えてることが伝わったらみんなエスパーだ馬鹿《ばか》野郎！」

「意外とちゃんとしたこと言ったわね、空也」

感情的になると単語を発するのが精一杯の空也が、五年ぶりに思いがけず天道と再会し、しかもそれがシェイクスピア警察の捕りものの現場の割にはかなりの長文を尽くしていると、変なところで美夜が感心する。

「五年間煮てたんじゃないでしょうか。マクベスの魔女の鍋みたいにぐつぐつと……僕は久しぶりなので、空也が感情的になっても長文を尽くせるように成長したのかと思いました。どうもどうも、お元気ですか美夜さん」

集英社 〒101-8050 東京都千代田区一ツ橋2-5-10 ※表示価格は本体価格です。別途、消費税が加算されます。

eコバルト文庫
電子オリジナル作品 新刊案内

10月刊
10月25日配信

【毎月最終金曜日頃配信】 | cobalt.shueisha.co.jp | @suchan_cobalt

コバルト文庫の電子書籍・続々配信中! 詳しくはe!集英社(ebooks.shueisha.co.jp)をご覧ください

凍り付いた運命が動き出す、激動ロマンス!!

webマガジンCobaltで続編連載中

廃墟の片隅で春の詩を歌え 愚かなるドードー

Tsubaki Nakamura
仲村つばき
イラスト/藤ケ咲

革命により現王政が倒れた国・イルバス。国王である両親と王子は処刑され、末王女アデールは辺境の塔に幽閉されて希望のない日々を送っていた。だがある日、他国に亡命した姉からの命令で謎の青年が現れる。急転直下で塔を脱出したアデールは知る由もない。彼女にとって過酷な運命が待ち受けることを…。

「元気よ。久しぶり、そっちも相変わらずね。空也、脳内でずっと怒鳴ってたんでしょうねこれ。五年間。すごい根気と執念……」

大学で同期であった公一朗と美夜は並んで健勝を確認し合って笑いながら、空也らしからぬ、感情的にもかかわらず論理的な言葉に感嘆を覚えた。

シェイクスピア警察達は、学生演劇で鳴らしていた天道がこうして確保のたびに誰かと再会して罵倒《ばとう》されることには慣れていて、天道の言葉通り「暴君」はネロまでがセットですっかり聞き慣れている。

「階段は気をつけて、二列でゆっくり退場してください」

四月に入ったうっかり新人のエドガーでさえ、「暴君ネロ」は最早恐怖刺激にも何にもならない日常の騒音だった。

「おまえは国際シェイクスピア法が英国で制定されたあと、否定的だった！」

五年分溜まりに溜まって、公一朗や美夜の言う通り鍋で煮て脳内で怒鳴っていた空也が、口からそれを思い切り天道に吐き出す。

「誰だって最初は懐疑的になる。立法の歴史とはそういうものだ」

「立法の歴史の話を誰がした！」

「そんなことも理解しないで対話が成り立つか。おまえは立憲民主主義を生きていないのか」

天道としてはうっかり五年ぶりに会った空也とは心から対話したくなかったが、課長の責任から現場を立ち去ることはできず、留まっている観客でしかない空也を追い払う権限はなかった。

「民主主義の話もしてない！」

「ここは日本だ」

「うーん、これは驚きの話にならなさ。すごいね」

嚙み合わない口論をやめない空也と天道に、見物していた飛鳥が「むしろ感心する」とおもしろがる。

「双方向に、大きな問題がありますね……」

驚きの話にならなさは双方の問題であると、草々も若輩《じやくはい》ながら呆れていた。

「四年の時もおまえは勝手に……っ！」

最も心に溜まっていた、魔女の鍋も溶かすマグマのような思いを空也が喉《のど》に詰まらせる。

「何故警察になった!!　説明しろ天道！」

それが最も訊きたかったことだと、声の限りに空也は叫んだ。

「これは俺が選んだ、俺の生き方だ」

「おまえの生き方は全然訊いてない！　説明!!　説明しろ！」

「……完全退去に存外時間がかかるな。この劇場の観客は今日五百人超えている」

もう空也と向き合わずにここを去りたいと、劇場内からなかなか人が減らないことに天道が辺りを見渡して苛立つ。

「無視かよ！　ちゃんと説明してくれたら俺だってなんだって理解する‼」

「ウソをついてるわ、空也。気づいてないみたいだけど」

ほとんど地団駄を踏んだ空也に、美夜も呆れた声を漏らした。

「説明したら納得するような空也ではなかったのは、僕もよく覚えています。ただし天道もそもそも説明はいたしませーん」

どっちもどっちと、公一朗が疲れを見せる。

「それにこう言ったらなんだけど、空也さんだって別にちゃんとした説明なんか一つもしないじゃない。いつも決定稿が出てくるまで何もわからないし、稽古場《けいこ》で突然とりつかれたみたいに読めない手書きで改稿されても理由なんか説明されたことないけど？」

愁嘆場《しゅうたんば》かと訊きたくなる勢いでうちの座長が他人を非難しているものの、うちの座長を擁護《ようご》する材料はないと、飛鳥はいつでも俯瞰《ふかん》で冷静だった。

「確かに……決定を命令するだけの全く説明しないもの同士が……どうしてそもそも同じカンパニーに……」

そんなカンパニー死んでも所属したくないと、コミュニケーションがそんなに得意ではない草々が震え上がる。

「だいたい、同じカンパニーで傍《そば》で見ていたらわかるだろうが。決定までの過程は」

うるさいと空也を追い払いながら、天道は言った。

「わかるわけないだろ！」

しかし叫ぶ空也も先ほど飛鳥が言った通り、所詮《しよせん》は同じ穴の狢《むじな》である。

「お互いにできないことを相手に要求するというデフレスパイラルが、四年間続いたわけです」

ふと、誰にともなく公一朗は、四年間の疲れの記憶が蘇《よみがえ》って呟いた。

「四年も？　どうして？　端的に言って地獄だね。僕が貰った空也さんとお揃いのTシャツ、あのマクベスにあげた方がいいかも。キングとキング。それは戦争になるよねえ」

二人ともが王冠を持って生まれてきたのだとは納得して、飛鳥が肩を竦める。

「決定をただ言い渡す人々が四年ともに……英国薔薇《ばら》戦争の頃ならもうどちらかが死んでいてもおかしくはないかと……」

二人は多いと、草々は真理を述べた。

「でも王将って、ないと将棋《しようぎ》にならないから。一つは必要なのよ」

仕方ないのと美夜は、飛鳥と草々に昔体得した深いあきらめを込めて告げた。

「しかし二つあると戦争になるわけですけどね、こうして。どうも、はじめまして厩戸飛鳥くん。白神公一朗と申します」

「どうも。だけど王将って、でかい顔して役に立たなくない？　どっちかは捨てようよ」

はじめましてのシェイクスピア警察公一朗に気軽に会釈《えしやく》をして、すぐに本当のことを言ってしまう飛鳥がまた気軽に真実を述べる。

「捨てられたら楽なのですが——。犬飼《いぬかい》草々くんもはじめまして」

「はじめ……まして……。捨てるとか今決して言ってはいけない気がします……」

危機管理能力の高い草々は、飛び火を恐れた。

「いつからそんな臆病者《おくびょうもの》になった！　おまえそれでも男か天道!!」

「……なんと言った今、空也」

空也との対話を回避しようとしていた天道が「それでも男か」の一言で、がっつり向き合ってしまう。

「あ、ものすごくくだら……いえ、つまらない決定的地雷《じらい》が簡単に踏まれてしまいました。『俺は男だ』男に最も言ってはならない言葉それは、『それでも男なのか』スイッチ」

「そして結局大喧嘩《おおげんか》になるのね……五年ぶりだけど懐かしくもなんともないわ……」

大学時代見慣れた光景に郷愁など一ミクロンも湧かない同期達は、見ているだけで疲れだけが蘇った。

「……なんか僕、根本がよくわかってないんだけど。知り合いなの？　空也さんとシェイクスピア警察課課長鬼武丸天道。四年ってなんの四年？」

それにしても何故《かし》うちの座長はシェイクスピア警察とこんなに近しく大喧嘩を始めたのかと、飛鳥が首を傾げる。

「え。知らないでそんなズバズバ真実を突いていたんですか。さすが天才俳優ですね」

「二人のプロフィール読んだことないの？　飛鳥」

さすがに知らないとは思わなかった公一朗と美夜は、ギョッとして飛鳥を振り返った。

「空也さんの経歴は知ってるけど、鬼武丸天道は学年一つ上で、高校演劇で何度も賞取ってたから存在くらいは知ってはい……た、け、ど。なんと国立赤門大学文学部演劇科完全同期。しかも学内カンパニー『Non sanz droict 座』主催」

ポケットに入れていた携帯の電源を入れて、飛鳥が軽く天道の名前を検索する。

「僕プロだから出られなかったんだよね、学生演劇。ずっとこんななの？　空也さんと鬼武丸天道。四年間こんなだったの？」

「我々も同期です。僕と美夜さん、天道と空也、ここ四人みんな同期。厩戸くん、素晴らしい君のリア……を生で観たかった……とはとても言えない僕は一公僕です」

「見たらわかるよ。その黒い主張の激しい制服」

黒い眼鏡の公一朗にも意外と似合っているシェイクスピア警察の制服を、鬱陶しそうに飛鳥は見た。

「君はとてもいいシェイクスピア俳優のようですね。ＮＣＧＴにも是非《ぜひ》」

「ちょっとやめてよ、うちのスタースカウトするの」

「二人は普通なんだ？　同期四人、何故警察とテロリストに左右きっぱり分かれてしまったの？　うん、これぞまさしく左右」

一体なんでこんなことにと飛鳥がズケズケ訊いている間にも、天道と空也の口論はエスカレートしていって観客も最早それを見物している有様だった。

「おまえは十七世紀に政治家アンソニー・ウェルダンがジェイムズ王を評した言葉そのま

まだ天道！」

「『キリスト教圏で最も賢い阿呆《あほう》』のことを言っているなら俺はキリスト教徒ではない！」

「やってることは教皇派の魔女狩り以下だ！　ベン・ジョンソンはジェイムズ王の統治になった途端にスコットランドの揶揄で鼻と耳を切り落とされそうになったんだぞ！」

「それは誇張だ！　釈放になったしジェイムズ王は暴君ではない!!　統治者だ！」

「そのくらいシェイクスピアの時代にだって価値観なんか逆転したっつってんだ馬鹿野郎！」

「ナニ言っちゃってんのこの人たち」

　怒鳴り合う内容に興味が持てず、飛鳥が両掌《てのひら》を返して見せる。

「内容はこーしょーかもしれないけど、ものすごい意味のない喧嘩をしていることになんで二人は気づかないの？　どういうこと？」

「素朴《そぼく》な疑問が過ぎます……。あ、ちなみに僕と美夜さんは単に進路が分かれただけです。僕は公務員になりたかったので。公務員が大好きなんです」

　その素朴な疑問の答えが存在するなら真っ先に訊きたいのは「我々」であると、公一朗が珍しく脳内で連帯を示す言葉を使用した。

「あたしは公務員が大嫌いなわけじゃないわ……全くそうではないわ……」

　美しい黒髪のマクベス夫人には是非クレオパトラもお願いしたいと、黒い制服が美麗な肢体《したい》を彩《いろど》りながら天道と空也に全く興味を示さない五月女を、羨望《せんぼう》のまなざしで美夜が見つめる。

「天道と空也は、最初は織姫《おりひめ》と彦星《ひこぼし》でした」

「どういうこと？　何故突然の七夕《たなばた》」

当たり前だがその説明全然わからないと、飛鳥は公一朗に訊いた。

「話せば長いことながら、空也は福島県出身なの」

「ああ、それ空也さんから辿々《たどたど》しく聞いたことある。震災のときに十歳で、その年から東京の劇団が地元に年に一回来てくれるようになって。それでシェイクスピア劇初めて観て感動したんだよね？　高校演劇の活躍はプロフィールで読んだ」

なんて真っ当な話だと、空也にはあまり似合わない演劇とシェイクスピアとの出会いを飛鳥が称賛する。

「そうそう。十歳でシェイクスピア演劇に初めて触れた空也は、怒濤《どとう》のようにシェイクスピアにのめり込んで。小学生の頃はひたすら戯曲読んで違法動画観てるだけだったんだけど」

「福島県の中でも山と田んぼしかない長閑《のどか》な山村で、隣の犬に懐かれるくらいしか意味のなかった美貌を盾に、中学生で無理矢理演劇部を自分で作ったそうです。元はなかったと言ってました」

「そこで初めて演技したんだ？」

五歳から役者人生をスタートさせた飛鳥は、中学生で演劇部を自力で作って高校ではもう学生演劇で活躍していたのかと感心した。

「元々才能が長い眠りについてたんだと思いますよ、たまたま機会がなくて。なんかやってみたらできた、というのが本人の拙い談話です」

「言い方……」

空也なので悪気がないのはわかっているものの、努力の人である草々は才能ある者の暴言に常々眩暈《めまい》を覚えている。

「高校で一年から演劇部の部長になって、王将は順調に福島県の高校演劇の王座についたの。潤色と演出と主演をして、夏休みは全国高校演劇コンクールに東北代表で毎年出場」

「学生演劇界に、スタア現るだね」

「そういう風に呼ばれてましたよ。期待の新星現る。けれど空也の場合、ちょっと顔が……」

「ああ、わかるよ。評価に届かないよね、あそこまで美貌の主張が激しいとそっちに目が行っちゃう。それでやんなったのかな？　板に立つの」

率直に言うと飛鳥の言う通り、空也の演技はかなり卓越しているのだが、同じく空也の持ち物である美貌に比例しているところまでは追いついているかは微妙だった。

「そこはあたしもわかんないわ。大学までは主演してたのよ。いい役者よ」

「いい役者なのはもちろんわかってる、だからこそあの顔邪魔だよね。それで高校演劇の賞に全部『準』ってついてるんだ」

負けず嫌いの自分は絶対に王子様顔を整形などしないが、空也は美貌が邪魔だから整形したらどうだと飛鳥が、恐ろしい形相で天道と言い争っている座長を見つめる。

「いいえ正当な評価に値《あたい》する人物が、きっちり大賞を取ったのです。三年間何もかも全て、関東南ブロック代表校の玉座に座った天道が持っていきました。静岡出身の僕は同じく関東南で、それらを横目で見ておりましたー」

まるで黒い玉座と白い玉座が二つ並んでいるような学年で、外野は遠巻きだったと、外野だった公一朗が思い出して笑った。

「三年間空也さんは鬼武丸に大賞を全て持っていかれて、それでこんなに憎み合ったってわけか。なるほどね」

一つ年上だが今のところ敬意ポイントを見つけていないので、飛鳥は天道を思い切り呼び捨てにした。

「『リア王』には元々『レア王』が先にあって、全集だってファースト・クォートからセカンド・フォリオ、バッド・クォートもある！　底本もケンブリッジ版と」

「その抗弁は、俺はあらゆるシェイクスピア・テロリストから必ず聴いている。潤色家なのにおまえの独創性のなさには呆れ返るな！」

「抗議に独創性もくそもあるか‼」

シェイクスピアの底本とはという話に必ず出るのは、生前に出たと言われている海賊版の全集クォート、四つ折り本と、没後ベン・ジョンソンが編纂《へんさん》したと言われているいくつかのフォリオという二つ折り本など、十七世紀の全集だけで何種類も存在しているので、何が底本なのだとは誰でも叫ぶ。

「その膨大な底本の中から正本決めてんのは一体誰だ！」

「誰であろうともシェイクスピア・テロリストには関係ないだろう！　使いはしないのだから‼」

そして現代で底本とされるものも、ケンブリッジ版とアーデン版等正典が揺れていたはずだということは、少しシェイクスピアに突っ込んだものなら国際シェイクスピア法と闘う時に「何が定義だ！」と必ず引用する正論となった。

「この話、僕心の底からどうでもいいやつだなあ。底本なんかあればいいし。何より文化を語るときに理論と正論程つまらないものはないよ。地球の時間をとても無駄にしてる」

「あんたものすごい極論言うわね。表舞台に出る日が来たら、全力で沈黙しなさいよ」

しかし本当にこのクォート、フォリオ、ケンブリッジ版、アーデン版辺りのことは百年単位で議論し尽くされてきたことなのに、二十一世紀にここまで熱くなれることには美夜も感心する。

「それにしても見苦しいわ……子どもの喧嘩みたい。みたいではないわ子どもの喧嘩だわ……あ、違うのよ飛鳥！　そんなシンプルな話じゃないのよ。だって憎み合って同じ大学の同じ演劇科に進む？　一緒にカンパニー組む？」

「偶然じゃないの？　だって大学演劇のトップでしょ、赤門」

自分たちの四年間をそんなシンプルなストーリーにされてはたまらないと、美夜は飛鳥の納得に戻って激しく突っ込んだ。

「織姫と彦星のように一年に一度真夏、しかも大会が終わったあと一言二言しか天道と空也は会話しませんでした。自分は二度、大会後称《たた》え合う二人を目撃したことがあります……」

遠い目をして、公一朗は高校時代の青過ぎる夏を回顧した。

「織姫と彦星のように年に一度、数分しか会わなかったのでお互いの本質など知るすべもなく。知りにくい人たちですしね、人の本質など。知る気に激しく欠けています」

「その上空也がね。よく知ってるでしょ？　空也は感情が高ぶるとまともに言葉が出てこないの。空也は天道を激しくリスペクトしていて、大会後鬼武丸天道とお話しできるなんて夢のようでという、緊張と尊敬から」

「ほとんど言葉も出ないまま、『すごい』『天才』『すてき』『かっこいい』『憧れる』『痺《しび》れる』ともじもじしてしまったそうです……僕はそのもじもじをうっかり見てしまったことがあって、思い出してもなんだか腹の底がぞわぞわする思いです……」

殴り合わないのが不思議なくらい見苦しい口論を展開している天道と空也を見ると、空也が天道をリスペクトしてもじもじしていたなどと、想像するだに皆にブリザードが吹き荒れ極寒になった。

「それを見て、天道の方にも空也の潤色や演技にリスペクトがあったもんだからすっかり気をよくしちゃってね！　バカなのかしらね二人とも⁉　疑問符の無駄遣いねバカなの！　同じ大学で一緒にシェイクスピア演劇を作ろうと誓い合って約束の赤門大学を受験」

「あー、表現者のリスペクトは遠きにありて思うものだよねー。特に演劇系は、客席から観てるのが唯一無傷で済む方法なのに。あんなお互い我の強い二つの点が同じ場所に重なり合ったら、もうそれは化学反応起こして大爆発するに決まってるじゃない」

子役の頃からそんな爆発は数多《あまた》見てきたキャリア二十年超えの飛鳥が、何故その点と点は無防備に重なろうとしたのだと呆れ返る。

「それでも最初の半年くらいは猫を被っていた手前、空也が耐えがたきを耐えまくってたかな。あたしたちは空也の不満にすぐ気づいて、とりあえず心に黒い玉座と白い玉座を二つ並べたんだけど。でも天道は少しも気づかないの。なんで気づかないでいられるもんなのかしら。それは今でもあたしには世界の三大不思議のトップに来るわ」

「天道は良くも悪くも男の中の男ですから……察する力がゼロなんですよ。ゼロ！　です。だから絵に描いたような男前でありながら、一切モテるということがありません」

「少々ですが好感が持てました……それに自分はかなり興味深く二人の口論を聞いています……学者の講義を何故か壮絶な罵声で聞かされている辛さですが……」

あれだけの容貌であそこまで偉そうであそこまで堂々としていてモテないと聞かされ、草々がほんの少しだけ天道に共感を見つけながら静かに口論という名の講義を傾聴する。

「空也は言葉ではなく態度で示しますからね、基本。それにしても今日はよく喋《しゃべ》るなあ、しかも理路整然とした長文を。やっぱり五年で成長したんじゃないんですか？　美夜さん」

「五年分のイモリやコウモリやカエルの入った魔女の鍋をひっくり返してるんでしょうけど、よくよく耳を傾けてみなさいよ。聞くのも虚《むな》しいけど。ファースト・クォート、セカンド・フォリオ、ケンブリッジ、アーデン。自分の感情の明文化は結局全然できてないわ、空也。ただシェイクスピア論文叩きつけてるだけよ」

「借り物の正論を投げつけてるだけだね。感情を全く言葉にできない空也さんと、感情を全く察する能力のない鬼武丸。なんで出会ってしまったの？　二人は。この世の迷惑じゃないの？」

関わりたくない二人だと、意識的に飛鳥は一歩後ろに下がった。

興味津々《しんしん》で観戦していた観客たちも、その平行線の正論議論には飽きて、ぼちぼちと劇場から人が減っている。

黒い制服のシェイクスピア警察達は、勉強のために必死で耳を傾けているエドガー以外の全員が「いつものことだが今回は長くてくどいし基本事項が過ぎる」と心のドアを閉めていた。

「こちらこの世ですが大迷惑だったわよーっ！　空也と天道が出会ったのは、ただそこにシェイクスピアがいたからよ‼　以上！　この世通信でした‼」

「それは仕方ないいね」

美夜の言い分には、飛鳥もすぐさま納得する。

「そうです。この世の厄災《やくさい》と幸いは全てシェイクスピアが存在したからです」

四百年以上経《た》ったのに凄いことですと、公一朗はただシェイクスピアを称えた。

「僕らは空也の不満が日々膨らむのがわかりましたけど、天道は全く気づかず。まるで可燃性ガスを孕《はら》んだ風船がどんどん膨らんでいくようで、同じカンパニーで過ごした最初の半年は地獄のように長かったです！」

「更にその風船が爆発した後の三年は、地獄の先を見たわね」

「僕は爆発前より後の方が、少し気楽でした」

「なんでよ？　毎日稽古場で、怒号だけならいいけど摑み合いになるのを止めるような苦難の日々だったのに」

「空也の可燃性ガスに天道が着火するのは目に見えていたので、いつ爆発するんだろうという不安だけは唯一なくなりましたからね……」

一つのストレスが消えたという無理矢理のポジティブ・シンキングを、公一朗が見せる。

「あたしの世界三大不思議の二つ目は、天道があそこまでシェイクスピア原理主義者じゃなかったことよ。むしろ逆というか、普通だったのに」

「え、意外。いつこうなったの？　あのマクベス」

それは確かに不思議な過去話だと、一歩前に戻って飛鳥は興味を示した。

「卒業公演を巡って大変なことになった、その日までですね。三年までは、大喧嘩しながらも二人で傑作を作ってましたよ。潤色の」

「ああ、まだ日本には来てなかったよね。国際シェイクスピア法。僕その頃、絶賛法整備されたロンドンにいた。国費で行ったから帰るわけにいかなかったんだけど、正規公演つまんなかったなあ。役者はものすごかったけどね」

一つ年上の地獄の赤門同期たちが二十一歳の頃だと、丁度国費でロンドン留学中だったから大学演劇に自分が全く詳しくないと飛鳥が気づく。

「卒業公演で天道が『リア王』潤色しようとしたんだけど、まあ揉《も》めに揉めて」

「結局再演の『ハムレット』をやりましたね」

五年前、険悪などという言葉では語れないほど黒と白の玉座の王たちが闘い抜いて、再演となった『ハムレット』は全力で上演したがそれは決して後味のいい卒業公演ではなかった。

「あれがあたしたちが同じ板に立った、最後のシェイクスピアになるのかしらね……」

「そう思うと寂しいものですね」

どんな地獄でも、四年間カンパニーをともにした者同士、最後に皆が立った舞台が五年前で、二度と還らないと思い知るのはさすがに美夜と公一朗も切なくはなる。

「いい加減にしろ！　俺はおまえとは五年前に袂《たもと》を分かって以来二度と会うつもりも話すつもりも議論するつもりもなかった!!　俺はおまえの言葉はもう充分過ぎるほど聴いた！次に会うのは確保の時だ！」

「聴いてないだろ何も！　ちゃんと聴けー!!」

「いいえ、何も寂しくはないわ」

「右に同じでした……」

だが現実を目の前にすると、切なさなどすぐさま吹っ飛んだ。

「来るなら正面玄関から来い。俺はいつでもそうしている。正面から立ち向かう」

「何故おまえのルールにこっちが従わなきゃなんないんだ！　おまえはいつもそうだ天道!!」

「俺がすることは俺が決めるだけの話だ。……厩戸飛鳥、初めて会ったな」

これ以上おまえとは対話しないと空也に背を向けて、上背《うわぜい》のある厚い体を威圧感のある制服で包んだ威圧の塊天道は、突然飛鳥を振り返った。

「なんでそんなに思いっきり偉そうなオーラ発してるのこの人……ホントマクベスやったらどうよ、そのまま。どうも、はじめまして」

置いてきぼりにされた空也は唇を噛み締めて言葉は出ず、ただ地団駄を踏んでいる。

「いい役者なのはよく知ってる。ＮＣＧＴに来たらどうだ。客演扱いで通年全ての演目に出たっていい、厩戸飛鳥なら」

それだけの価値のある役者だと、天道は賛辞を渡した。

誰なのか不明なままの内通者が届けるＮ座の記録映像をシェイクスピア警察内部では観ていると、告げるわけにはいかない。

だが秋のＮ座の「リア王」を観た天道には、飛鳥に対して明文化できない思いがあった。

「なんておいしい話」

愉快そうに笑って、飛鳥は肩を竦めた。

「ドサクサに紛《まぎ》れてうちのスターをスカウトするな！」

叫ぶ空也のリアが、この厩戸飛鳥となった。

大学の卒業公演で幻に終わった「リア王」の解釈を、言葉足らずの空也は確かにあの映像のように語っていたことを天道は忘れていない。

そのリアを五年前空也は天道にやれと言い、道化は自分がやると言った。

「でも今の僕には少しもおいしくない」

どんな役者も代わりがいないということはないと、天道は知っていたつもりだった。だが映像で飛鳥を観るようになって、知っていることと観ることは別だとも思い知った。

「君が地下に行った三年前と、ＮＣＧＴの環境は変わった。一度観てみろ、招待させてもらう。それにいい役者は、待つのも仕事なんじゃないのか。何故守ってくれる大劇団を辞めたんだ」

空也から飛鳥を奪いたいのは、もしかしたら何か子どもじみた感情からくる行いなのかもしれないと天道は自分を疑いもする。

だが、いい役者は与えられた役を全力で熟すことだけに集中すべきだという考えも、天道には本心だった。

「帆を立てて風を待つ船のように？」

「そうだ」

それが才能のある役者のあるべき姿だろうと、天道が飛鳥に諭す。

「鬼武丸天道。さっき経歴見たよ。学生演劇では役者として舞台にも立ったけど、演出家志望だったんだね。さっきもなんか吼《ほ》えてたかな？」

「ああ、学生演劇では役者もやったが演出をしていた」

それがどうしたと、いつでも堂々と天道は答えた。

「『役者も』？　役者ってそんなもん？　空也さんは潤色家と、今は演出家。役者には力が入らなくなったね」

「いや……舞台に立つときは全力のつもりだけど」

自分にも突然飛鳥の矛先が向いて、理由がわからないまま空也が答える。

「つもりとか言う人が全力ー？　笑わせないでよ」

ちゃんちゃら可笑《おか》しいと、飛鳥は空也と天道の両方を見くびって笑った。

「二人とも今は役者じゃない。だから役者の気持ちが全くわかってないね」

いつでも飛鳥の声は軽やかで、美しい中音域は深刻にはならない。

「確かに役者は待つのが仕事だ。自分に合う役、身の丈に合った役を、才能があれば劇団や事務所が運んでくれる」

「その通りだ」

「ところがその中に、僕自身が生きたと思えるような望んだ役が一体どのくらいあると思う？」

深刻にはならないのに、飛鳥が淡々《たんたん》と語り出すと人は時に恐怖に近い感情を与えられた。

「自分で選びに行くようになるまで、子役時代から大人になるまでに僕が望んだと思えた役はたった半分。二つに一つ。劇団の先輩達は、それでも確率的には高い方だと言ってたよ。僕には才能があるから、役に恵まれてるって言われた。贅沢《ぜいたく》を言うなってね」

子役時代から上から非難されることには慣れっこで、飛鳥には大人の説教などまるで響かない。

「やりたい役をやろうって自分で動くのが贅沢？　いいや、動かないのが怠慢《たいまん》なんだ。お恵みを待ってたら、短い役者人生に半分もやりたくもない役や本をいくつも演じる羽目になる」

愚《おろ》か者のすることだと、飛鳥は待つ者をばっさりと切り捨てた。

「凪を待つ帆船《はんせん》になるなんて、僕は真っ平ご免だね。そういうことは身動きが取れなくなった年寄りになったら考えるよ。待ってたって一つの風も吹かない日もやがては来るだろうしね、役者になんて。そうでしょう？」

だったら待つなんて臆病者のすることだと、軽蔑《けいべつ》さえ載せず、見も知らぬ臆病者を飛鳥は一瞥《いちべつ》もしない。

「今は海賊のようにやりたい役を獲《と》りに行くよ。常にね」

生きたくない役に時間を費やすことはもうしないと、飛鳥ははっきりと宣言した。

「ＮＣＧＴ、観てるよ。僕はご招待には応じない。無料で文句言ったら悪いからね。この間の『リア王』追加公演、ご立派でした。だけど僕のやりたい芝居ではない四百年やり続けられた『リア王』だし、僕の役はどうせエドガーでしょう？　あの『リア王』なら」

エドガーとは「リア王」に登場する、リアの忠臣グロスター伯爵の嫡子《ちゃくし》であり、善良さ故に庶子《しょし》エドマンドに欺《あざむ》かれ荒野を彷徨いしかし最後には舞台を閉める若者だ。

「正本の『リア王』には二百年以上の中断があったといわれているので正確には」

「そこどうでもいいんだけど、僕。同じこと何度も繰り返してるのつまんないって話」

「……エドガーは遣《や》り甲斐《がい》のある役じゃないのか。途中、目を抉《えぐ》り取られた父親の手を引くために頭のおかしい浮浪者トムの振りをして、最後には悪漢で弟のエドマンドを倒す。二役演じるのと同じだし成長もある」

語りながらも天道は、あの空也の潤色したリアをやった飛鳥が、ＮＣＧＴのエドガー役に意欲を持てないことはわかっていた。

「『さあ、腕を』」

ほんの少しも説明も猶予《ゆうよ》もなく、佇《たたず》まいから何から厩戸飛鳥は厩戸飛鳥ではなくなり、天使のように微笑んで手を差し伸べた。

ここにいるのはエドガーだと、向き合う天道と空也だけでなく、周囲にいる「リア王」を知る全ての者が理解する。

「『立って。そう。どうです？　脚《あし》は』」

それは自殺すると言い張る目をくりぬかれた父の手を引いて、ここは高い崖《がけ》だと平野で嘘《うそ》をついてやった父グロスターが飛び降りて死んだと思い込んだあとに、意識を取り戻した父にエドガーが他人を装って掛ける言葉だった。

「『どうです？』」

四大悲劇の最高傑作と呼び声の高い「リア王」だが、このエドガーの在《あ》り方は議論を呼び続けている。

何故エドガーは王を失い、庶子エドマンドの姦計《かんけい》により爵位を追われ、リアの次女と夫に目をくりぬかれて絶望の放浪の中に在る父グロスターに、我こそが失ったと思い込んでいる嫡子エドガーだと明かさないのか疑問は大きい。それはグロスターの希望になるはずだ。

「『立った、感じは』」

だが父に問う飛鳥のエドガーには、絶望の人に一度仮初《かりそめ》の死を与えて命を再生させようという身を切るような愛しかない。

そしてこの息子であるならば、自分が死ぬであろうエドマンドとの決闘を前に、子としての父への思慕を抑えられずついにそこで「ずっとそばにいた私がエドガーです」と打ち明けてしまうのも人々の腑《ふ》に落ちた。

結果、エドガーのその告白で喜びと悲しみに心臓が持たず、ついに老人グロスターは息絶えてしまう。

「『なんともない、大丈夫だ』」

自然と天道は低く枯れた声で、「リア王」第四幕第六場のエドガーの父であるグロスターの台詞を返していた。

「『ならもう、何も恐れることはない』」

父の息子でしかないエドガーの思いが、清らかに飛鳥の声で紡《つむ》がれる。

「いい声だね、あんたとは同じ板に立ちたいな。だけどエドガーはもういい。僕はとっくにエドガーは生き終えた。ＮＣＧＴは今は結構。今後やりたい芝居がかかるようになったら、獲りに行くからその時を待ってて。フック船長や、キャプテンスワロウのようにね」

カラッとエドガーを脱ぎ捨て飛鳥に戻って、静まり返った劇場内に軽い声が響いた。

「……飛鳥」

震えて空也が、飛鳥に歩み寄る。

「ちょっと、待って、俺、怖い、やだ、行かないで何処にも」

切れ切れの言葉を発しながら、空也は飛鳥の腕を摑んだ。

「空也さん、いつも言ってることとやってることが違うんだけど。今日も本八幡ブリテンカンパニー行ってもしょうがないようなこと言ってなかったっけ？」

なにそれ、と飛鳥が訝《いぶか》し気に摑まれた腕を見る。

「飛鳥、すごく怖い」

「僕はずっとこうだよ。Ｎ座の門を叩いた時から、最初からこう。ちゃんと知ってたでしよ？　隠したこともないよ。この間だってちゃんとこの話したじゃない。出て行くときは出て行くよって」

「俺は、飛鳥を、絶対に放さない。誰にもやらない」

「……心と言葉は裏切り合うんだね。まるで老いたリアのように」

虚勢《きよせい》を張って無意識の嘘を吐かれていたとまでは気づかずに、絽《すが》る空也に飛鳥はさすがに呆れた。

「放さないために、一生懸命いい本書くのよ空也」

うちの座長が観客もまだいるのにこれはみっともないと、慌《あわ》てて美夜が宥めにかかる。

「マジで飛鳥、超怖い……可愛い可愛い俺の飛鳥が、どうしてこんなことを言うの……」

「あんた人間の一体どこら辺を見て生きてんのよ⁉」

誰が可愛い飛鳥だと、宥める美夜にも限界が訪れた。

問われて空也が、じっと飛鳥を見つめる。

「顔など、ほか」

とりあえず顔が可愛いことには間違いないと、空也は空也で飛鳥の外見に大きく惑わされたまま三年を過ごしていた。

「いいね。今度可愛い役やりたいな。『夏の夜の夢』の妖精パックとか」

「あんた意外に似合うわね、パック。ちょっとデカいけど」

「その場合自分はオーベロンでしょうかね……」

「これ以上ここでその話を続けるなら、立派な現行犯だ」

審査を受けないN座が「夏の夜の夢」について語り出すのに、天道が待ったを掛ける。

「なら黙って聞いていればいいんじゃないでしょうかね？」

茶化すように公一朗は、天道の隣に立った。

「……白神は本当に素で道化がやれるな」

「やめてくださいい消えたくないですー。観客もかなり引きましたし、確保済みのカンパニー関係者を移送しますか？」

そこからの取り調べと保護観察が本番であると、公一朗と天道が舞台で確保されたままの本八幡ブリテンカンパニーを振り返る。

「俺は正本の講義なんか受けない！」

目が合ったことで、表現をついに封じられる憤《いきどお》りの限界値を迎えていた高塚が叫んだ。

「学び直せば新しい発見がある。必ず」

「必ずなんてのはおまえの価値観でしかない！　表現者に価値観の押し付けをするような体制側は世界を終わらせる!!　おまえみたいな暴君は」

もっともな怒りを、高塚が爆発させる。

「死ね!!」

「死ねはやめろ」

感情のまま闇雲に声を上げた高塚に、しかし不意に言ったのは空也だった。

「よく意味を考えろ馬鹿野郎殺すぞ」

死ねはやめろと言いながら、空也は高塚に「殺すぞ」と言っていて聞く者を混沌《こんとん》に陥《おとしい》れる。

「何言ってんだ空也。同期だからってシェイクスピア警察の味方するのか!!」

「しない。死ねは、最悪の言葉だ。死んでほしいほど憎い相手に、自発的に死んでもらうって言うのか。どのくらい卑劣《ひれつ》だとその言葉が出てくるんだ」

美貌を激しく歪《ゆが》めて、空也は高塚の言葉を強く咎めた。

「俺ならこの手で殺すと言う。実際」

そして向かい合っている並び立つ将のような天道を、まっすぐにねめつける。

「おまえのことはいつか必ず俺が殺す」

「能動的だな。殺すには責任が生じる。悪くない。殺されてやる気はないが」

いつでも素手で殺し合う準備はあると、天道と空也は目を合わせた。

「……噂《うわさ》に聞いたが、テロリストになってから主役をやらなくなったそうだな。まあ、厩戸飛鳥を手に入れたら主役は厩戸にやらせたいだろうが」

ふと、正面から天道が、改めて五年ぶりの空也の顔を見つめる。

「手に入れられてしまった、僕」

不本意、と飛鳥は横で肩を竦めた。

「主要な脇役もやらないそうじゃないか。無駄だな、その顔。無駄美貌だ」

「おまえの声も骨も全部無駄だ‼」

顔と声とそして骨が無駄だと、本気で二人は言っている。

「どういう罵《のの》り合いなんでしょうね……はは」

笑えないと、それでも公一朗はなんとか笑った。

「何故その骨を無駄にしてそんな制服着てる。……どうしてなんだ、天道。卒業公演の『リア王』までは俺たちはうまくいってた！」

「え」

しかし公一朗の公は公僕の公の公一朗も、「うまくいってた」に笑いが完全停止する。

「さすがに異議申し立てをしたいわ……裁判所に行ったらいいの？」

天道と空也が黒と白の玉座を並べてうまくいっていたという認識は、カンパニー内の誰一人として持っていなかった。

「ずっと楽しくやってたじゃないか！　一緒にシェイクスピア‼」

「確かにそうだが、卒業公演は『リア王』ではなく『ハムレット』に差し替えた」

だが天道もまたそこまでは「楽しくやっていてうまくいっていた」つもりなのかと、「ギョッ」と音がしそうな勢いで公一朗と美夜が二人を見る。

「『リア王』は結局やらなかっただろう。一度も、俺たちは」

黒い玉座と白い玉座の王が、少なくとも三年半は摑み合いながら楽しくやっていたということは、世界で二人だけしか知らなかったことだった。

「そして未来永劫《えいごう》、ともに『リア王』をやることはない」

「おまえなんか」

断言に空也は、ついに言葉が出てこなくなった。

「おまえなんかなんにも……なんにもわかってないくせに！」

体を折って、空也が叫ぶ。

「六波羅《ろくはら》補佐官、撤収に入ってくれ」

それを顧《かえり》みず天道は、いよいよ人の少なくなった劇場から完全撤収に入ると、補佐官である五月女を呼んだ。

「もう入っている。おまえが凡庸《ぼんよう》な演説をぶっている間にな」

王将が真ん中で大喧嘩している間にテキパキ働いていた五月女が、黒いロングブーツの踵《かかと》を鳴らして足を止める。

「だが、凡庸さは普遍の真理だ。人間には、少なくとも私には普遍の言葉が必要だ」

「……よくわかっている」

「おまえが私を理解するはずがない。……エドガー！　護送車にカンパニー関係者を乗せろ」

褒めたつもりも堕《お》としたつもりもないと、五月女はエドガーとともにカンパニー関係者の移送作業を始めた。

「エドガーの名前が、ぴったり合って思えてきていたんだが」

張り切るエドガーの背を眺めながら、撤収と移送の書類にサインするため天道が歩き出す。

「既に護送車は待機させています！」

張り切る新人のエドガーはどうしても「リア王」を連想させる名前で、署内でも皆同じイメージを持っていた。

「圧倒されましたね、厩戸飛鳥の一瞬のエドガー」

「こちらに呼び込むために、ＮＣＧＴ公演の一層の充実を図らなくてはならないな」

撤収と移送に天道と公一朗も動き出し、Ｎ座をもう振り返らない。

「……あの潤色のリアを、五年前空也は俺にやれと言っていたが」

五年前、決裂した「リア王」のことを天道は小声で言った。

「シェイクスピア警察としての是非はともかく、あれは厩戸飛鳥の役だ」

記録映像でもそれは確かに観たが、今日目の前ですぐにエドガーを戯曲の齟齬を完全になくして演じた飛鳥に感嘆する。

「役者を得て本が広がることは、否《いな》めませんよ。五年前に空也が思ったリアとは、また違うリアにはなったことでしょう」

「根本は同じだった。あのとき空也が、喚《わめ》いていたリアだ」

本人たち曰《いわ》くその瞬間まで「楽しくうまくいっていた」天道と空也が決裂した、五年前のそのときを低い声が語った。

「今、空也には厩戸がいる。不思議だ」

何がですかと、公一朗は余計なことを訊かない。

「とても不思議な感情だ。会うもんじゃないな、いずれにしろ」

飛鳥のことを言っているのか、空也のことを言っているのかも公一朗は尋ねなかった。

「僕も覚えていますよ」

「リアのことか？」

「いえ。国際シェイクスピア法がまだ日本に入ってくる前、入ってきた直後。いいえ、大学四年のその日まで」

同じ日の話だが、自分の覚えている景色は違うと公一朗が天道を見る。

「あなたも懐疑的だった。むしろ、否定的でした」

国際シェイクスピア法に対してとは、黒い制服を着て公一朗は言葉にはしなかった。

だがさすがに察する力のない天道も、伏せられた言葉はわかる。

「誰でも疑う。表現規制、言論の自由の侵害。多くの命を奪った、治安維持法を真っ先に連想した」

反対派と同じ意識しかなかったことを、もちろん天道自身が決して忘れてはいなかった。

「……だが、俺は『あのとき』まで知らなかったんだ。己を」

独り言《ご》ちて、天道が書類処理を急いで事務官のところに向かう。

「僕は、あなたが世界の王でもいいような気がするときがあります」

もう聴こえない天道の背に、小さく公一朗が言った。

「たまに一瞬思って、すぐに我に返りますけどね。ダメ、絶対！」

何十年も変わらない厚生労働省の覚せい剤防止のためのキャンペーンの言葉を声にして、公一朗も走る。

「……シェイクスピア警察が現場押さえるとこ、初めて見た」

二度と振り返らない天道の背を子どものように睨み続けて、ぽつりと空也は言った。

「そうね」

あの黒い制服はデザインが美しいのでできれば一度着てみたいと、テロリストの自分たちは滅多に見ることのない大量のシェイクスピア警察を、美夜は見回した。

「カーテンコールが完全に終わるまで待つんだな」

気が合わない本八幡ブリテンカンパニーの「ロミオとジュリエット」だったが、他の表現者を警察に引き渡すなどとても空也には考えられないし、むしろシェイクスピア警察からなら積極的に逃がしたい。

「知らなかった」

なのに今日隣に天道がいるのがわかっていて、始まった芝居を空也はどうしても止められなかった。

それはただ、席に着いた観客が存在していたからだ。満席だったからでもない。

一人でも観客がいたら、どんな芝居も絶対に空也は止めない。

「……そうね。あたしたち何も、知らないわね」

「何も？」

「誰も。お互いのことを、何も」

意味深にではなく美夜が、まっすぐに空也に教える。

頷いて不意に、突然さっき知った恐怖刺激を思い出して空也は飛鳥を振り返った。

「帰ろー。カレーはもういいから、ピザとか」

若者らしいことを言った飛鳥の左手を、空也が右手で取る。

「……なにこれ」

「ピザ、奢《おご》る」

「ピザ一枚で厩戸飛鳥様を引き留められると思う幼さに恐れ戦《おのの》きます……」

空也の必死感を草々が憐《あわ》れんで、ピザを食べて帰ろうとN座の四人は歩き出した。

「美夜様、めちゃくちゃ見てしまいました……山吹《やまぶき》さんが差し上げた白いドレスお似合いでした。お水に浮いていただきたいです！」

一連の騒動をそっと最後まで観ていた蒼《あおい》が、両手を握りしめて小さく呟く。

この千穐楽の地下劇場では、当然のように三婆、三人の魔女が観劇していた。

「美夜様にうっとりしてる場合かいな。まあ、嬉《うれ》しいけどな着てくださってー。てゆか遮那王と鬼武丸が一緒におるとこ初めて見たわ。舞台映えするやろなあ、あの二人」

難波《なんば》から千穐楽のために商談の日時を合わせて来ている山吹が、去っていった空也と天道の立ち姿に感心する。

「ロミオとティボルト観たかったたっス……」

舞台は消えものとはいえ、過去にあの二人が同じ板の上で殺し合ったならそれは死ぬほど観たかったと朱美《あけみ》はため息を吐いた。

「ハムレットとクローディアスもぴったり過ぎたでしょうね……惜しみます」

「鬼武丸天道、ほんまに生まれた時からマクベスですが何かみたいな顔しとんなあ。もう舞台に立たへんのかいな。シェイクスピア警察なんかやめてまえどあほ」

「山吹さん、それ結構ここではやばめの野次じゃないっスかね。やめろやめろー」

山吹をいさめておきながら朱美も、小さく右手を適当に二回上げる。

「あたしらのことなんか、誰も気にしてへんわ」

「それはそうっスね」

「あー、本八幡ブリテンカンパニーもう観られませんねえ。ちょっと今日の絶望エンドはどうかと思いましたけど、当たり外れは何処もありますしねえ」

話しながら「さあ見物は終えたしおいしいものを食べよう」と歩き出した三人に、「三婆、帰ります」とエドガーが全員にそっと電信で知らせた。

「でもあたしらが望んだ牢屋《ろうや》に入るんちゃうん。本八幡ブリテンカンパニー」

「なんだか、犯罪者とは違う扱いらしいですね。準法規とかなんとか難しい感じの、さっき鬼武丸天道が無駄な美声で演説してましたけど、美声が過ぎて内容が入ってきませんでしたー」

「保護観察処分が一番近いって聞いたことあるっス。週に六日一日八時間シェイクスピア正本の講義を受けて」

イラストレーターなのでなんとなくエンターテインメント業界という地続きの朱美が、「風が言っていた」と適当ながらも事実を二人に流布《るふ》する。

「ああ、免停講習みたいなやつやな」

「あれは地獄のように眠くなるけど、所詮『シェイクスピア』テロリストなので。その講義がなかなか激しく興味深いらしいっスよ。海外演出家が講師に来る日もあるそうで、だから正本側に転向して今ではNCGTに出てる役者も多いらしいっス」

七割はNCGTに出るようになりますからと公一朗がファンに伝えたのは嘘ではないと、シェイクスピアファンたちは体感でも知ってはいた。

「それ洗脳なんちゃうん？」

「どうなんでしょうね？　嘘を教えてるわけでもないでしょうから洗脳とも……まあいいですよ。NCGTで活躍してくれるなら、NCGTで観ます」

今日の「ロミオとジュリエット」が正直納得がいかなかったこともあって、三人は冷淡だった。

つまらないものを作ったら終わりだと、米倉がテロリストたちに言っている所以《ゆえん》である。

「NCGTでもなんでもええから、遮那王と鬼武丸でシェイクスピア観たいわ。あんな長々話し込んどるんやから、仲直りせえや」

「話聞いてました？　山吹さん」

「あんなつまらん話聞いとられるかいな。美声を歌のように聞いとったわ」

「自分結構聞いてましたよ。よくわかんないっスけど、別にそんなに難しい仲たがいじゃないような……気がしましたけどねえ。要は卒業公演の準備中に大喧嘩になってそれきりって話だったような」

口論が長かった割には論文引用部分以外の要点は三行だった以上、と、朱美はまとめた。

「どっちかがちょっと謝ったら、それで終わるようなことなんじゃないスか？」

「男の人って謝るのが下手というか……謝ったら死ぬ病気なのかと思います……」

今日も囲碁を打ちに行っている会長の三人息子がその病気に罹患《りかん》しているせいで、会社内が大層面倒くさいことになっている蒼が深々とため息を吐く。

「いるっス、うちの業界にもその病人。謝ったら死ぬ病気なら、どっちみち謝ったら即死っスからあのままっスよ。遮那王と鬼武丸」

ならしゃあないなあと山吹が伸びをして、いついかなる時でもおいしい食事の前で乾杯することにしている三人の魔女は、シェイクスピア警察にさえ恐れられていることなど全く知らずに劇場をあとにした。

VI　マクベス・ハムレット・道化・オフィーリア　大さいたま新都・in

「わかった必ず正面玄関を突破してやる!!」

クリスマスが近い夕暮れの窓に向かって空也《そらや》が大きく叫んだN座《エヌ》の常設稽古《けいこ》場は、大《だい》さいたま新都《しんと》地下劇場「fool」の三階部分にあった。

「いない人と話してるー、空也さん」

ロンドンから配信されたロイヤル・シェイクスピア通信を薄いタブレットで眺めながら、二十畳ほどのフローリングの隅《すみ》に置かれた赤いソファで飛鳥《あすか》が肩を竦《すく》める。

シェイクスピア・テロリストでルーティンの公演を打てるレベルの集客がある劇団は、主に公演をしている地下劇場の真上に稽古場があった。

公演の収入だけで生活できるものではないので、一階の飲食店の厨房《ちゅうぼう》でバイトしたり、米倉《よねくら》が口をきいてくれたシェイクスピア作品以外の外部公演に出演したりして皆毎日を凌《しの》いでいる。

「何よ、微妙な顔して」

ウインター公演の打ち合わせでN座主要メンバーである四人が今日は稽古場に集まった

が、打ち合わせは進まず、美夜《みや》が一人会議用のテーブルで表計算ソフトをいじりながら飛鳥に問う。

「だって、本八幡《もとやわた》で鬼武丸《おにたけまる》と五年ぶりの再会してから、空也さんあのマクベスですが何か？　のことで頭いっぱいじゃない。少しエドガーとグロスターで掛け合ったけど、半端なくいい役者なのはわかったよ。おもしろくはないね」

「飛鳥様ほどの天才役者がですか……？」

役者でさえないシェイクスピア警察の鬼武丸天道《てんどう》に嫉妬《しっと》するのかと、同じくソファに座ってパソコンで舞台美術の図案を見ていた草々《そうそう》が目を丸くした。

「だって僕は今、空也さんのスタアだから。シェイクスピアに於《お》けるバーベッジだから。空也さんには僕に書く役のことを今は考えてほしいし」

珍しく本気で飛鳥は不貞腐《ふてくさ》れたが、空也には聞こえず実は意外と近い国際シェイクスピア警察課本部のビルを窓辺に立って睨《にら》んでいる。

「それに、僕の最大のコンプレックスを刺激する相手だ。鬼武丸天道は」

「……飛鳥様に……コンプレックスなんかあるんですか……⁉」

その存在を初めて聞いて、草々は吃驚《きっきょう》した。

飛鳥は五歳でデビューした時から天才子役と言われ、子役には役がなくなったりする思春期にも安定感のある演技で進化し続けた。

変声期にも美しい中音域をなだらかに手に入れ、体が成長する時期は顔が長くなったり丸くなったりするのが普通なのに容姿が端麗でなかった瞬間が一秒もない。

「僕だって人間だよ。それに僕のこのコンプレックスは結構巨大」

その上常に同世代の役者たちの中で最高の演技力と謳《うた》われ、表舞台にいるときは貰《もら》える演劇賞を片っ端から総なめにして、さあこれからという二十歳《はたち》の頃に国費で二年ロンドンに留学し、帰国後シェイクスピアの公認シアターに立つようになりいよいよという時にスッと大劇団を辞めてスッとシェイクスピア・テロリストになった。

「飛鳥様の思い通りにならないことなんてあるんですか……？」

やりたいようにしかやっていない飛鳥に、思わずそう訊《き》きたくなるのは草々だけではないはずだ。

「あるよ！　見たでしょ？　鬼武丸天道の立ち姿、声。空也さん骨が無駄だって言ってたけど、本当にそうだよ。欧米人並みの、ギリシャ彫刻みたいな骨格と存在感で、男性的な美と貫禄を詰め込んだ体だからまたあの重低音の美声が響き渡るんだろうけど。体が楽器になって」

口惜し気に飛鳥は、天道の無駄な骨を回顧した。

「誰だって与えられた体で生きるしかない。僕は本当は正本《しょうほん》のマクベスがやりたい。好きなんだ、マクベスが」

苛々《いらいら》と言って、飛鳥が突然タブレットを置いてソファから立ち上がる。

「『マクベスは眠りを殺した……っ！』」

善政を敷いたスコットランドの先王ダンカンを殺したマクベスの叫びを、飛鳥は稽古場に轟《とどろ》かせた。

「……こんなの、あの無駄な骨に比べたら子どもマクベスだ。戦《いくさ》の女神ベローナに愛された軍神マルスめ。けっ！」

拗《す》ねて、また飛鳥がタブレットを取ってソファに座る。

「飛鳥に火をつけてるのは、別のスターね。いいんじゃない？　もっと燃えれば？」

ライバル心はいい燃料でしかないだろうと、美夜はひたすら表計算ソフトを見ていた。

「マクベスをやろう。飛鳥」

窓の方を向いていた空也が、自分の感情のみで飛鳥を振り返った。

「あの無駄な骨でやりたいんでしょう？　本当は」

生まれる前からマクベスだが何かという天道の無駄美声が耳元で聴こえるようで、飛鳥がプイと横を向く。

「おまえのためのマクベスを書くよ。この間からイメージしてるんだ、話しただろ？」

「ふーん。さっきシェイクスピア警察本部に向かって叫んでたのに？　ＮＣＧＴ《シアター》の芝居も確かに最近悪くないから、正面玄関を潜るのも悪くないかもね」

独り言が皆に聴こえているという意識のない空也に、天道の生まれつきの骨を憎んだまま飛鳥は言った。

「飛鳥……」

自分が窓の外に叫んでいる間に、飛鳥が何故何《なぜ》ゆえにかNCGTもいいと言い出したと、慌《あわ》てて空也がソファに駆け寄る。

「やだ、行かないで、放さない」

ソファの足元に跪《ひざまず》いて、空也は飛鳥の腹にしがみついた。

「あの骨のことしか考えてなかったくせに」

「まるで女子高生と言ったら女子高生に本当に悪いわね。なんか、すごくうざい」

テーブルの上にパソコンを置いて、美夜が二人に冷たい声を聴かせる。

「あたしそういう駆け引きみたいなの大嫌いなのー！　ウジウジするならよそでやって‼」

「本当ですよ……贅沢《ぜいたく》な駆け引きです」

二人を叱《しか》った美夜に、自分も同感だと草々は頷《うなず》いた。

「言っとくけど草々、僕は草々にだって嫉妬してるんだから」

けれど飛鳥は、滅多なことでは拗ねないので一度拗ねたら簡単には拗ね終わらない。

「飛鳥様が僕なんかに？　揶揄《からか》わないでくださいよ……」

「自分の存在感知らないの？　僕は主役だから、草々に喰《く》われないように努力してるよ。いつも。この間のエドマンドの怪演も、怖かった」

それはお世辞ではなく、草々の持つ仄暗《ほのぐら》い存在感はなかなか飛鳥には出しにくいもので、舞台上で向き合う時飛鳥は常に持てる熱量を全開にしていた。

「飛鳥様……」

「あたしの話聴いてるー⁉　いちゃいちゃするのも鬱陶《うっとう》しいからあとにしてー‼」

「どうしたの、美夜。そんなにピリピリして」

そんなに美夜が怒るのも珍しいと、飛鳥の腹に懐いたまま空也が尋ねる。

「貧すればドンしてるのよ、お金がないの！」

先日の「リア王」だけでなく毎回追加席や立見席も出る満員御礼のN座だったが、何しろ劇場収容人数がそこのNCGTの十分の一なので、クオリティを下げずに採算を取ろうとしたらチケット代を上げるしかない。

「あの劇場でこれ以上は対価だと思えないし、チケット代。ただでさえテロ公演のチケット買うの、ハードル高いからこれ以上観客に負担掛けたくない。お食事券方式だから行けなくなったとき譲渡するのが難しいって聞くもの」

「たまにポンと空席あるの、そういうことだよね。僕が予算食ってるんじゃない？　これ以上下げられはしないけど」

三年前にN座に入った厩戸《うまやど》飛鳥のギャラが他の劇団員と違うのは、飛鳥が入ったときに交渉済みで全員了解していた。

「あんたが死んだとき伝記に書かれるでしょうよ、厩戸飛鳥を最も安く使った劇団はN座。それでも才能に対する最低限の対価よ。人件費は何処《どこ》も削れない」

「抜本《ばっぽん》的な改革が必要だな……」

「役に立たない政治家みたいなこと言わないで空也！　なんか具体案出しなさいよ‼」

「……怖い、美夜」

「公演期間を倍にしてはどうでしょうか……？」

キー！　っと美夜が鈍《どん》して空也が怯《おび》えるのに、控え目に草々が提案する。

「ここの客席数は増えませんから、最近N座のファンの方が増えた結果チケットが取れにくいとアンケートに呪詛《じゅそ》がたくさん書いてあります……本八幡ブリテンカンパニーの公演がなくなってしまったので、そちらの観客も流れてくるでしょうし……」

「公演期間中、一階も繁盛するし。劇団には同じ演目で多く収益が入る。観客にもチケットが行き渡って、確かにそれはウィンウィンってやつじゃないの？」

草々のしごくまともな提案に、なるほどと飛鳥は感心した。

「それが一番なんだけど、ひと月以上同じ演目ねえ……」

「僕はロングランの経験もあるから集中力が途切れることはないけど、この規模では今までにない長さだから中だるみが起きないように何か考えないとね。役をシャッフルする日を作るっていうのは？」

飛鳥自身は好まないが、長い公演期間中、主役と準主役が入れ替わるシャッフルキャスト公演は比較的一般的な企画だ。

「あ、それだわ。稽古期間は変わってくるけど、舞台装置そのままでいけるもの」

「うーん」

美夜が飛鳥に同意するのに、空也が唸《うな》る。

「まあ、そうね。あんた役者に完全に当てて書くから嫌よねえシャッフル公演。わがまま言わないで！　だったら二本書きなさい!!　お金がなかったら一本だって公演できないんだから！」

「……は、はい……」

慰《なぐさ》めから罵倒《ばとう》から結論まで一息に言われて、空也はただ飛鳥の腹で無能に頷くしかなかった。

「あ、そこ痛い空也さん。もう懐かないで」

腕を摑《つか》んだ空也を、そっと飛鳥が振りほどく。

「え、怪我《けが》!?」

うちのスターが怪我をと、空也は顔色変えて飛び退《すさ》った。

「違う違う。昨日二度目の予防接種打ったから、インフルエンザの。今年の痛いよー」

「あんたホントに偉いわね、飛鳥。劇団員全員一度は打ってるけど。二度目って二種類ってこと？」

役者がインフルエンザに罹《かか》ったら熱が下がっても舞台には数日立てず、N座に誰にも代役がやれない飛鳥が倒れたらチケットを全て払い戻すしかない。

「二度は打たなくていいとか諸説あるらしいけど、打てるもんはなんでも打つよ僕は。実は一度も罹ったことないんだけどね、インフルエンザ」

いたた、と腕を軽く摩《さす》って飛鳥は笑った。

「さすが芸歴二十一年ですね……見習うことが多過ぎます……自己管理完璧ですよね。お酒も公演中絶対呑《の》まないですし。打ち上げまで禁酒ですよね飛鳥様……」

演劇関係者には酒呑みが多く、大劇場のベテランでも公演が長くなったりご当地名物がおいしい地方公演になると、どうしても気が緩んで明日のことを考えずに呑んでしまう者も多い。

意外とそれが、役者の普通ではあった。

「プロ意識っていうのとはでも、違うかな」

草々に尊敬を語られて、確かにキャリアは長いけれど理由はそこではないと、飛鳥は自分ではっきり知っていた。

「違うの？」

何か飛鳥がいつも見せない真面目《まじめ》な顔をしたことに、美夜が気づく。

「うん。そんな生易《なまやさ》しい感情じゃない」

笑おうと飛鳥はしたが、あきらめて長く息を吐いた。

「僕、震災の時九歳で。三月にあの地震があって、でも四月からロングランの公演がスタートした。二千五百人キャパの大劇場で、初日が四月の二十日《はつか》」

それぞれそんなに変わらない年齢で同じ経験をしている三人は、けれど飛鳥とは違って当時舞台には立っていなかった。

「何処の劇場もどの公演も、まずやるかやらないかで大人たちが長く協議してた。中止になったところもたくさんある。子どもだったし僕は決定に従っただけだったけど、振り返ると完全な正解なんてなかったと思うよ。みんな経験のないことだったから」

十八年前、三月十一日に東北を襲った大震災は、関東圏にも長く大きな影響を及ぼした。

「僕が子役で出ていた公演は、来られない人には返金や振り替え対応をして初日の幕を予定通り開けることになった。『他にできることが何もない』が、合言葉だったよ。四月公演は、多分その形が一番多かったんじゃないかな。僕はいたずらな子どもの役で、その役は二度目でね」

客席を沸かせるのが得意だったと、小さく飛鳥は笑った。

「再演で、ロングランだから。初日は前売りで完売したって稽古中に聞いてたけど、幕が開いたら客席にはたくさんの空席が、在った」

その景色を、飛鳥は何度でも思い出す。鮮明に。生涯忘れられない景色だ。

「僕はカーテンコールで泣いたのはあのときが初めてで、そして最後だ」

役者人生はまだ先が長いだろうに、「最後」と飛鳥が言い切る。

「みんな、泣いてたよ。舞台の上も、客席も。一人一人が何を思っていたかなんてわからないし、自分の気持ちも言葉にはできない。僕は今も言葉にできない」

一瞬、唇を噛《か》み締めた飛鳥の言葉を、三人は言葉も見つからず、聴いていた。

「ただ、あのとき知った。空席は、不在の証明なんだって。どういう理由なのかは考えない、僕は。だけど誰かが座るはずだった座席が空いてるっていうのは」

空席は、舞台上から見るのはそれだけで辛い。

「そこに座るはずの人が存在する、存在したっていうこと」

その初日の空席は飛鳥の胸に刻まれて、人が座らない座席は飛鳥には不在の証明となった。

「観客が、どうやって、どんな思いをして劇場に来るのか僕は知らない。舞台には立つことの方がほとんどだから」

正直そこは聞きたくないと、その日の経験が飛鳥の首を小さく振らせる。

「ただ、劇場に来た観客は絶対にそのまま帰さない」

誰も声一つ出ず、それぞれが過ごした同じ日を回顧していた。

空也は震源地の近くで被災した。子どもだったせいもあって、状況はずっと見えなかった。ひと月交通が寸断されて物資も途絶え、不安は高まったけれど四月から新学年になってなんとか学校が始まった。

三月以前より、足りないものは多かった。連絡の途絶えた人もいた。倒壊した施設の復旧の見込みは全く立たず図書館も移動図書館に頼っていた秋口に、東京から劇団が来た。

——すみません！　他にできることがないんで!!　迷惑かけないように自分たちの食料も寝床も寝袋《ねぶくろ》持ってきました！

最初、公民館の補強をするボランティアだと思い込んだ。その頃は色んなボランティアがやってきて、それぞれが様々なことをしてくれた。

そういう中の一つだと思っていた彼らは、使えるようになった公民館で無料で劇をやると家々を回っていった。

子どもにもわかるようにやさしく書き直された「夏の夜の夢」を、シェイクスピア演劇を、空也は初めて観《み》た。

「空席は、不在の証明」

呟《つぶや》いた空也と、美夜は十歳、草々は八歳。

舞台に関わることではなくても、あの時間を経験した者は皆、飛鳥の言葉の意味を理解していると空也は思った。

本八幡ブリテンカンパニーのテロ公演「ロミオとジュリエット」を、シェイクスピア警察である天道は空也の隣で観ていた。シェイクスピア原理主義者ばかりだという噂《うわさ》のシェイクスピア警察職員が劇場を包囲し、何人かは調整室で観ていたようだった。

カーテンコールが終わるまで、観客の時間は決して、シェイクスピア警察によって妨げられることはなかった。

「正面玄関に行く」

ＮＣＧＴの方角を、もう一度空也が振り返る。

「正面玄関を突破する。三千人に、俺が潤色《じゅんしょく》したマクベスを」

そして、空席は不在の証明だと胸に刻んでいる飛鳥を、空也はまっすぐに見た。

「俺のマクベスを、飛鳥のマクベスを観てもらう」

「……正本の『マクベス』をやるということですか？」

NCGTにかけるということはそういうことかと、草々が首を傾《かし》げる。

「厩戸飛鳥のマクベスよ？」

今まで散々飛鳥自身が言ってきた通り、ノーブルな王子様顔の厩戸飛鳥にマクベスが巡ってくることは、正本なら何十年もあり得ない。

「劇団名『Non sanz droict座』で、正本だって言ってウインター公演の審査申請書出して。美夜。草々、とりあえずの正本仕様の舞台美術考えて」

「……それは」

その先に何か考えがあることはわかって、草々は言葉を切った。

「それは僕は嫌です」

いつになくはっきりと、草々が空也の言い分を拒む。

「とりあえずの仕事は、一度もしたことがないのでやり方がわからないし」

きっと土壇場《どたんば》で潤色仕様に変えるから、審査のための張りぼての正本用舞台美術を作れと言われたことが、草々には伝わった。

「僕は……才能ではなく努力の人間だと思っています。自分は」

「結果が出せたらどっちでも同じだと思うけど」

もし自分を蔑《さげす》んでいるならそれはお門違いだと、飛鳥が口を挟む。

「同じになるように、努力しているので」

ありがとうございますと、草々は飛鳥に頭を下げた。

「一度でも、とりあえずで適当に作ったら何か大切なものが終わると思います。嫌です」

言われた仕事を今回はこなせない理由を、辿々《たどたど》しくもきちんと草々が告げる。

「ごめん、草々」

息を呑んで、空也は草々に歩み寄った。

「俺、目の前のことに夢中で、酷《ひど》いこと言った。ごめん草々」

「それはわかってます。空也さん今、マクベスと二人きりですね」

悪気がないのは知っていると、草々が笑う。

「潤色は、正本の舞台美術に合わせる。正本の舞台美術、衣装を前提に潤色する」

飛鳥のマクベスのままと、空也はそれだけ今はっきり決めた。

「いつも通り、草々を信頼する」

「ありがとうございます……」

まっすぐ目を見て空也の無駄美貌《びぼう》と目力で言われると、心は示したものの、それとプレッシャーは話が別な草々であった。

「礼を言われる筋合いはない」

「あんた日本語微妙に間違ってるわよ。よくそれで潤色できてるわよね」

「ほんと」

喋《しゃべ》り言葉が頼りない空也に、美夜と飛鳥が笑う。

「僕はダンカン王かマクダフといったところですかね……」

主人公マクベスに殺される先王ダンカンと、マクベスに妻子を殺され最後にマクベスに立ち向かい倒す貴族マクダフの名を草々は口にした。

「自分の役どころが読めるのはもう一人前の役者だよ、草々。きっとマクダフだ」

そうすると最後は草々と一騎打ちだと、飛鳥が既《すで》に本番を楽しみに笑う。

「そして私はマクベス夫人ね。難しいのよねー、シェイクスピア作品の中でもマクベス夫人の主張の強さってすごい」

マクベスを煽《あお》り激しい台詞《せりふ》を叩きつけ、しかし最期《さいご》には前後の見境がつかなくなり死に至ってしまうマクベス夫人はごく当たり前に難しい役だ。

「……空也はマルカムもやらないんでしょうね。どうしちゃったのかしら、本当に」

先王ダンカンの息子、マルカム王子も出番が多いが、最近の空也はせいぜいモブのように出てくるスコットランド貴族かノルウェー伯爵だろうと美夜がため息を吐く。

「マクベス」

三人が見つめている空也は、最高の玉座にマクベスを座らせるために、ただ独り、三人の魔女の棲《す》む荒野に足を踏み入れていた。

本八幡ブリテンカンパニーの潤色は社会的政治的シェイクスピアだったので、反体制派の文化人達の真っ向批判が激しく国際シェイクスピア警察本部に殺到していた。

「リベラル、左派新聞も久しぶりに本気で国際シェイクスピア法自体への議論を始めましたね」

直接の批判とともに、侵害できない表現の自由に該当するメディアでの批判についても、シェイクスピア警察本部で検討しないわけにはいかず、十三階本部フロアで公一朗《こういちろう》は回答必須案件に処理順位をつけていた。

「議論はされた方がいい。最近名だたる有識者達が随分《ずいぶん》おとなしいと呆《あき》れていた」

批判対象の国際シェイクスピア警察の事実上若き最高責任者である天道が、母校国立赤門大学名誉教授宮里公司《みやさとこうじ》の、丁寧で膨大に長い抗議声明を読みながら平然と宣《のたま》う。

「藤島《ふじしま》大臣からも抗議が上がってきている。こちらは有識者の逆だよ」

現職の文部科学大臣藤島信二《しんじ》からの直接の抗議というよりは指示を、大臣担当者でもある五月女《さつき》がタブレットの形で二人のいるデスクに持ってきた。

「シェイクスピア・テロリスト、地下劇団の存在を確認次第確保しろ。千穐楽《せんしゅうらく》の終演まで待つな、か？」

文部科学省の外局である文化庁内部部局の国際シェイクスピア警察課所属の天道が、滅多に会うこともないが人事的にはトップである藤島大臣の声明を一瞥《いちべつ》する。

「私も大臣に同感だ。現場を押さえるまでが大仕事なのに、そこまで待って逃げられたらどうする。現に劇場従業員は、過去も全ては任意同行できていない」

大臣担当をしているからではなく、それは五月女がずっと主張している意思だった。

「どうしたんだ。久しぶりだな、大臣」

たまにその声明を出してくる藤島大臣を気にしてもやらず、天道がタブレットに肩を竦める。

「赤提灯《ちょうちん》で隣に座ったおやじに話しかけてるみたいですね、課長。恐らく、今英国との関係性を保ちたい事情で更に上から何か出せと言われたんでしょう。EU離脱問題が尾を引いて、今まで比較的良好だった自動車輸出の貿易摩擦問題が上がってきているので」

「なるほど。あの大臣行事以外で劇場に入ったことがないそうだが、そこまで来たらもう入らない方が他の観客のためだろうな」

大臣の声明は毎回定型文なのでざっと眺めて、天道はタブレットを五月女に押し戻した。

「待て。私も訊きたい、藤島大臣と同じことを。現場を押さえたらすぐに確保すべきだ。審査なしの無許可上演だという時点で、確認しなくても現行犯確保できる。客出しまで待っていたら取り逃がす可能性は高い」

今までもそういう懸念は実際化していたと、五月女の表情は険しい。

「六波羅《ろくはら》補佐官は」

答えを待って立っている五月女を、椅子《いす》に座ったまま天道は見上げた。

「文字でシェイクスピアを学んだが、個人的な観劇は相変わらずしないのか」

「文字で充分だ。人間の体を通した喜怒哀楽は私には必要ない。文字の方が理解できる。叫びや嘆きには共感が追いつかない。情報が多過ぎるんだよ」

それが自分の性質だと言った五月女に、「そうだったな」と天道は頷いた。

「シェイクスピアは、だいたい上演時間は三時間を超える。だがこれは、一時間でも一分でも、一秒でも同じだが」

千穐楽の終演まで待つ理由の大きな一つを、天道が丁寧に五月女に説明する。

「一人一人、チケットを買って劇場まで来た観客の持ち物だ。その時間は」

「チケット代を返金させるのでは駄目なのか。もしくは当局で補塡《ほてん》することを検討すればいい」

「観客が買ったのは、チケットではなく時間だ。その一人一人の命の時間にそれぞれどんな事情があるのかはわからないし、知る必要も全くない。他人の生命の中の時間なので、侵害はしない。命の補塡は不可能だ」

尋ねられた言葉にも、天道はゆっくり返した。

「なるほど」

時間をかけて咀嚼《そしゃく》して、五月女が理由を呑み込む。

「その説明はとてもわかりやすかった。最初からそうやってちゃんと説明しろ。このことは私は、ずっとおまえに言ってきたことだ」

何故今まで説明しなかったと言い捨てて、けれど納得して五月女は藤島大臣に返信するため自分のデスクに戻った。

「決まっていることは、皆理解しているとどうしても思いがちだな。俺は」

独り言ちた天道に、傍《かたわ》らで公一朗は「自覚あるんかーい」と心中で強く突っ込んだ。

「……説明しろか。最近聞いた台詞だな。NCGTのオータム公演中だったか」

「空也ですよ！」

いくらなんでもそれは気にしてやれと、心中に留めることができずに公一朗が珍しく声を大きくする。

「ああ、相変わらずだったな。あいつは」

言葉足らずの空也の地団駄は五年ぶりだったが、地団駄なので内容が今一つ入ってこないと、天道は有識者の抗議声明に戻った。

「まあ、空也には説明しても無駄ですけどね。空也には空也の意思決定があって、それを動かす気がない上での抗弁ですから」

「抗弁というのはこういうものを言うんだ。読むか宮里名誉教授の声明文。テキストなのにデータが重いぞ」

母校の尊敬する名誉教授からの厳しい声明を、ため息もつかずに天道は淡々《たんたん》と読んでいる。

「全く堪《こた》えないですね、こういうとき課長は。超然としているとも取れますが、何も気にならないというのは強さでもあります」

「俺が傲慢《ごうまん》なのは知ってる。人生で一番聴いた言葉になるだろう。墓石に彫ってもらってもかまわん。どうせ自分では見ないしな」

今後改善する意思はないのか、弱冠二十七歳で「傲慢」を墓碑銘《ぼひめい》にしろと天道は言った。

「傲慢というのは驕《おご》り高ぶっている様のことです。実際強いということと、驕っていることは違うでしょう。驕るのは弱いからではないでしょうかね」

「何が言いたい」

「あなたは確かに暴君は暴君ですが、驕り高ぶってはいませんよ」

そこは誤解だと、公一朗が簡潔に告げる。

「おまえとは長いが、白神《しらかみ》」

長いことを覚えていたのかと、驚いて公一朗は隣の天道を見た。

「俺を理解しているか？　俺自身はしていない。俺は、一人じゃないか。自分一人だけでいては、強いのか弱いのかもわからない。何かを主体にしないまでも、比べる者がないのに強いも弱いもわからん」

「自分と他者を全く比較せずにこの世を生きていると言われると、それは強さなのか驕りなのかさすがに判断いたしかねます」

理解を求めない難解な長文を理解する自分を、たまに他人に褒めてもらいたいと公一朗が疲れを見せる。

「そうだろう。比べる者は必要だ」

俺は一人じゃないか、にはそういう意味が含まれていたのか、天道は大臣に返信している五月女をじっと見た。

「そのまなざしは、セクシャル・ハラスメントに該当する可能性があるので直《ただ》ちにおやめください。まだまだ三十前ですし、独身でもいいんじゃないですか？」

「結婚はしたいが、比較対象がいない独り身だというのはそういう意味には留まらない」

「六波羅補佐官はそんなにお好みですが」

恥じたのかと呆れて、就労中に難だとは思いながら親切にも公一朗が尋ねてやる。

「好みだ。俺はオフィーリアみたいに父親の言いなりで主体性のない弱々しい女は怖い」

シェイクスピア戯曲《ぎきょく》「ハムレット」に登場する、ハムレットの恋人オフィーリアを天道は怖いと言った。

「怖いって、少し珍しい感覚ですね」

オフィーリアは、先王だったハムレットの父親を殺した弟、現国王クローディアスの腹心ポローニアスの娘でもある。

要は、ハムレットの恋人は仇《かたき》側の娘となってしまう。

「最期前後不覚になって水に浮くじゃないか。オフィーリアは恐ろしい。それならマクベス夫人のように、やると誓ったら自分の乳飲み子《ちのご》の頭をかち割ると叫んでくれる方がいい」

「そんなマクベス夫人も最期はいったら前後不覚になりますよ」

「シェイクスピア悲劇は、だいたい最期は人は狂うか死ぬ。結末より、自分がしっかりあることを求める。初めに己在《あ》りきだ」

「あるように見えて、僕はマクベス夫人は主体性がないようにも見えます。役目を負わされているという解釈が主流ですが、足りないことに囚《とら》われてるのかと思いますけどね」

　極論ともなんとも言えない天道らしい言葉を聞いて、公一朗はつい禁忌《きんき》にもなり得る自己解釈を口にした。

「王冠か？」

「いえ。その頭をかち割ると言っている赤ん坊を、自分の乳で育てたどれだけ可愛《かわい》いかよく知っていると言うけれど、マクベス夫妻には子どもがいません」

「マクベスに妻子を惨殺されたマクダフの、『やつには子どもがいない！』のことか？　だがあの台詞には少なくとも二つ解釈が、国際シェイクスピア法の中にも許されている。第一条、第五十二項。『「マクベス」第四幕第三場「彼には子供がいない」の「彼」を、妻子の殺害者であるマクベスとするか、隣で「元気を出せ」と慰めを言った独身のマルカムを指す独白とするかは各自に委ねる』となっているはずだ」

　国際シェイクスピア法全書を隈《くま》なく諳《そら》んじられる天道が、その項に言及する。

「その台詞解釈は問題に思っていません。マクベスが王になると魔女は言いながら、親しいバンクォーの子孫が王になると言った時点で、跡継ぎがマクベスにいれば言及されるはずなのにされません。何より何処にもマクベスの子どもの気配がしません。戯曲の中に」

言われるまでもなく、それは天道も同じ解釈だった。

最後にマクベスを倒すマクダフには、妻子があり息子は劇中登場する。マクベスが殺した友人バンクォーにはフリーアンスという息子が存在し、フリーアンスは魔女の予言に絡んだため要にもなりやはり劇中登場もする。マクベスに殺された先王ダンカンには、マルカムとドナルベインという二人の王子がいて冒頭に登場する。

「昔は子どもは育ちにくかったから、死んだだろうとは俺も思っていたが。それにマクベスは自分のことを年寄りだとも言っているから、この先も望みはなかったんだろう」

だがマクベスの妻、マクベス夫人は自分の乳を吸わせた乳飲み子の話をするのに気配はせず、この手で可愛いその子の脳みそを叩き出せると叫ぶことが不自然だ。

「我が子を喪《うしな》ったことで、登場時から最早我を失っていたんじゃないでしょうかね、マクベス夫人は。母という主体なんじゃないかと、自分は思っています。彼女はとても辛い」

「……辛いか」

マクベスを焚《た》きつけ、男より雄々《おお》しいという台詞を多く吐くマクベス夫人は、しかし後半「洗っても洗っても手についた血が落ちない」と狂い、ついには心臓を止めてしまう。

「そんなに好みですか、マクベス夫人」

この対話自体が国際シェイクスピア法から逸脱している可能性に天道が気づく前にと、公一朗は話を逸《そ》らした。

「舞台には立たないでしょうけれど、マクベス夫人の台詞がよく似合います。補佐官には」

マクベス夫人とあだ名されている五月女を、一瞬公一朗が見る。

一方天道は、マクベス夫人は足りないことに囚われているという公一朗の言葉が、思いがけず己の中の五月女と合致していた。

「六波羅は、多くの人と視界が違うと言う」

タブレットに向かう五月女の美しい横顔を、天道が不躾《ぶしつけ》に見つめる。

「性質だそうですね。他人と自分の見え方の違いにはなかなか誰も気づかないものですけれど、僕だって怪しいですよ。それは」

「まあ、それは俺も同じだ。誰でも他人の目で世界を見ることは不可能だからな」

「けれど、同じように見えているのであろうと知るくらいは可能ではないですか？　同じように世界が見えている人と、生涯をともにしたいとは思わないんですね」

確かめるすべはないが、言葉をやり取りすることで「同じものを同じように美しいと感じている」程度は知れるのではと、公一朗が訊いた。

きれいはきたない、きたないはきれい。

そのきれいときたないが一致する相手を見極めることは、もしかしたら人には言葉でできるかもしれない。

「俺はたった一人の人間でしかない。だが自分に見えている視界、俺に見えている世界が世界の全てだとずっと信じていた」

小さく天道は、公一朗の言葉に不同意を示して首を振った。

「人は誰しもそういうものだとも思いますが」

「だが、違うと知ったんだ」

自分の見えている世界が世界の全てではないと、ある日、突然天道は知ることになった。その日まで世界は皆同じに見えていると無意識下で信じていた天道には、世界の全てが崩れ兼ねない衝撃だった。

「六波羅の視界は、少数派だ。それを六波羅は孤独だとも憐《あわ》れだとも思っていない。俺も思わない。六波羅のことも、俺自身のことも」

憐れまないと、確かめるように天道がもう一度声にする。

「だがそれは、俺も六波羅も、お互いに見えている他人の世界がどんなだか知らないからじゃないのか？　はっきり違うものが見えているのなら、その世界を教え合いたい」

「そのために結婚する必要がありますかね」

五月女のことを言っているのなら、ただ同僚として語らえばいいのではないかと公一朗から真っ当な提案が出た。

「この件とは全く別の理由もある」

正論という名の槍《やり》でまっすぐ急所を刺されて、天道が観念して公一朗を見る。

「壮絶な美人だ」

絶対美というものがあるなら、五月女は髪の先からつま先まで隈なく美しい造形をしていた。

「目を細めて仏《ほとけ》のように微笑《ほほえ》むな！」

　まっすぐ見られて打ち明けられても、その正直さを称《たた》えられない公一朗に天道がさすがに恥じ入る。

「美貌に弱いのは、課長の大き過ぎる弱点です。足を掬《すく》われます。くれぐれもお気をつけください」

「珍しく断定だな……白神」

　賢者《けんじゃ》と知者ほど断定を好まないという法則に従って公一朗は断定を避ける傾向があったが、これは「マクベス」の三人の魔女の予言よりはっきりした予告だ。

「いつの日か必ずや酷い目に遭うでしょう。……見えている世界の違いについては、つい先日の市川《いちかわ》ホワイト・ホールパレスの現場で、自分は思い知ったばかりですよ」

　多角的に、多面的に、多様性を前提に世界を見ることを心掛けている公一朗は、そう努めている自分の死角を知って本八幡で大きな衝撃を覚えた。

「周囲から見ると台風でも、目の部分は無風だったり。外から見ると大爆発でも、爆心地は無傷だったりすることもあるのだと」

「なんの話だ」

　突然台風と爆発に飛ばれて、そもそも一元的なものの見方が常の天道が戸惑う。

「二人ともが『あのとき』まで楽しくうまくいっていたと思っていたことを知らされ、僕は哲学者になろうかと考え始めました」

「ああ、俺と空也のことか。うまくいっていただろうが。……四年の卒業公演の準備に入るまでは」

半年は空也の可燃性ガスの充満を見つめて、残りの三年は相互の爆発を見ていた公一朗としては、哲学者どころではなく宗教家にならなければ平常心を保つことが少々難しくなってきた。

「幸いか不幸かを決めるのは、他人ではなくあくまでも自分、自己なんですねえ。幸福の一元性に価値観が崩壊します」

「当たり前だろう、幸福を自己が決めるのは。憲法でも保証されている」

「けれど他者との乖離《かいり》の規模によっては、周りが大迷惑だとご自覚いただきたいものです……」

「本当に哲学者になるのか」

そんなに遠回しでもない公一朗の嫌味は、「察する」力がゼロの天道には全く通じない。

「いいえ、僕は公務員が大好きでーす」

確かに努力をしなければ天道は他人の目から見える世界など知りようがないと思いながら、しかし知ろうとして顧《かえり》みるのがまた天道だと公一朗は苦笑した。

「そしてシェイクスピアが好きです」

意外と我が王は善政者だと、元々公一朗は思っている。

「失礼します」

最近目から不安さが薄れてきたエドガーが、黒いジャケットの裾《すそ》をひらめかせて二人の横に立った。

「本八幡ブリテンカンパニーの関係者、及び事情聴取可能だった従業員からは何も新しい情報は出ません」

それは毎回どのシェイクスピア・テロリストを確保しても同じなのだが、報告義務は公務員らしい新人の仕事だ。

「だろうな」

「ただ、チケット販売サイトと思《おぼ》しきサーバーが見つかりました。サイバー班によると、同じ日に同じ金額の大量のカード決済が定期的にされているそうです。数的に地下劇場の公演チケットではないかと」

「全て同じ金額は不自然だ。どうやってチケットを売っているのか突き止められれば、一斉検挙に繋《つな》がるだろう。そのサーバーは徹底的に監視しろ」

「はい。失礼します！」

歯切れよく言って、エドガーがサイバー班に向かう。

「チケット販売方法は、最大の謎にして最大の壁だな。サーバーは監視できるが、カードの個人情報はシェイクスピア警察には不可侵事項だ」

不審なサーバーが発見されたのはこれが初めてで、シェイクスピア・テロリスト達の最も大きな謎は、どうやって公演チケットを不特定多数の人間に秘密裏に販売しているかということだった。

「だが、いずれN座の本拠地も突き止める」

目と鼻の先にずっとあるとは全く知らない天道が、独り言つ。

「映像が届いているくらいなので、本気を出せば突き止められるとは思いますが」

「あのとき」まで天道と空也は「うまくいっていた」という認識なのだから、最早N座を確保したいのかも疑わしいと、公一朗は肩を竦めた。

「鑑識や解析班の怠慢《たいまん》か？」

だがとぼけているわけでもない天道の無意識下のことは公一朗にも見えず、そこは突っ込まない。

「ウインター公演に観ることになるN座の演目は、なんでしょうね」

「NCGTの開幕演目だろう？　こっちは半年前に開幕演目だけは決めているのに、送られてきている映像が全て一致しているということは」

呟いてから天道は、「いや、送られてはいない。いつも置いてある」と思い出した。

「映像が来る理由がわからないが、いずれにしろ内通者がいることは確かだ。目的は一体なんなんだ。どっちの味方なのかもわからん」

「何しろ監視カメラに何も映りませんからね。NCGTの次の幕開けは、『マクベス』です。N座ももう、『マクベス』の準備に入っていることでしょう。内通者によって情報が漏れていることはほとんど明らかです。確率統計学的に」

既に季節が一巡りする分N座の記録映像が届いているが、天道が言った通り毎回NCGTの開幕演目を先取りしている。

NCGTでは半年前には開幕の演目が決まり、そのことは正規公演の審査を受ける者にも明かされていない。明かすと開幕公演に合わせるカンパニーが殺到するからだ。

国際シェイクスピア法で認定されているシェイクスピア戯曲は僅《わず》か三十七本で、明かさなくても開幕演目で審査に来るカンパニーは必ず複数在る。

そして開幕演目が告知された頃には、N座は何処かの地下劇場で同じ演目を既に上演している。空也の潤色が新作なら、準備はほとんどNCGTの決定次第始まっているはずだ。

「『マクベス』か。厩戸飛鳥の、マクベス」

一体何処から情報が漏れているのか、というところから離れて、天道の心が「マクベス」に向かう。

「想像がつかんが、リアもやっていたから空也が厩戸のマクベスを書くんだろう」

高校時代も、大学時代も天道はマクベスとして何度も舞台に立った。

人々からマクベスとして生まれてきたと称される以上に、天道にとってマクベスは一際、自分の役だったのだ。

また記録映像が届いて、そこに空也が書いた飛鳥のマクベスが生きていたらと考えかけて、天道は気持ちを強引に引き戻した。

「……それにしても、空也はマルカムもやらないんだろうな。一体どうしたんだあいつ、そのうちモブもやらなくなるのか。まあどうでもいいが」

どうでもいいのかなんなのかも最早全くわからないと思いながら、今度は公一朗の心が遠くパソコンの中に飛ぶ。

「どうした」

少し公一朗の様子がおかしいことくらいには、天道も気づいた。

「いえ、ウインター公演の審査委員会の申し込みがまとめて来ていたもので」

「年が明けたらすぐだな。『マクベス』はどのくらい来てる」

師走《しわす》は当たり前に忙しく、スプリング、サマー、オータム公演よりも、ウインター公演の審査準備はどうしても押してしまう。

「それはもう」

だが公一朗が固まったのは、そこではなかった。

「地獄《じごく》のように来ております」

笑顔を天道に向けて、届いていたデータの一つを公一朗は一旦《いったん》閉じた。


国際シェイクスピア警察課補佐官白神公一朗は、比較的価値観の近い、同じように世界が見えているのではないかと思われる女性と、大さいたま新都 蕨《わらび》区の2LDKマンションで同居していた。

「なんで申し込んじゃったんですか……」

しかし結婚しているわけでも同棲《どうせい》しているわけでもなくただのルームシェアで、それぞれの部屋で寝起きしルールをもって共有しているリビングのテーブルで、今日は公一朗がパスタを茹《ゆ》でて二人で向き合って夕飯を取っていた。

「訊くまでもないでしょう、空也の勝手な暴走よ。何書くかわかんないからあたしが手続きはしたけど」

シェアの相手は、N座制作代表であり赤門大学同期の、呉羽《くれは》美夜である。

「単騎が勝手に出陣してしまったと」

やれやれとため息をついた公一朗の作るペペロンチーノの今日の出来は、なかなかだった。

「王将って本当に役に立たないのにやたら出陣したがるの勘弁してほしいわ。単騎決戦を避けるためにジャンケンしたんでしょう⁉　あたしたち！　普通王様は出陣しないという基本は押さえてほしいわ‼」

ワンコインの白ワインもシェアして、公一朗と美夜の五年に亘る同居はなかなかうまくいっている。

「それはこっちの台詞ですよ。空也を止めるのは美夜さんのお仕事でしょう」

五年前、天道と空也が決定的に決裂した「あのとき」に、玉座を並べていた白い王と黒い王は、進路もシェイクスピア警察とシェイクスピア・テロリストにきっぱり分かれることになった。

それは天道と空也の個人的な関係性ではあるが、シェイクスピア演劇界の巨大な才能が潰《つぶ》し合うことになるのは甚大《じんだい》な損害だと判断した冷静な公一朗と美夜は、致し方なく二人の王様に分かれてつこうと相談した。

「その台詞はもっと天道を止めてから言ってちょうだい━！　おいしいわ今日のペペロンチーノ」

冷静な者ほど損をする事案の典型である。

「塩加減が抜群となりました。僕は天道をかなり止めてますよ……細々と入ってくる情報をそっと隠蔽《いんぺい》してみたり。どうして王様は単騎だと強くないと気づかないんでしょうか」

「二人とも正面玄関から行くから裏口がガラ空きなのよ……一騎打ちしたら、どちらかもしくは両方が死ぬわ。時々それで気が済むならそうしたらいいんじゃないかと思うわ」

「まあまあ、ワンコインの割には結構いけるこの白ワインでも呑んでください」

王様に仕えたり王様のお守りをしたりと疲れているのは二人ともなので、このリビングで夕飯をともにできる日はお互いをよく労《ねぎら》い合って五年である。

「『Non sanz droict 座』を『droict sanz Non 座』にそっと打ち直しておきました。DsN座で来てください」

「それじゃあもう意味不明じゃない。『Non sanz droict』はシェイクスピアの紋章の言葉なんだから、この劇団名なんて五万といるわよ」

「あるいは天道なら当日まで気づかないだろうと僕も思いましたが、念のためです。というか、本当に審査を受けるんですか？」

「何故受けるかご存じ？　正面玄関から来い！　わかった正面玄関から行く‼」

決して自分たちが決めたのではないと、水に浮いたオフィーリアのように美夜の笑顔も儚《はかな》くなった。

「王様と王様で決めたんですね……結局は。でも戦争ってそういうものですよね、基本は」

「王様ってどうして、王様なのかしらね。やだ、あたしすごく疲れてるみたいよ」

「最近お疲れですね」

「お金よー、地下劇場のキャパに限界があるからどんなに満席でも劇団の予算厳しくて。公演期間倍にしようかって話してるの」

誰も考えない経理のことで一人頭を痛めている美夜は、男どもがお金のことを何も考えないので余計に疲れている。

「そうですか……」

「何か困る？　公演期間伸びるの」

こうしてルームシェアをして可能な時は一緒にリビングでどちらかが食事を作り、二人は淡々と情報のやり取りをしていた。

「不審なカード決済が行われているサーバーの監視が始まったんです。細々したことは僕がちょいちょい握り潰してきましたけど、サーバー単位まで行くと難しいかと」

外で何度も落ち合うより、同居の方が内通が漏れることはまずないという案も二人で相談し、美夜の収入が不安定になるだろうという予測の元に公一朗名義でここを借りている。

「ロングラン公演だとバレちゃうかも？　えー、どうしよう。公演日ごとに決済日変えたらいいの？　そのシステム作り直すのにまためっちゃお金掛かる！」

「そこは米倉さん頼みなのでは」

なんと公一朗は、そっと米倉とも挨拶《あいさつ》をしていた。

シェイクスピア警察では、米倉の存在どころか地下劇場が全て連帯していることも摑めていない。全て公一朗がサクサク握り潰していた。

「それはなんとかしてくれそうだけど、頼り過ぎてて言い出しにくい……米倉さんって、なんなのかしら一体」

「なんなんでしょうね。文化人的な」

かなりな老人にも見える米倉は「隠居している」と言うが、名前を検索しても何も出てこないので恐らくは「米倉」でさえないのだろうと二人は思っている。

だが、探られたくないことを探る二人でもなかった。

「……あたしが今エネルギーがないのはでも、お金に疲れてるんじゃなくて、目的を一つ完全に失ったからのような気がするわ」

「その話やめませんか……僕は考えないようにしているんです」

大学四年の真夏、卒業公演の準備を巡って天道と空也は決裂し、それまで国際シェイクスピア法に激しく懐疑的でさえあった天道が、文部科学省からの入省の打診を受けると言い出した。

もちろんそのこと自体に空也は激しく反発したが、一度己の進路を決定したら聞く耳を持つ天道ではない。

そのとき致し方なく公一朗と美夜がジャンケンをして左右に分かれたのは、王様同士の潰し合いを防いで一旦は離れるという気持ちだった。

「見えてる世界が違ったのね……」

しかし先日の本八幡ブリテンカンパニー確保の際の二人の口論を聴いてしまうと、最早その日は二度と訪れないと知るというよりは、訪れてほしくない公一朗と美夜だ。

「あ、今日まさに天道とその話をしました。天道がしたんですが」

じゃあなんのために自分たちはこの苦労の五年をという流れを避けるために、公一朗が全力で話を逸らす。

「他人の視界なんか気になるの？　天道が？」

「実は、天道が結婚したい女性がいて」

「え、結婚するの⁉　天道！　さすが公務員‼」

二十七歳で結婚は今どき早いと、美夜はただ物珍しく身を乗り出して公一朗の切った舵《かじ》に乗ってしまった。

「よく聞いてくださーい。天道が、結婚したい女性です。ルーティンのように本気でプロポーズしては景気よく毎回振られています」

「あ、わかった。マクベス夫人でしょ？　美貌に弱いもんねー。いつか酷い目に遭うわよ、最大の弱点だもん」

「その台詞、今日そのまま天道に言いましたよ」

天道を知る者は皆そう思うと、公一朗が笑う。

美人に弱いという天道の弱点は、女好きというのとはかなり方向性が違った。見た目に惑わされやすい。

年に一度会話して、大学で一緒になった空也のあの粗暴な中身に半年気づかないでいられたのも、空也の見た目が美術品のようだからだ。

「まあでも、ルックスは役者の武器だから。素材として見てしまうのはあたしもあるわ。天道と空也はそれが極端なのよ……空也の天道を一番評価する部分はなんと骨よ。骨」

「多分ですけど、空也は言葉が足りないから。天道の場合あの骨格から欧米人並みの迫力が生まれて、更に胸の厚さから地鳴りのように低くいい声が出るじゃないですか。その上、随分見てませんけど演技力もありますしね。役者として理想だと言いたいのでは？」

「それを言ったら天道も、空也のことをロミオやハムレットにして潤色してたわね。いい潤色だった、特に『ハムレット』。二人とも結局、潤色も演出もやりたいから」

「王様達は、お互いを役者として使いたいんですね……なんだか、そのことにも学生時代は気づきませんでした。毎日爆発するので考える暇がなくて」

しかしそう気づくとお互いが相手を使いたいのであって、どっちが舵を取るかは本気の闘いになって当たり前だったと、今更ながら公一朗と美夜は深々とため息を吐いた。

「それにしても驚くのは、楽しかったのねあの人たち……うまくいってたのね、あの日まで。舵を全力で奪い合い、摑み合っていたのに」

「それは僕も心から驚きました……なんだか、昭和の少年漫画みたいな感じですかね……河原で殴り合って友情を確かめるみたいな……」

同性ながらその昭和の少年漫画感性が全くない公一朗が、「迷惑です」と呟いて頭を抱える。

「でも、あれで楽しかったなら『あのとき』とやらが訪れたのは天道にだけなんだと気がついたわ」

「あ、僕もです。空也の方はあの卒業公演の準備中も通常営業だったなら、かなり激しく裏切られた思いなんですね。卒業公演のあと、天道がシェイクスピア警察からの入省打診を受けて大学院に進んだのが」

「あれから五年、ずっと空也といるけどその気持ちはこの間初めて知って驚いたわ……」

空也の視界で考えると、諍《いさか》いの日々も当たり前で楽しく天道とはうまくいっていて、それが卒業後も続くはずだった仲なのに裏切ったのは天道だけということだ。

「あのときは行くも地獄、帰るも地獄だと思ったのよ。いつかまた、一緒に同じシェイクスピアを作れるその日までとりあえずこの生活が始まったんだと思ったけど」

「僕も前後左右上下ともに地獄だと思っていましたが、あのまま行くのが地獄だったんですねえ……行かなくてよかったんですよ」

二人の道は卒業公演で別れてしまったのだと周囲は勝手に思い込んでいたが、何故なのか天道が主義を変えてシェイクスピア警察になると言い出さなかったら、「リア王」を巡る大喧嘩《おおげんか》のあとも一緒にカンパニーは続けていたということになる。

「考えが足りなかったわ。よくよく思い出してみたら、『あのとき』も大喧嘩だったけどいつもの光景ではあったのに気づかなかった。あれが二人は楽しいんだったら、卒業後みんなで劇団立ち上げるつもりでいたけど、そうするとあの日々が永続してたのよね……」

考えただけで疲れが増すと、美夜は天井を見上げた。

「落ち着いてくださいい美夜さん、永続はしませんよ。『あのとき』というのは、必ず何処かの地点では訪れて、我々がその爆発に巻き込まれたのは同じことです。少なくとも天道には、『あのとき』何かが起こったんです。あとは遅いか早いかという話ですよ」

丁寧に公一朗に説明されて、時間をかけて美夜が納得する。

「卒業前でよかったのかも。だって大学卒業したあと、資本金用意して会社立ち上げようと思ってたじゃない。あたしと公一朗」

「現実的なことを考えるのは、常に僕と美夜さんだけですからね」

「結果、今が一番平和な気がする。でも深く考えるあたしたちって、なんか損な気もする」

「それ気のせいじゃないですね」

多くを知り多くを考え多くの視界と多くの岐路を考えてしまう人間は、多くの想像をもって危機管理に多く動くので大損だった。

「貧乏くじ引いたわ。あたしもあの黒いシェイクスピア警察の制服着たかった！」

「……本当にそう思いますか？　貧乏くじだと」

美夜は美夜で、地下活動だがN座を楽しんでいることは、公一朗が一番よく知っている。

「……制服は舞台の上で着ればいい話よね……でもね公一朗」

最早こうなると、どっちの王についていくかだけの話だったと、考えても仕方のないたられば が二人の中で発生する。

「王様なのはどっちも同じよ。空也は目の前のことにのめり込み出したら、あとはもう話にも何もならない」

「天道のように命令はしないでしょう。ちなみに本人には命令形の自覚がないようなのですが」

「もういいけど、バラバラでも」

どっちの王様も疲れると美夜は呟いたが、言葉とは裏腹に寂しさが映った。

大学四年間、戦争のような毎日でそれでもともに在ったのは、素晴らしい一つのシェイクスピア演劇を間違いなく一緒に作っていたからだ。

「……『あのとき』天道、どうしちゃったのかしらね。空也には敵《かな》わないって思ったのかしら」

「その思考回路なら、エンドレスで河原で殴り合ってるかと思いますが」

独り言つ美夜に、そこまでシンプルにしてやらなくてもと公一朗が苦笑する。

「天道の側だけの問題だとは、五年目にしてようやくはっきりしましたね。どんな考えなのかはわかりませんが。ただ、天道にもいろいろ思うところはあるんだと思いますよ」

「そりゃネロにだって思うところくらいはあったでしょうよ」

「どうして人は天道からネロを想像するんでしょうね。そこまで暴君じゃないですよ」

「空也だって見た目ほどアホじゃないわよ」

「一度もその単語使ったことないです僕……」

過ぎたる美貌と言葉足らずのせいで空也は頭の中に何もないようにも見られがちだが、口から言葉にできないだけで脳内は大変な速度で何事かが回っているのは潤色を読めばわかった。回転し過ぎて言葉にできないというところは多分にあると、周囲は思っている。

天道以外は。

「そばにいると、情が移るものね」

「それは否《いな》めませんね」

美夜はあやす倍罵《のの し》りながらも空也を無意識に庇《かば》い、公一朗はなるべく中道を目指しながら結局天道の言葉を聴いてしまう。

「一緒に芝居作ろうと思ったのが間違いだったのよね、あの二人は。あたしたち何も知らずに無邪気に赤門大の演劇科に入学して大変な目に遭ったものよね……」

「でもこの国際シェイクスピア法が世界を覆《おお》い始めている時代に生まれた僕たちは、シェイクスピアとともに生きようと思ったら、どちらかにはならなければならなかったわけですから。まだ、黒い王と白い王が身近にいただけ」

常に論旨《ろんし》を見失わない公一朗だったが、「ましだと思います」と言おうとして「何がだろうか」と考え込んだ。

「ウインター公演審査、正本で来るわけじゃないですよね？」

今のN座が正本で来たらNCGTにかけるレベルのものになってしまうが、そうすると自体はややこしさを増すと、恐る恐る尋ねる。

「そこは楽しみにしててよ。って、あたしたちもまだ知らないの。空也の頭の中」

「でも厩戸飛鳥がマクベスでしょうから、その時点で正本のわけないですよね……審査を受けるのはいいですけど。正直僕は、天道と空也が出会うのは次は十年後でいいような気持ちですよ」

五年ぶりの衝突でも小宇宙がいくつか生まれてしまったと、真っ向対決には公一朗はとても乗り切れなかった。

「なんのために審査を受けるんでしょうね」

「まあそれは」

「あ、そこは知ってるんですか？」

潤色が出てくるまで全て空也の頭の中なのかと思い込んだ公一朗が、理由があるのかと身を乗り出す。

「まあでも、あんたはまだ知らない方がいいわよ。今からそんな気苦労背負わなくてもね」

戯《たわむ》れに受けに来るわけではないことだけは、美夜のすまなさそうな目線から伝わった。

「あまり派手なことをされると、N座を確保して解散させせないように地道な毎日を送っている公僕の苦労が」

「だったらなんのために記録映像見せてるのよ。天道に」

警察本部とNCGTの一番近くで地下活動をしている、シェイクスピア・テロリスト最大のカンパニーを確保させないことが公一朗の大仕事だった。

確保されたら、空也と天道はテロリストと警察として公《おおやけ》に激突することになる。そうなると関係性修復も二度と不可能だろうし、空也の才能がどう弾圧されるかわからない。

「その理由は潰《つい》えましたね」

それでも危険を冒《おか》して公一朗がそっと警察署内に記録映像を持ち込み、空也の進化を見せ続けていたのは、天道への刺激になると信じたからだ。

「苦労してカメラに映らないタイミングを計りDNAを全くつけずに、そっと映像を署内に置く僕の苦労は無です。虚無《きょむ》」

やはりともに一つのシェイクスピアを作りたいと互いが思い直して、天道が警察を辞めて国際シェイクスピア法に立ち向かうことを、最初公一朗は望んでいた。

「ねえ、本気でいつかまたみんなで一緒にやれると思ってた？」

そもそも「あのとき」までは、日本に上陸し英国の強い後押しと外交対策のために威力を持ち始めていた国際シェイクスピア法と、天道は闘う気でいると皆思い込んでいた。

「うーん」

だからこそ審査や確保のときにシェイクスピア・テロリスト達は、「死ね！　天道‼」とまで叫んでいく。テロリスト達の帝王となって現状を打破してくれると信じた男に、誰もが裏切られ呆然《ぼうぜん》としたのが五年前だ。

「半世紀後くらいなら、或《あ》いは」

空也だけの思いではないが、しかし空也ほど天道の転向にズタズタになった者はいないと思うと、心から厄介《やっかい》な気持ちになる。

「二人とももっと話になんないくそじじいになってる方に、百万円かけるわ」

「え、ずるいです」

先に当たりが見えているくじを取るなんてと、公一朗は美夜を非難した。

きれいに笑って、美夜が公一朗のグラスに白ワインを注ぐ。

「もう、二度と一緒にやれないのかしらね。あたしたち」

「本当にそうだとしたら、寂しいです」

どちらともなく「ね」と頷いて、二人は静かにワインを呑んだ。

VII　黒い玉座と白い玉座

「泳ぎ疲れた人間が、互いにしがみつきなお溺《おぼ》れるような。そんな戦乱の世が長きに亘《わた》っていた」

年が明けたばかりのNCGT《シアター》の広い舞台から三千人収容の客席へ、厩戸飛鳥《うまやどあすか》の声は生で五階後方まで美しく響き渡った。

「貧しい農民を兵として雇い、斧《おの》や鍬《くわ》で武装させていたのを俺はこの手で斬《き》った。闘い方も知らない、斧を持って震えている子どもも斬った。そんな戦争を、敵将を腹から顎《あご》まで切り裂いて終わらせた」

黒い衣装の飛鳥が、NCGTに響かせている台詞《せりふ》は、本来は「マクベス」第一幕第二場「陣営」で、先王ダンカンに将校達が報告するマクベスの武勇だ。

「だが既《すで》に裏切りは終わることなく繰り返されていた。俺が裏切り者の代わりにコーダーの領主になって、そして乱世は終わるのか？　終わりはしない」

向き合う先には、草々《そうそう》の眦《まなじり》の強い、先王ダンカンの家臣マクダフがいた。

ここは既に、「マクベス」第五幕第八場、最後の決戦の場だ。

ＮＣＧＴにはＨ列センターブロックに、上手《かみて》側から公一朗《こういちろう》、天道《てんどう》、五月女《さつき》の三人が座って「DsN座」で申告があったN《エヌ》座のマクベスを二時間以上、観《み》ていた。

「それとも、おまえが終わらせてくれるのか。マクダフ」

草々のマクダフに、飛鳥がまっすぐに尋ねる。

「おまえはただの地獄《じごく》の犬だ。俺の妻子を残虐《ざんぎゃく》に殺して何を言う！」

「魔女に力を借りた。それは間違いだったな……だが、女から生まれた者には俺は殺せない呪いが掛かっている。死ぬこともう叶《かな》わない」

呪いと、マクベスは言った。

「ならもう魔女の時間は終わりだ」

力強くマクダフが、マクベスに剣を向ける。

「俺は女から生まれていない。自分で母の腹を突き破ってこの世にやってきた。生まれていない！」

「……生まれていない」

マクダフの叫びに、マクベスは酷《ひど》く無垢《むく》な目をして長く沈黙した。

「皆、否応《いやおう》なくこの世に生まれなくてはならないものなのだと思っていた」

この乱世にと、ぼんやりとマクベスは剣を持つ腕を下ろす。

「生きながらえて恥をさらしたければ降参するがいいマクベス！　暴君という札を生涯かけてな!!」

叫ぶマクダフを見て、マクベスはゆっくりと両手を広げた。

「先に参ったと言った方が、地獄行きだ。マクダフ」

「もちろんだとも！」

「マクダフ」

あきらめではなく、マクベスが笑う。

「参った」

その言葉を口にしたマクベスを、呆然《ぼうぜん》とマクダフは見た。

「マクダフ、あとは頼む」

両手を広げて、けれど剣を放さず、マクベスがマクダフを待つ。

「呪いを解く者よ。俺はおまえに謝ることはしない」

妻、そして幼子《おさなご》を殺めた狂気への赦《ゆる》しを、マクベスは乞《こ》わなかった。

「祈らずにいこう」

代わりに地獄行きの船に乗る。

長い間を置いて、しかし殺《や》るときは惑わずに、一刀の下マクダフはマクベスを地獄に送った。

「……国王陛下、万歳……！」

誰を倒してもまた新しい国獲《と》りが始まるのだと、自《みず》ら望んでこの世に出《い》でたマクダフは初めて強い疲れを纏《まと》い、そして「マクベス」の幕は下りた。

エドガーと中野《なかの》が、三人の後ろで見学している。

後方にはいつものように、警備員がいた。

「正本《しょうほん》に限ると審査申告条項には書いてあるはずです。確保できないんですか」

押し黙っている天道に、後ろからそっと尋ねたのは急成長中のエドガーだ。

「国際シェイクスピア法日本版的には、正面から審査を受けに来ましたから。これはシェイクスピア・テロリストの商業目的の地下公演ではないので」

確保対象にはならないと、公一朗が小さく言った。

緞帳《どんちょう》が上がって、今日はDsN座を名乗っているが全員N座の面々が一列に並ぶ。

公演のカーテンコールなら真ん中はマクベス役の飛鳥だが、審査なので座長の空也《そらや》が中央に、マクベスの刺客に殺されたバンクォー役の衣装で立った。

白い衣装には壮絶に血糊《ちのり》が飛び、髪を振り乱した恐ろしいだけの美貌《びぼう》も赤く血に染まっている。

右隣には黒いドレスでマクベス夫人を演じた制作代表の美夜《みや》、左隣に主演マクベスの飛鳥、その更に隣に今マクダフを生き終えたばかりの草々が並んだ。

「戒告」

漆黒《しっこく》の制服で、誰よりも雄々《おお》しいマクベスのような天道が、一言で処分を断じる。

「一年間の審査資格を全員から剝奪《はくだつ》する。リストを作れ」

挑むように睨《にら》んでいる空也をもう見ずに、隣の公一朗に天道は事務的に言った。

「理由くらい言えー！」

戒告の一言で終わらせるつもりかと、早速空也がブチ切れる。

「白神《しらかみ》、『国際シェイクスピア法全書』を一冊くれてやれ」

最早何条何項に抵触したか説明する必要もないと、天道は公一朗が携帯している白い聖書のような「国際シェイクスピア法全書」を指した。

「そうですね。では撤収の準備を……」

もうこれはさっさとタイムトライアルに突入していただいてとっととご退館いただかないと、誰かが巻き込まれ事故に遭ういやきっと自分だと、黒い眼鏡を掛け直して公一朗がタイマーに手を掛けようとする。

「マクベスの心がおまえにわからなかったのか！　天道!!　ぶっ殺すぞ！」

しかし空也のあきらめない叫びが、公一朗の指をさすがに止めた。

エドガーも中野も、警備員も一応の警戒を見せる。

それだけ空也の容姿は激しい攻撃性を帯びた美貌な上、今の姿は迫力の全身血塗《ちまみ》れだ。

「ではその心意気に免じてご説明しよう」

どの心意気だと、公一朗と美夜以外は思った。

しかし公一朗と美夜は思わない。何故《なぜ》ならこれは迷惑にも大学四年間見ていた普通の景色で、それが二人は楽しい話し合いだったと昨年末知ったばかりなので驚かないがとても疲れはした。

「六波羅《ろくはら》補佐官、ご説明しろ」

「おまえじゃないのかよ！　天道!!」

すっと左隣の五月女に振った天道に、既に空也は舞台上で地団駄を踏んでいる。

「まず第一条第一項」

「それはいい。時間の無駄だ」

国際シェイクスピア法の第一条から何に抵触しているか滔々《とうとう》と説明しようとした五月女を、天道は止めた。

「なら何を説明する」

「六波羅補佐官が履修した『マクベス』に基づき、正誤を解説して差し上げろ」

なるほどと、五月女が頷《うなず》く。

誰にも説明しない天道だが「針の穴から世界を見ている」五月女にだけは、最近きちんと言葉で説明をするようになった。

「マクベスは王冠が欲しい」

国際シェイクスピア法全書を閉じて、美しい闇《やみ》のようなまなざしで五月女が空也を見る。

「男は王座に就《つ》きたいものらしいな。私にはわからないが、一般論として男が王座に就きたいというところは広く汎用《はんよう》性のある欲望であり、必ずしも絶対悪と言えないという主張は通り得る。先王殺しは歴史的に繰り返されてきた」

淡々《たんたん》と「マクベス」を語り出した五月女を、密《ひそ》かに美夜は「マクベス夫人を演《や》らせたい」

と上から下まで見つめていた。結局美夜もそこは演劇人である。

「そのためにマクベスはまず先王ダンカンを殺し」

正本の「マクベス」を、五月女が開く。

「子孫が王になると魔女に予言された、バンクォーを殺す。問題の跡継ぎである息子のフリーアンスは取り逃がした。たまたまだ」

第三幕第三場を、黒い澄《す》んだ瞳が辿《たど》った。

「そしてダンカン王の王子マルカムについた伯爵、マクダフの妻子を殺す。第四幕第二場、マクダフの息子は『謀反人《むほんにん》ってなあに?』というような幼子だ。この世に間違いなく罪なき者がいるとしたらそれは子どもだろう。この子どももマクベスの刺客が惨殺する」

お父様がいなくなったら市場でどっさり買えばいいと、第四幕第二場で幼子は稚《いとけな》く言う。

「貴様の潤色《じゅんしょく》にもあった通り、冒頭でマクベスは見ただろう。武器も持たない雑兵《ぞうひょう》の無残な死を。新しい世界のために先王を殺すのだとしても、子どもを殺すことは絶対悪だ」

正本も閉じて、射殺すように五月女は空也を見た。

「黒を白にひっくり返した『マクベス』だった。話にならない」

「以上。戒告処分、一年間の審査禁止だ」

五月女の説明が終わったと理解して、もう一度天道が言い渡す。

「白と黒は裏表だろう!」

「オセロじゃないんだ」

叫んだ空也に、さっさとタイムトライアルに入れと天道は公一朗に目配せした。

「おまえはどう思った！　おまえがどう思ったか言え天道‼」

主張だけを叫ぶ我が劇団の座長に、「うん見苦しい！」と飛鳥が隣で氷のような笑顔を浮かべる。

「マクベスに理《ことわり》はある！　軍神だから人より多くの戦場を見てきた‼　多くの惨《むご》たらしい死を見て、謀反人マクドンウォルドが駆り集めた雑兵をその手で斬っている！　マクベスは戦場で子どもを殺した‼」

「だからなんだ」

「謀反人のしたことは人を削る戦《いくさ》だ！　終わらせようと思ったマクベスの心を魔女が覗《のぞ》いた‼　おまえもそう思ってんだろうが天道っ！」

他の者からすると何を言っているのかさっぱりわからない空也の駄々は、実のところ天道には意味が知れていた。

「遮那王《しゃなおう》空也、二度と俺の目の前に現れるな」

「答えろ！　鬼武丸《おにたけまる》天道‼　答えろ！」

自分の手でタイムトライアルのスイッチを押そうとした天道を、絹を裂くような空也の声が無理矢理止める。

「おまえ好きだろ、この『マクベス』。おまえもやりたいだろ？　第九条を発動させろ」

恐ろしい血塗れの美貌だけれどまっすぐに、空也は天道を見た。

公一朗の手元から、天道が白い布張りの全書を取る。

「第九条、但《ただ》しおもしろければその限りではない」

ただ一行の第九条を、天道は静かに読み上げた。

「日本で国際シェイクスピア法が制定されてから、第九条は一度も発動されたことがない」

まっすぐ空也を見返して、淡々と天道が告げる。

「……知ってる」

「俺がさせない。だから第九条が発動することはない」

「何故」

「誰かがおもしろいと思ったことを理由に特例法を発動させることこそが、表現の自由の最大にして最後の侵害に他ならない。このおもしろさなら許されると、誰が線を引く」

挑みかかる空也に湖の底のような目で応《こた》えて、天道は揺らがなかった。

「線を引くのはいつもおまえがしてることだーっ！」

体を折って空也が、力の限り叫ぶ。

「俺ではない。国際シェイクスピア法だ」

本八幡《もとやわた》のときのように、天道は感情的にならなかった。

「俺は線は引かない」

声を荒らげて、空也の相手をしてやらない。

「ならおまえの望みはなんだ‼」

「法の下の平等だ」

言い放って天道は、大きな手を伸ばして公一朗の手元のタイムトライアルスイッチを問答無用で押した。

「はい！　DsN座のみなさん今から一時間以内に撤収なさってください。一秒でも過ぎるとそこから施設使用超過料金が掛かりまーす」

説明書に書いてありますねと笑顔で公一朗が言うのに、言葉足らずの空也はまだもの言いたげに天道を睨んでいたが、あっという間に美夜に引きずられて消える。

「書類提出段階で気づかなかったのか。N座だと」

苦い顔で、もっともなことを天道は公一朗に問うた。

「驚きましたね。巧妙な書類で、役者が全員聞いたことがある芸名を捩《もじ》ってあったので」

偽名ではなく芸名では咎《とが》められないし気づきようがないと、公一朗が深々とため息を吐く。

本当はほとんどのことを知っている公一朗は、今N座は経営難なので必ず一時間以内に必ず撤収するだろうと腕時計を見た。

「ちょっと空也！　とっとと片付けて!!」

案の定怒られている空也が、しかし気が済まず舞台上に飛び出してくる。

「天道、おまえは俺の」

ほんの少し、空也は弱い顔をしていた。

「おまえは俺の骨だ」

「違う」

骨を所有されて、天道がきっぱりと否定する。

「おまえは俺の」

マクベスだと、空也は言いたくて言えずにいた。

言えない理由は山ほどある。そこに今日の空也のマクベス、飛鳥もいる。互いの状況、ただ裏切り者の天道が憎いというマグマのような思いもある。

「おまえはなんでわからない！　おまえはどうしてわからない!!　おまえなんかなんにもわかってない！」

叫んだ空也に、初めて天道は立ち上がった。

上背《うわぜい》のある、戦の女神の花婿《はなむこ》マクベスに相応《ふさわ》しい体軀《たいく》を黒い制服に包んで、力強いまなざしでまっすぐに空也を見る。

「ああそうだ。俺は何もわかっていない」

それがどうかしたかという態度にしか見えない天道の言葉の意味など、空也にこそ少しもわからなかった。

「去れ。二度と顔を見せるな」

立ち尽くす空也を、そっと出てきた美夜が腕を摑《つか》んで回収する。

抵抗する力はなく、空也は美夜に連れられておとなしく去った。

「……夜、もう一つ『マクベス』が入っています。ここが二時間空いていますから、一度本部に戻りましょう」

我々も食事と休憩を取らなくてはと、公一朗がそれだけ周囲に告げる。

撤収の確認と管理に、エドガーと中野は残った。

天道、五月女、公一朗と並んで、NCGTの正面出入り口に向かう。一月のNCGT出入り口にも常緑樹が茂って、楽園をイメージしたウッドデッキは寒い深い森のようだ。

「自分は、あの『マクベス』は観たことがあります」

冬季のシェイクスピア警察は男女同じ黒のロングコートを与えられていて、NCGTから警察本部の短い距離だが三人はコートを羽織った。体調管理も仕事の内だ。

「厩戸飛鳥の役ではないことを知っています。それもおわかりになりませんでしたか」

ただ、公一朗はそのことを訊《き》いてみたいだけだった。

「言っただろう。俺には何もわからないと」

歩き出した天道の言い分は、僅《わず》かにも揺らがない。

「本気でN座を確保する気があるのか、天道。このまま撤収させていいのか」

一方五月女は、何か確保する手はないのかと忌々《いまいま》し気に言った。

「それはさっき白神がエドガーに説明した」

「あの『マクベス』を何故最後まで観なければならなかった。せめて止められないのか、法に抵触した時点で。観客はいなかった」

「白と黒が裏返った世界は、六波羅には苦痛だったな」

労《いたわ》るように、天道が立ち止まって五月女を見る。

「おまえは違うのか、天道」

そのことに驚くと、五月女は天道を睨んだ。

「おまえ、やっぱり道に迷ってるんじゃないのか」

何もわからないとさっき言った天道を、五月女は訝《いぶか》しんでいる。

酷く攻撃的に見えるが、「わからない」と言った天道が実は五月女には、とても不安だった。曖昧《あいまい》なことが五月女には何もわからない。

その不安は、察する力のない天道には全く伝わらなかったが、美しい五月女が何か訴えているので足を止めたまま多少考え込んだ。

「道には迷ってる。ずっと」

初めて、天道がそれを五月女に教える。

「自分で選んで、この迷路に入った。言葉の力を信じて、言葉の力だけで判断する」

最近、天道は少し五月女への物言いがやさしくなった。

「そういう迷路を俺は歩いている」

やさしさなど五月女にとってどうでもいいことだとはわかっていたが、ちゃんと説明して理解すると五月女が安堵《あんど》することに、いつからか天道はようやく気づいて声が少しだけやわらかくなっていた。

「……なんだ」

なんとなくということが、五月女にはない。

「迷ってないじゃないか」

迷路に望んで入ったことと、あてどなく道に迷っていることは違うと、はっきり知るだけだ。

無言で、三人はウッドデッキをまた歩き出した。

「不思議な夕暮れですね」

もう空也の「マクベス」に話を戻す気持ちは公一朗にはなく、大《だい》さいたま新都《しんと》のビル街を見上げる。

「ああ、まるでロココだな」

一月の早い夕暮れは、水色の空にこれから紫になるのだろう夜が、淡い薄紅色に溶けてきれいだ。

「ロココ？　どの辺がロココだ」

意味がわからないと、五月女が空を見る。

「ああ。ほら、絵画だ、ジョヴァンニ・バッティスタ・ピアッツェッタの『聖母の被昇天』辺りのロココみたいじゃないか？」

コートのポケットに入れていた小型のタブレットで、「聖母の被昇天」を検索して天道は五月女にその天井画を見せた。

「……なんだ。私はてっきりプチ・トリアノン宮殿や、ロココ調の家具のことかと」

同じように持っていた自分のタブレットで、カーブの激しいロココ調の華美な家具を、五月女が検索して天道に見せる。

「同じロココなのに全然違うな」

それぞれのロココのイメージを見せ合って、天道は笑った。

「まったくだ」

天井画と家具を見て、五月女も笑う。

五月女が笑うことは滅多にない。笑わなくても充分に美しい造形の女性だ。

むしろ完璧な造形が少し傾いて五月女の笑顔は馴染《なじ》まなかったが、天道はいつもとは違う嬉《うれ》しいような目でその笑顔を見ていた。

「……見えている世界が違うのを教え合うのも、楽しそうですね」

なるほどと、公一朗が小さく微笑《ほほえ》む。

簡単な夕飯を署内の食堂で摂《と》ろうと本部に入ろうとしたとき、駆けてくるやたら大きな足音が三人の耳に響いた。

多少は物騒なことも起こり得る仕事だし過去にも何度かありはしたので、気構えが変わってすかさず振り返る。

「どうした、梅田《うめだ》。まだ帰っていなかったのか」

だが走ってきたのは横浜《よこはま》ストラトフォード座座長の、梅田だった。今朝「ロミオとジュリエット」でウインター公演の再審査を受けて、公演が受理されたばかりだ。

「俺は」

尋ねた天道を見て、走ってきたせいで梅田が息を切らせる。

「国際シェイクスピア法には、本当は賛同はしてねえ」

「わざわざ言いに来なくてもいい。それにそうしたことはフォームを使用しろ」

ついに断言した梅田に、異議申し立ては別の窓口までと天道は真顔だった。

「そうじゃねえ。公認シアターでの正規公演は、環境が整い過ぎてる。三千人集客のNCGTにはそりゃ劇団は出たい。だが正本主義者かと言われると」

「言わなくてもいい。それにそこはどうでもいい」

どうでもいいと言った天道を、不思議そうに梅田が一度見る。

「最後まで聞けえっ、天道！　だが俺は、無理矢理だが正本を突き詰めさせられたことで見えたことがある」

見えたことというのを、どう言葉にするか梅田は迷って止まった。

「本八幡ブリテンカンパニーが、逮捕されたな」

「確保と申します」

準法規なのでと、天道の隣からそっと公一朗が言い直す。

「正直、あそこの潤色は俺はずっと引っかかっていた。評価されるのもわかったんだが」

同じシェイクスピアを上演し、しかも正規とテロリストに分かれた相手なら貶《おとし》め合いになってしまうため、逆に批判しにくいという空気は実のところはあった。

「シェイクスピアの言葉は強い」

自分に問うように、梅田が呟《つぶや》く。

「自分の政治思想主張に使うには、強過ぎる。社会政治主張のために芝居を打ちたいなら、オリジナルを書けばいい話だ。オリジナルじゃ集客できないし何より言葉に自信がねえから、シェイクスピアに応援演説をさせているように思っていたと摘発のあと気づいた」

いつも勢いのある梅田にはとても珍しい、選び選びの言葉が慎重に紡《つむ》がれた。

「本八幡の件で、自分の、俺の気持ちに気がついた。どっちだとしても、俺は嫌だ」

気づいたばかりの気持ちをまっすぐに伝える言葉を探す梅田を、三人は立って、ただ待つ。

「右でも左でも、リベラルでも、反戦でも、愛国でも、どれでも俺は嫌だ。シェイクスピアの言葉を自分の思想のために使うのは」

辿り着いた自分の気持ちを、独り言のように梅田は落とした。

「なんでだろうな。強過ぎる武器だ、シェイクスピアは。……命に、関わるからだな」

思想が大きく振れるとやがてはそうした未来に繋《つな》がることもあり得ると、世界は常に争いと隣り合わせだ。

「いつかは俺も野に下るかもしれん。もしくはオリジナル戯曲《ぎきょく》を打って、シェイクスピアの力を手放すかもしれん」

答えを持って、梅田が顔を上げる。

「だが今はまだ、シェイクスピアを突き詰めきれてねえ。もっと突き詰めたい」

だからNCGTの審査を受け続けると、梅田は言いに来た。

「気づけたのはおまえのおかげだ。天道」

「俺ではない」

おまえのという言葉には、聴き終える前に天道が否定を返す。

「シェイクスピアだ」

はっきりと言った天道に、くしゃりと梅田は笑った。

「ウインター公演に向けて稽古《けいこ》を進める！　じゃあ公演でな!!」

そうとなったら稽古時間が一刻も惜しいと、梅田が手を振ってまた走り出す。

「よく走る男だな」

また少しだけ笑って、五月女は本部の中に入っていった。

「あまり気持ちが上がるところが僕には見つけにくい『ロミオとジュリエット』ですが、楽しみになってきました」

「言葉は何処《どこ》も美しいぞ、シェイクスピアは」

物語よりも言葉を重視していることを、天道が明かす。

「意外と僕は」

不思議な色から夜の闇へ移り変わろうとする空を置いて、天道と公一朗も本部に入った。

「あなたを頼りに思っています」

たまにはそんな本音を言ってもいいような気がして、公一朗が呟く。

「？　俺が頼りになるのは当たり前だ」

今更何をと、天道は顔を顰《しか》めた。

「そういうところではありません……」

「それにしても」

エレベーターホールに向かう足を止めて、天道がＮＣＧＴの方角をふと振り返る。

「あいつらわざわざ、何しに来たんだ」

短い間に空也と二度会ったことを実のところ非常に苦々しく思っていることが、天道の顔にはっきり浮かび上がった。

二時間以上、遮那王空也潤色の「マクベス」を厩戸飛鳥が演じるのを審査として生で観させられた。空也の作ったシェイクスピアを生で観るのは、天道には五年ぶりだ。

そしてかつては己のはまり役と言われ続けたマクベスを、それも空也が潤色したマクベスを、天才シェイクスピア俳優飛鳥が演じる中音域の美しい声を聴き続けた。

幕が下りた時には天道には、空也が何を言おうと耳に入ってくる状態ではなかった。揺らさないように長く重い石を置いている心を、屈《かが》んで両方の掌《てのひら》で止めるのに天道は精一杯で、空也の叫びなど知ったことではなかった。

「さあ。それは僕にもわかりません」

言ってから公一朗は、言い方を誤ったと多少は慌《あわ》てた。

「どれならわかるというんだ。指示代名詞が余計だ」

だが察する力のない天道は、言い方がおかしいことにはきちんと気づいても、公一朗が美夜と五年同居している内通者だなどと、ただの一ナノも気づかない。

「ナ」

ナイスポンコツ、と疲れる道化もたまにはうっかり口から出かけてしまい、天井を見上げて「内閣総辞職ですかね」と無理矢理の世間話に高く飛んだ。

Ⅷ　第一幕・第一場「荒野で会おうマクベスに」

「動線はしっかり摑《つか》みました。何処《どこ》に何があるかは手分けして記憶して擦り合わせてます……」

実はNCGT《シアター》の使い方をがっちり確認しに行ったN《エヌ》座は、NCGT近くの稽古《けいこ》場で動線や距離、面積高さを草々《そうそう》が中心となってデータとしてまとめていた。

「舞台の感触は摑んだ。あの規模は三年ぶりだから、生声で跳ね返りをもう一度確かめるのにゲネプロをやりたい。音を見失った瞬間が何度かあって、今日声を張り過ぎた」

NCGTを占拠してシェイクスピア・テロ公演を強行しようという企《たくら》みなのに、役者でしかない飛鳥《あすか》はゲネプロができないかもしれないことに珍しく難しい顔をしてソファで喉《のど》を摩《さす》る。

「どのくらい防御してジャックできるかよね……武力行使は絶対しないから、シェイクスピア警察。こっちも死んでもしない。だから今声掛けてるシェイクスピア・テロリスト達が集結してくれたら、ゲネプロも不可能じゃないわ」

会議用テーブルで草々がパソコンでデータを纏《まと》めて、美夜《みや》は隣でそれを確認していた。

「空也《そらや》さんが時間稼いでくれましたから。職員が入ってくる前に見ておきたかったミキサーとの連携もある程度は確認できました……」

「……あいつなんか、なんにもわかってない」

しかし夜の窓辺で国際シェイクスピア警察本部に向かって項垂《うなだ》れている空也が、別に時間稼ぎに天道《てんどう》に食って掛かっていったわけではないことは最速で思い知らされる。

「この正面玄関突破で、本当に何か変えられるんでしょうか……」

座長の思いはどう見ても一方向、なんなら個人への執着と怨恨《えんこん》しか見えず、「大規模シェイクスピア・テロを行ってこの状況の抜本的《ばっぽん》改革をする！」と空也が言い出した占拠公演ではあるものの、何が改革されるのか甚《はなは》だ疑問なのは草々だけではなかった。

「抜本的の意味を辞書で引きたくなるよね。でも空也さんは結局たいしたこと考えてないにしても、僕は意味があると思うよ。変わるとは思う」

その疑念は草々に全く同意だが、この大掛かりなＮＣＧＴでのテロ公演に飛鳥が賛成したのは飛鳥なりの考えがあった。

「どんな風にですか……？」

「今、パワーバランスが悪すぎる。シェイクスピア警察とシェイクスピア・テロリスト。名前の通り、テロリストサイドが圧倒的に不利だ。だけど正本《しょうほん》でも潤色《じゅんしょく》でも、シェイクスピアはシェイクスピアだ。潮目をこの公演で作って、バランスを取らないと」

ノンポリの飛鳥には、どっちのシェイクスピアがいいも悪いもない。

「圧倒的力は圧倒的力で、そこまで行くと脆弱《ぜいじゃく》になる。守りに入るし、拮抗《きっこう》する勢力がなければ同じことを繰り返すうちに表現は命を失うよ」

「そうですね……目指す人や闘う人が強ければ、自分も高く飛ぼうとしますから……」

それは僭越《せんえつ》ながら草々には飛鳥のことで、意味を理解してじっと飛鳥を見つめた。

だが目指される者はそうした視線に気づかないのも常ながら、飛鳥はまだNCGTに心を残してしまっている。

「どうしたの？　飛鳥」

みんなに目を配る美夜にとって今気遣うべきは、窓の外にぼやく空也ではなく、ソファでいつになく難しい顔をしている飛鳥だった。

「うーん」

三年ぶりの大劇場で確認も兼ねながら思い切り声を張ってしまった飛鳥は、無意識に喉を摩りながら考え込んでいる。

「すごかったわよ？　マクベス。審査で観客が入ってなくても飛鳥には関係ないんだって、驚いたけど」

本来の観客は一人もいないので自分は否応《いやおう》なく多少モチベーションが下がったのに、飛鳥は本域だったと美夜は本気で感心していた。

「しっくりきてない。マクベス」

「審査だから仕方ないですよ……」

「関係ない」

納得しない飛鳥は、誰かの言葉で表情を和らげることなどあり得ない。

「僕のマクベスにならないんだ」

沈み込むように飛鳥は、荒野に立った。

「『祈らずにいこう』」

けれどマクベスになれないと、苦い息を吐く。

「なんにもわかってない！」

「うるっさいわよ空也!!」

ずっと天道に喚《わめ》いている空也に、今は飛鳥のマクベスと向き合えと美夜は切れた。

「いいよいいよ。マクベスのことは僕の問題。今日がゲネプロだった。久しぶりの大劇場だからしっくり来ないんだ。舞台上で自分の声が跳ね返って、聞こえなくなるじゃない」

「あれはあたしは初めて経験したわ。出してる声と聴こえてる声がすごく違う……」

実のところそれはマクベス夫人役である美夜も不安にさせた、響きのよさと劇場の大きさゆえの独特の音の跳ね返りで、要は自分の声さえリアルな山彦《やまびこ》のようになる。

「自分一人ならいいけど、相手と掛け合うからね。でも稽古場でしっかり完成させれば、音を見失っても目を合わせて芝居すれば絶対に大丈夫だよ」

大劇場を長く経験してきた飛鳥は、草々も不安そうにしているのに、二人を安心させた。

「飛鳥の話を聴こうと思ったのに、逆に教えられて。頼りになるわね」

「さすが芸歴二十一年です……」

美夜と草々が、自分のマクベスに悩みながらも何処までも徹底的にプロである飛鳥にただ感服する。

「それに引きかえ空也はもうなんなのずっと、わかってないわかってない。子どもの駄々みたいに」

「子どもの駄々だよ。年末、今日と鬼武丸《おにたけまる》天道に会って以来ずっと言ってるじゃない。『なんにもわかってない』は最大限の不満と、そして要求。僕は非常におもしろくないね」

本当におもしろくなさそうに、まっすぐ天道の方角を睨《にら》んでいる空也を飛鳥は見た。

「最大限の不満と要求ですか……?」

意味がわからないしだいたい本当に空也が何を言っているのかさっぱりわからない草々が、理解している飛鳥に驚愕《きょうがく》して切れ長の暗い目を見開く。

「うん。僕の最初の観客は母親なんだけど。四歳のとき母の前で、ハムレットの台詞《せりふ》を言った。『生きるべきか死ぬべきか、それが問題だ』」

「役のチョイスが全くお子様らしくないわね」

「耳に残ったんだよ。それで母が、舞台に出てみる？　って、僕を子役事務所に連れていった。普通の成り行き。天才子役なのでまあ次から次へと役が絶えない」

自分で天才子役なのでと言っても特に突っ込まれないだけの芸歴を、飛鳥は五歳から演劇史に刻んでいた。

「僕、子どもの頃弁が立たなくて」

「子どもってそういうものよ。弁が立ってたら怖いわ」

　当たり前よと、美夜が苦笑する。

「だけど中身はそんなに変わってないよ。大人向けの芝居に子役で出たかった。自分が主役になる夏休みの子ども向けステージは嫌だったのに、母がそういう役を決めてくる」

「まあ気持ちはわかります……だって子ども向けなら飛鳥さんが主役なわけですから……」

「大人の芝居がしたかったんだ。言いはしたけれど。主役なのにどうして？　と母は……。まあ、自分の子どもが主役なのが嬉《うれ》しいというより僕のためだと思ったんだとは思うよ」

　それを理解していた飛鳥が怖いと、美夜の苦笑も段々小さくなった。

「五歳、六歳なんて子役は我儘《わがまま》だから。ママ大嫌いなんていうやつも普通にたくさんいたけど、僕は母親に大嫌いとは言えなかった」

「あんたえらいわね」

「別にえらくないよ。いまだかつて一度も言ったことがない。母には尊敬がある」

　どんなくそ生意気な子役だったと聞かされても驚かない飛鳥だが、逆にその聡明で賢明な言葉の方が聞いている美夜と草々にはしっくりくる。

「周りの子役たちが『ママなんかだいきらいだ！』と泣き喚いている頃、子ども舞台の主役を決めてくる母がどんなに不満でもその言葉がどうしても言えない僕の言葉は」

　萎《しお》れた空也の後ろ姿を見て、飛鳥はため息を吐いた。

「おかあさんなんかなんにもわかってない。なんにもわかってくれない。……それが幼児期の、僕の母への最大級の不満の言葉だった」

　ここのところずっと天道に「なんにもわかってない」という言葉を撒《ま》き散らしている空也の心を、残酷にも幼児期の自分に準《なぞら》えて飛鳥が淡々《たんたん》と読み解いていく。

「ずっと一緒にやりたかったんでしょう？　空也さんは、鬼武丸と。今もシェイクスピア一緒にやりたいんだよ」

「え、今もなおですか……っ⁉　今も⁉」

　自分がいるのにと不服を込めた飛鳥に、草々は訳がわからず声が詰まった。

　美夜は致し方なく空也の感情を理解しているので、大きなため息が重なる。

「ああやって戦争しながらも今もやりたいんでしょうよ。だって気が合わないとか仲が悪いとかそういうことと、才能の話は全く別じゃない。初めに才能在《あ》りきで出会って同一点に王将が二つ存在しちゃって、それでも空也さん一応半年は我慢《こら》したんでしょ？」

　あの感情のままに叫ぶ、感情的になると短文しか発しない、堪えるということがない、他人が全く見えていない空也の我慢が半年ももったと言われると、目の当《ま》たりにしていた美夜でさえ改めて驚いた。

「そのくらい手放したくない才能だったから、わかってくれないはなんで一緒にやらないって不満でしかなくて。わからせてやりたいのは、また一緒にやりたいなんじゃないの？」

「まあ……それはね、そうだとは思うけど。実はこの間の本八幡《もとやわた》で、楽しくやってたって知ってあたしも疲れながら驚きはしたわ。ただ、それは空也だけよ」

天道は違うから空也の願いは叶《かな》わないと、美夜が小さく首を振る。

「芝居を観《み》たことがないのでなんとも言えませんが……そこまで固執する役者さんだったんですか……？　鬼武丸さん」

「僕はあの人のシェイクスピア観たことないから、ここは空也さん目線だけど。とりあえずマクベスですが何かみたいな存在感はすごいじゃない。生まれつきのマクベス」

自分にはないその素材が腹立たしいと、飛鳥は嫉妬《しっと》を隠さなかった。

「僕は絵本で、最初にシェイクスピアを読んだ。子どものためのシェイクスピアをやるようになって戯曲《ぎきょく》を読んで、今の正本って言われてる底本をちゃんと読み始めたのが十二歳」

シェイクスピア界隈《かいわい》の人間は、早ければそのくらいの年齢には底本の戯曲を読み始める。

「舞台を先に観てから戯曲を読むと、最初に何を思うと思う？　美夜さんや草々はどう？」

「言われたら舞台を先に観たわね。読んで何を思ったかしら」

「僕も舞台が先で……読み始めたのは中学生です……おもしろいなって……すごい、とか」

飛鳥の問いかけに美夜はすぐに思い出せず、草々は辿々《たどたど》しくおもしろかったと言った。

「違う」

短く、飛鳥が呟《つぶや》く。

「僕はそれが最初に思ったこと」

言われた意味が、美夜にも草々にもわかった。

「僕が演じたシェイクスピアとも、客席で観てきたシェイクスピアとも、戯曲のシェイクスピアは違った。戯曲の中にいるマクベス、リア王、オセロー、ハムレット、ロミオ、みんな観てきたもの演じてきたものと全く違った。それはものすごく大きな違和感だった」

本来はリチャード・バーベッジに当て書きされたと言われているシェイクスピアの主役達だが、戯曲で読んでそれぞれが受け取るイメージは多様だ。

「僕はその違和感は今も持ってるし、多分永遠に消えない。違和感なんてもんじゃない。違うんだ。シェイクスピアが書いたマクベスなんて世界の何処にもいない。そう思ってた」

だからこそ、合わせていくよりは全く違うアプローチの潤色が飛び交った部分もある。我こそは奇抜な潤色をという作品も乱舞して、シェイクスピアの言葉そのものが失われすぎて国際シェイクスピア法が立ち上がった。冒瀆《ぼうとく》が過ぎると思う人々の言い分も、実のところシェイクスピア・テロリスト達も全くわからないわけではない。

けれど一体誰が冒瀆と潤色の線を引くのかとその表現規制に立ち向かう者が、正本を愛してもなおシェイクスピア・テロリストともなるのだ。

「だけどもしかしたら空也さんは、出会ったんじゃない？　本物のシェイクスピア、戯曲の中の本物のマクベスに」

マクベスとして生まれてきたような天道のことを、飛鳥が言う。

「それでも結局、空也さんの本物でしかないのは、どのマクベスとも同じだけど。空也さんには本物のマクベスは鬼武丸天道ただ一つだから、取り返したいんだよ」

天道を一つと飛鳥は数え、確かにマクベス的過ぎることは認めて忌々《いまいま》しいと肩を竦《すく》めた。

「高一の全国高校演劇大会で、大賞を取ったのが天道のマクベスだったの……」

なるほどと美夜が、自分も観た天道の、誰が観ても正統派のマクベスを思い出す。

「なるほどね。不在が不満で、一緒にやりたいが要求。わかってくれないは不満の最大級」

「殺してやるって、時々言ってますよ……」

「それは」

我が物にしたい最初で最後のマクベスなのに殺すのかと震えた草々に、飛鳥は苦笑した。

「できないのがわかってるから、言えるんじゃない？　鬼武丸への大嫌いは、聞いたことがない」

「あんたすごいわね、飛鳥」

それで「わかってない」を空也は連呼しているのだと納得するしかなく、飛鳥の解説に美夜がただ感心する。

「共感できないとしても人の感情を読み解いて、再現して、世界に解き放つのが僕の能力。僕自身の望みは、それだけだからね」

朗《ほが》らかに飛鳥は、健《すこ》やかに唯一の望みを言葉にした。

「……絶対、わからせてやる……！」

待ってろ天道と、空也の独り言はまだまだ続く。

飛鳥の説明でその言葉の内訳を思い知った美夜と草々は、「いや無理だって」と言いたかった。

「そんな日が、来るのかしらね」

「NCGTを占拠して『マクベス』の幕を開けられたら、来ると空也さんは思ってるよ。自分と自分のシェイクスピアの力を信じてる」

観客の前で公演を成功させたら天道は「きっとわかる」と、空也は信じている。

「あの……僕は……ちょっとそのときは……」

カンパニーを二人の王と毎日戦争をしながら続ける自信がないと、草々は震え上がった。

「まず当分その日は来ないわよ」

この大規模テロの目的が、空也には結局天道の気持ちを変えることのみだと納得して美夜はとても複雑な気持ちになった。そうしてN座が終わってしまう確率の方が圧倒的に高い。残念ながら天道が変わるわけがないとも、よく知っている。

正直、美夜は飛鳥の大規模テロへの言い分があって、初めてそれになんとか心から頷《うなず》く気持ちになっていた。

「……天道がどうしてシェイクスピア警察になったのかは未《いま》だに全くわからないけど、一度決定を突き付けたら簡単に覆《くつがえ》すような男じゃないわ。説明も一切しない」

「三人の魔女に、荒野で出会っちゃったのかもしれないね。鬼武丸」

そして何か心を覗《のぞ》かれたのかもしれないとでも思わないと、五年前まで国際シェイクスピア法に懐疑的だった軍神マクベスのような猛々《たけだけ》しい天道が、表現を尊重する人々を裏切って警察に入省した理由は誰にも説明できなかった。

「きれいはきたない、きたないはきれい」

シェイクスピア戯曲の中で最も有名と言えるだろう、三人の魔女の台詞を飛鳥が声にする。

「まるで空也さんと鬼武丸のことみたいだ。白と黒、光と闇《やみ》。なのに表と裏」

それらは同じなのだと魔女は言っているのに、表と裏では出会いようがないと、ここにいる空也以外の者が言葉もなくただ、思った。

「絶対わからせる！」

空也の叫びに、飛鳥と草々はさすがにもう呆《あき》れ果てる。

だが天道と空也が同じ板の上に立つのを四年間見ていた美夜は、多少は切なくなった。

それはあまりにも多少だったが、切なかった。

Ⅸ　Non sanz droict／権利なからざるべし

　ウインター公演の審査が終わってもう明後日NCGT《シアター》の「マクベス」の初日が開く、一月の終わる午後一番で、サイバー班の解析を元にシェイクスピア警察本部では会議が開かれていた。

　天道《てんどう》、公一朗《こういちろう》、五月女《さつき》、エドガー、中野《なかの》、そしてサイバー班で会議用のテーブルを囲んで、監視していたサーバーの異常な動きをモニターで観《み》る。

「もうシェイクスピア・テロリスト達の地下公演は、なんなら一旦千穐楽《いったんせんしゅうらく》を迎えてるんじゃないのか」

　苦い顔で天道が睨《にら》んだ先にあるのは、三日前までに複数回に分けて今までにない数のカード決済がされた痕跡《こんせき》の、データだった。

「ああ、いつもなら捜査が手薄になる審査期間を狙ってくる。だが今回はその審査に、N《エヌ》座が来ていたね」

　思えば通常ならテロ公演中のはずだったと、あの場にN座がいたこと自体の不自然さに気づいて五月女が眉を寄せる。

「……ということは、この大量決済はN座が今から公演をするということになりますね」

その後美夜《みや》から「何故《なぜ》審査を受けるのか」という理由を聞き更に協力までしている公一朗は、難しい顔をしてみせて黒い眼鏡の弦に触った。

「しかしいくらなんでも一度の決済数が多過ぎませんか？　恐らくN座のホームはせいぜい三百席です。二週間分の公演と考えればあり得ますが、何故」

中野の言う通り、二週間分の公演だと考えればいつも通りの三千口超えの同額決済だ。

「千口ずつ三日に分けて決済されているというのは、千席規模の劇場で三回公演するということでしょうか？」

いつもと違うとエドガーも首を傾《かし》げるのは、今までならまとめて全ての公演分がほとんど同じ日に決済されていた。

「そう考えるのが妥当《だとう》だが、今まで千席の地下劇場があるという気配は全くなかった。千人が出入りする地下劇場があれば、サイバー班が気づく前に何か痕跡が出てきていたはずだ。人目につくのを避けるからこそ、本八幡《もとやわた》も限界の五百席だった」

五百席でも、確保の時には満席の客席から安全に全員を退出させるのに一時間以上かかったので、千人が地下劇場の席に着いていればいつかは不審な情報として、シェイクスピアとは無関係に通報されるはずだ。

「何処《どこ》かの千人規模の劇場で、大規模テロ公演か。千人キャパの劇場を片端から当たれ。そう多くはない」

大量決済されるとサーバーを監視しているサイバー班の目につくので、ロングラン公演を始めるのなら決済日を分けた方がいい。

その公一朗の助言を美夜が米倉《よねくら》に伝え早速そのシステムが使われたところ、時期のずれと千席を三回に分けて販売した不自然さで、完全に裏目に出てしまったわけだ。

「決済日からすると、公演は一週間後くらいでしょうか？」

エドガーが首都圏の劇場一覧をタブレットに呼び出すのを眺めながら公一朗は、「本日NCGTにて約二時間後に開演です」と若干《じゃっかん》やけくその笑顔を浮かべていた。空也《そらや》はNCGTで「マクベス」のテロ公演を成功させたら、天道の気持ちが戻ると信じているようだと美夜から聞いている。

「あり得ない……」

「どうした、白神《しらかみ》。体調でも悪いのか」

挙動不審だけは伝わったらしく、天道は公一朗に声を掛けた。

「はい。少し心の、いえ心臓の調子が」

さすがに初めての規模なので不安のあった、三千枚のチケットが即日完売しているのも知っている。N座の公演が大劇場にかけられるのを観客が待ち侘《わ》びて、丁度《ちょうど》時が満ちていたのだ。二時間後には本公演小屋入り直前のNCGTが、大規模テロ公演の観客で満席になる。今搬入口から侵入して仕込み中のN座の、「マクベス」の幕が上がる。

上演時間は二時間十五分。

防犯カメラや監視システムは公一朗が切り方を指南して、警備員には正規のふりをするように言ったが、今この瞬間に発覚してもおかしくはない。

「心臓？　大丈夫か」

「少々動悸《どうき》がいたします」

空也の願いが叶《かな》うとは、誰も思っていない。何故危険を冒《おか》して大規模テロ公演をするのかといえば、N座以外の協力者も飛鳥《あすか》の言い分に賛同してのことだった。

天道、五月女、公一朗が三年前に入省したことで、シェイクスピア警察は圧倒的体制を整えてしまった。確保も増え、シェイクスピア・テロリストの勢いが陰《かげ》って両者の力が拮《きっ》抗《こう》していない。

対等な対立ができなくなれば、公認シアターも地下劇団も鬩《せめ》ぎ合えずシェイクスピア自体が力をなくしてしまう。

そのことを皆、最も恐れていた。結局誰もがシェイクスピアのことだけを考えていた。

「病院に行ったらどうだ。心臓はまずいだろう」

天道らしい真っ当なことを言われて、公一朗は軽い動悸がおさまった。

「……いえ。仕事をしないとなりません」

今、風穴を開けないとならない。どんな形でも。

しかしN座の確保に繋《つな》がらないことは難しいだろうと、公一朗はそれを憂《うれ》えていた。

このままだとN座は今日で終わる。

「じゃあ私とエドガーで北関東を、中野と」

「失礼します！」

五月女が劇場の監視に動こうとしたところに、テロ対策班の生方基《うぶかたもとい》が駆け込んで来る。

「どうした」

「NCGTに……！」

すぐ来てくださいと生方が叫ぶのに、漆黒《しっこく》の制服の会議室の面々は一斉に立ち上がった。


常駐の警備員が何故なのか見当たらず、既《すで》に警察を呼んでいると生方は言った。

全員で白い神殿のようなNCGTに走ると、正面玄関の方から酷《ひど》い破壊音が響く。

ウッドデッキを抜けて天道がエントランスにまっすぐ走ると、鉄パイプを持った男がNCGTの強化ガラスを叩き割ろうとしていた。

「何をしている！　よさないか!!」

すぐに天道が止めようとするのに、五月女がその肘《ひじ》を摑《つか》んだ。

「警察を待った方がいい。おまえでは危険だ」

シェイクスピア警察は名前に警察とついているだけで、文部科学省外局文化庁の公務員なので警棒一つ携帯していない。

「本八幡ブリテンカンパニーを解散に追い込んだのはおまえだったな！　何がシェイクス

ピア警察だ‼　ここも使えなくなればいい！　俺がぶっ壊してやる‼」

若い男は随分《ずいぶん》血気盛んだが、見たところ武器は右手の鉄パイプのみのようだった。

「ＮＣＧＴを鉄パイプ一つで壊すのは困難だぞ。もうすぐ警察が到着する。器物破損、威力業務妨害での現行犯逮捕は警察の仕事だ」

一歩男に歩み寄って、天道が鉄パイプを握りしめる男の右手を睨む。

「偉そうなツラしやがって」

「天道」

無意識に公一朗は、課長ではなく天道と呼んでやはり止めようとした。

天道自身はわかっていないが、冷静に諫《いさ》めているつもりでいても天道には威圧感のみしかないので、偉そうに見え高圧的に映って却《かえ》ってこういうタイプは激しく逆上する。

「おまえらが文化を弾圧してるんだ！　本八幡がどれだけ大事なことを訴えてたのかわかんねえのか‼　本物のテロが起こったらどうなるのか俺が教えてやる！」

鉄パイプを振りかざして、男はエントランスのプランターの一つを叩き倒した。

派手な音を立てて緑が倒れ、柊《ひいらぎ》の葉が飛散する。

「本八幡の信念を、心意気を俺が見せてやる‼　おまえら全員死ね！」

今までもこういうことは、シェイクスピア警察に於《お》いて何度かあった。

解散に追い込まれた劇団員、その劇団の熱狂的なファン、表現規制や文化弾圧だという抗議者が、武器を手に本部やＮＣＧＴに直接来ることはあるので、常に警備員がいる。

じっと天道が男を見ていると、男は怯《ひる》んだ。

だが引っ込められず振り上げた鉄パイプで、天道に立ち向かおうとする。

「何やってんだ！」

殴りかかってきた鉄パイプを天道が右手で止めたところに、元本八幡ブリテンカンパニーの座長、高塚《たかつか》が走ってきた。

「高塚さん‼」

男は高塚の熱狂的なファンなのか、その姿を見て目の色を変える。

高塚は丁度国際シェイクスピア警察本部別館で、正本《しょうほん》の講習を受けていたところ職員にこの騒ぎを告げられて飛んできた。

「俺っ！　受け継ぎますから‼　本八幡ブリテンカンパニーの信念！　体制になんか屈したりしませんから‼　絶対高塚さん達を娑婆《しゃば》に出します！　こいつらみんな死ねばいいんですよ‼」

勢いだけでやってきたと思《おぼ》しき男が、意気揚々《ようよう》と高塚に語り掛ける。

「馬鹿《ばか》野郎！　暴力によるテロは本八幡の意志でもなんでもない‼　それをなくすために俺は書いてたんだ！　なんでわからない……っ‼」

やり切れず憤《いきどお》って、高塚は見覚えがあるのだろうファンに力の限り怒鳴った。

「そんな……だって、いつも言ってたじゃないですか。死ね、死ねって。体制は滅びろ、文化を守れって。文化が死に絶えたらまた世界大戦が起こるってメッセージ……俺ちゃんと受け取ってました……！」

「それは……そうだ。俺はそういうメッセージを発信した。なのに受け取ったやつが暴力で相手を黙らせてどうする‼　それじゃ何も伝わってないじゃないか！」

「だって……最後は全員死ぬじゃないですか……全員死なないと新しい世界はこないじゃないですか……」

男はもしかしたら正気ではないのかもしれないが、残念だが読解力の足りないかなり行き過ぎた高塚の信奉者なのだろう。

「それは……確かに舞台上では最後はそうなるが。俺は、そうしてほしくないという」

狂信的な者が高塚の言いたいことを読み解けず、高塚が強い意志と志《こころざし》で作り上げたものをこうして目に見える形で台無しにすることを、天道はただ同情した。

「警察が来た。後は警察に任せろ」

高塚と男の間に入って、天道が制服の警察に頭を下げる。

警察は、警察ではないものが「シェイクスピア警察」と名乗っていることをよしとは思っておらず、信頼関係の構築はまだ難しいが暴漢はきちんと捕らえて現場検証が始まった。

「……俺の言葉が、本物のテロや暴力を」

「勘違いするな」

呆然《ぼうぜん》と唇を嚙《か》み締めている高塚に、強く天道が告げる。

「おまえが悪いのではない。暴力を行使したのはあの男で、おまえではない。おまえは関係ない」

「だが俺は示唆《しさ》する言葉を書いた。結末を」

「それで本物のテロや犯罪が起こるなら、正本のシェイクスピアに影響されて上司や妻を殺す者もいるだろう。いたとしてもそれは、シェイクスピアが殺したんじゃない。手を下した者の、その人間のしたことだ」

訝《いぶか》し気に、高塚は天道を見た。

「だが、確保のときおまえの言っていた懸念はまさしくこういうことじゃないのか。そういう理念でおまえはシェイクスピア警察になったんだろう？」

問われて、天道は答えず、男が連れていかれるのを目で確認した。

「俺は、言葉の力を甘く見てはいた」

高塚もまた、言葉に影響され熱に浮かされて今も喚《わめ》いている男を、しっかりと見ている。

「『生まれてくると誰もが泣く。それはこの阿呆《あほう》ばかりの大舞台に引きずり出されたのが悲しいからだ』」

それが自分の罪だと咎《とが》めて高塚は、「リア王」第四幕第六場のリアの台詞《せりふ》を諳《そら》んじた。

男が倒していったプランターの散らばった柊の葉を拾って、髪に飾る。

「『いい帽子だ』」

狂気に至ったリアは、野の花を帽子にして被った。

「鬼武丸《おにたけまる》」

何か大きなものを捨てて、高塚が天道を見る。

「監察期間、俺は異議申し立てをせず正本の講習をこのまま受ける。監察期間が終わったら、シェイクスピアをやめてオリジナルを書く。俺はシェイクスピアを、あきらめる」

高塚が今強い意志で捨てたものは、心から愛し抜いて生涯を捧《ささ》げようと決めていた偉大な戯曲家《ぎきょくか》、ウィリアム・シェイクスピアだ。

「だがそれが正義なのか、天道。正しさなのか？」

愛し抜いた文字を国際シェイクスピア法という大きな力のもと自分が捨てることに、高塚が納得できるはずがない。

「正しさではない」

きっぱりと、天道は答えた。

「ならなんだ」

「法の下の平等だ」

いつもの言葉を天道は返したが、それは今高塚の気持ちに入るに足るものではなかった。

「おまえはなんのためにこんなことをしている」

「皆、それを訊《き》くな」

「おまえの話は、今回カンパニーの連中から改めて聞いた。マクベスは観たことがあったが、詳しいことは初めて知った。赤門大学在籍中に、カンパニーの代表として『マクベス』も『ハムレット』も立派に潤色《じゅんしょく》していたと。卒業したら軍神マルスのようにシェイクスピア・テロリストの先陣となって、体制と闘うものだと誰もが信じていたそうじゃないか」

高塚は天道より一世代上で商業演劇が長く、学生演劇でどんなに天道がならしていても当時のことをよく知らなかったのは当たり前だった。

「何故、戦《いくさ》の女神べローナの愛に背いた。確かにおまえほど体制や転向が似合わない男はいない。理由があるなら俺は知りたい」

真摯《しんし》に高塚が、まっすぐに天道に問う。

真摯なまなざしに、沈黙や不当、虚偽《きょぎ》を渡せる天道ではなかった。

「俺は今、世界の方だけを向いている。世界を向いたら、個人は中止せざるを得ない」

周囲で聞いている者の多くは、天道の言っていることの意味がほとんどわからない。

公一朗、五月女、そして高塚には、天道が何を言ったのか理解できた。

「どの世界を向いてるんだ」

理解できないのは、まさに高塚が言ったその世界のことだ。

「すまないがそのことは説明しない」

断言した天道に、高塚は食い下がらなかった。

「……おまえは個人を中止したのか。なんのためにかはわからんが」

脅威《きょうい》になり得る言葉を書く自分は今シェイクスピアをあきらめ、天道は五年前まではあった「自分」を止めたのかと、高塚が呟《つぶや》く。

「おまえが今言った通り、言葉が人を殺しはしない。だがもう一度俺は、向き合い直す。

もしかしたら俺自身が何処かで甘く見て、軽んじていた言葉と」

本当は甘く見たのは高塚なのではなく、さっきの男のように間違えて聴き、背を押されたと言い張る者がいつの間にか手が付けられないくらい増えたのだと、天道は心の中で思った。

だがその判断は自分に断定できることではないと、声にはしない。

「……お話し中失礼します。課長。今大《だい》さいたま新都《しんと》駅から連絡が」

黙って二人の話を聞いていた公一朗のところに電信が入って、この対話を止めたくはなかったが天道に歩み寄った。

「どうした」

「今日、NCGT公演があるのかと問い合わせが。今到着した新埼京《さいきょう》線から、公演中に相当する多くの乗客が降車したそうです」

公一朗の報告に、どういうことだと声にする間もなく、NCGT公演中と同じようにごく普通の観客がエントランスに向かって歩いてきた。

「……まさか、大規模テロ公演の劇場は」

NCGTなのかと五月女が、劇場を振り返る。

何処に潜んでいたのかいつの間にか百人近い関東圏のシェイクスピア・テロリスト達が、色で揃《そろ》えたのだろう白いジャケットを着てエントランスに立った。

「本日のN座の『マクベス』、もうすぐロビー開場となります」

「お寒いところ恐れ入りますが、もうしばらくエントランスでお待ちください」

息を呑《の》んでシェイクスピア警察職員が白いジャケットのテロリストを見るや否《いな》や、NCGTの一番高いところから大きなN座「マクベス」の横断幕が劇的に落ちた。

「きゃあ！　かっこいい飛鳥様のマクベス‼」

「黒い衣装に黒い玉座、涼しい顔して……どんなマクベスなんだろうね」

エントランスで待つごく普通の観客たちが、横断幕に歓声を上げる。

「楽しみだなあ。『マクベス』」

横断幕は草々《そうそう》の手で美しくデザインされた、黒い玉座に堂々と座る高潔な厩戸《うまやど》飛鳥のマクベスの写真を使った大きなタペストリーだ。

「ねえ、国際シェイクスピア法って大丈夫なの？」

「それだよね。だってN座ってシェイクスピア・テロリストなのに、公認シアターで公演できるんだから。いつものサイトで買ったけど、これってテロ公演じゃないんだよね？」

「シェイクスピア警察もいるもんね。公式でしょ？　大きいところで観られるの嬉《うれ》しい！」

開場時間が近づくにつれどんどん増えてやがて三千人に達するのだろう観客、白いジャケットでエントランスにスタッフ然としてにこやかに立つ百人のシェイクスピア・テロリストに、シェイクスピア警察は挟まれる形になった。

「現行犯確保だろう！」

強い口調で、それでも五月女が声を抑える。

「ＮＣＧＴの中の確認が先だ。他はここで待て、指示があるまで動くな。絶対にだ」

強く天道は、困惑している黒い制服のシェイクスピア警察職員に告げた。

「間もなく開演一時間前、ロビー開場です」

「チケットをお手元にご用意の上、整列にご協力ください」

初めての大劇場でも観客はきちんとした秩序《ちつじょ》を身につけていて、誰に誘導されなくても白いジャケットのスタッフに向かって美しい列を作る。

その整列を一度しっかりと目視してから、天道が先導して、五月女と公一朗はＮＣＧＴの搬入口に回った。

「……警備員は何をしてる」

まさしく正面玄関から観客がチケットを持って入場することを止めるには、あの百人のシェイクスピア・テロリストを押さえなければならず、それはシェイクスピア警察との双方が暴力を行使せずに適《かな》うことではない。

シェイクスピア警察もシェイクスピア・テロリストも、決して暴力で主張を通さない。絶対にしない。

誰もがずっと、ただ、言葉で闘い続けてきた。

「開場しましたね」

搬入口で、小さく公一朗が言った。

既に仕込みに入っているＮ座とシェイクスピア・テロリストサイドのスタッフが、内側から正面玄関を開けたのだろう気配がして、NCGTに観客が入っていくのがわかる。

　搬入口は各カンパニーの美術や大道具、音響照明衣装のスタッフが大型のトラックを付けられるようにかなり開かれていて、普段は電子キーで管理しているがシャッターを開けてしまえば誰でも侵入可能だ。

「……一体どうやってシャッターを開けた」

　忌々《いまいま》し気に五月女は開け放たれたNCGTのシャッターを見て言ったが、もちろんその手引きをしたのは内通者の公一朗だった。

　まっすぐ楽屋へ、黒いロングブーツでいつもより強く廊下を鳴らしながら天道が向かう。

　大きく扉を開け放つと、そこには当然N座の面々が、既に「マクベス」の支度を仕上げて化粧前にいた。

　立ち止まり、天道はバンクォー将軍の衣装を纏《まと》った空也と、まっすぐ目を合わせた。

「正面玄関から来た。三千人に、NCGTでの俺たちのシェイクスピアを問う」

　待ち構えていたように、将軍の地味な衣装なのに玉座に座るような空也が、化粧前から立ち上がらずに天道を振り返る。

「現行犯だ、鬼武丸課長。すぐ確保の指示を出せ」

　もう猶予《ゆうよ》はないと、五月女は天道に強く言った。

　いつもの警備員は、N座にすっかり正規公演だと思い込まされて、呑気《のんき》に楽屋で茶を振る舞われてきょとんとしている。

外部の警備員たちには、どんな場当たりをしてもたとえゲネプロをやったとしても、それが正本かテロ公演かなど区別がつくはずもなかった。

そのくらい広く世間には、正本と潤色の別など、本当はどうでもいいことなのだ。

「三千人が一時間後の公演のチケットを買った。もう席に着く。その公演を止められるのか、天道」

止められるはずはないと、空也は天道を知っている。

マクベス夫人の黒いドレスを纏った美夜は、少し気の毒そうに天道を見ていた。美夜もまた、三千人が席に着く公演をもう止められない天道をよくわかっている。

わかっていて強引にこの状況を作ったのだから、それは実際一つのテロだとも美夜は思った。天道の意思はもう、自分たちの強行によって曲げられるしかない。

「NCGTであの審査の『マクベス』をもし上演したなら、N座は現行犯で確保だ。たった一度正面玄関突破しても、三時間後には解散だぞ。それでもいいのか！　何故こんな真《ま》似《ね》をした!!」

観客を帰せないから上演したとして、その先にN座に待っているのはやはり表現を止めることになるのがわからないのかと、ついに天道は空也に激高を露《あらわ》にした。

何故空也がこんな真似をしたのか、天道には全く理解できない。

「……飛鳥？」

場当たりから様子がおかしい飛鳥をずっと気にしていた美夜が、黒いマクベスの衣装を纏った体が傾くのに気づいた。

「飛鳥様……っ！」

崩れる体を、すんででマクダフ役の草々が抱き留める。

「……大丈夫。なんでもない……」

「熱い……すごい熱です！」

掠《かす》れた声をようよう漏らした飛鳥の額《ひたい》に触れて、草々は悲鳴を上げた。

「インフルエンザか。主役がインフルエンザなら、アンダーがいなければ正規公演でも中止の払い戻しを余儀なくされる。ただ正規ならアンダーがいないということはないから、NCGTでは前例はないがな」

季節的に間違いないと飛鳥を見て、一つの苦しい決断から逃れられた、天道らしくない安堵《あんど》が否応《いやおう》なく横顔に映った。

「違う……僕はやれる……絶対」

「飛鳥……いつからだ、どうして黙ってた！」

駆け寄って空也が、飛鳥の体に触れて熱を知る。

「インフルエンザじゃないとは、思うわ。二度予防接種を打ってるし、一度も罹患《りかん》したことがないのよ。飛鳥」

「医務室に運んで検査を受けさせろ。インフルエンザかどうかは検査結果が出なければわからないが、いずれにしろ見ただけでも三十八度は間違いなく超えている。マクベスを演じ切るのは無理だ」

「僕はやれる……！　絶対に劇場に来た観客はそのまま帰さない……!!」

声を張るのも辛いのに、飛鳥は悲鳴のように言った。

「鬼武丸天道、おまえは不在の証明の空席を見たことが……あるか。僕は見た。二〇一一年四月開幕公演の初日、舞台の上から無数の空席を見た……っ！　誰一人劇場に辿《たど》り着いた観客を僕は絶対にそのまま帰さない……!!」

力の限り、叫ぶ飛鳥に既に限界が訪れているのは全員にわかる。

三年ぶりの大劇場でマイクなしに五階席の奥まで声を届かせて、跳ね返りを一人で確かめた審査という名のゲネプロで、飛鳥は役者人生で初めて喉《のど》を傷《いた》めた。その傷めた喉にウイルスが繁殖して、引いたことのない風邪を引いて高熱を出している自覚は前夜からはっきりあったが、N座にはアンダーがいない。

代わりにマクベスをやれる代役が、存在しないのだ。

「そうか。厩戸は震災のときにもう、舞台の上にいたんだな」

「あの四月に見た空席を……僕は絶対に忘れ……っ」

限界を見て天道がつかつかと歩み寄ると、余計に叫ぼうとして飛鳥は気を失った。

「インフルエンザじゃないにしろ、こんな体で二時間以上舞台に立てるわけがない。医務室に運べ」

ただ呆然としている警備員に、天道が飛鳥を預ける。

天道の指示がなくても、飛鳥のマクベスが幕が下りるまでもたないことはN座の全員にもわかった。

だが天道だけでなく、美夜も草々も、公一朗も、実のところ安堵していた。

この強行公演が終わったら、風穴を開けて正本と潤色の力をそれぞれ観客に知らしめある程度拮抗させることができたとしても、現行法ではN座は解散するしかない。

遮那王《しゃなおう》空也の自由な潤色は、ついに封じられてしまう。

「白神、医務室に行って厩戸がインフルエンザかどうか確認しろ。ここにいる者は全員予防接種を打っているだろうが、もし厩戸がインフルエンザならパンデミックを防がなくてはならない」

既に誰かが感染している可能性も含めて中止だと、外堀の理由を積んで天道はこの場を終わらせようとした。

「天道」

立ち上がり、空也が飛鳥が落としていった黒いマントを拾う。

「おまえがやれ、マクベス」

そのマントを空也は、強く天道に差し出した。

「本当は同じだってわかってる！　確保の時にもカーテンコールまで止めない。おまえが満席の観客を……いやたった一人だって、このまま帰せるわけがない！　審査も観てるし、開演までに台詞だって入るはずだおまえなら。おまえが俺のマクベスをやれ天道!!」

マントを天道に突き付けて、空也が声を振り絞って叫ぶ。

「おまえは俺の骨のはずだ！」

「意味がわからん！　俺の骨は俺の骨だ‼　『ヴェニスの商人』を読んで出直せ！」

「おまえは俺のマクベスなんだよ！」

国際シェイクスピア法も、シェイクスピア警察も、刹那《せつな》的に今この上演を強行したらN座も自分の表現も終わることも、空也の足を止めることはない。

「おまえが正しいマクベスだ。おまえのマクベスを観て俺のマクベスは生まれた。俺のマクベスをやれ、天道」

後先のことなど、空也にはどうでもよかった。

ただシェイクスピアがやりたい。ただマクベスがやりたい。初めて正しいマクベスだと信じた、目の前の男で。

「おまえの潤色は、国際シェイクスピア法に多く抵触する」

不意に、ここまではらしくなく曖昧《あいまい》に事を終わらせようとしていた天道の声が、はっきりと空也に告げた。

事の成り行きを見ていた五月女が、安堵の息を吐く。

安堵したのは、美夜も草々も同じだった。

「何がだ。マクベスは正しい。おまえそのものだ、天道」

「俺はそうは思わない。第一幕第一場から、魔女にもう惑わされている。マクベスが正しいのは冒頭の他者による武勇伝の中だけだ」

「違う。俺が初めて観たマクベスは、正しい世界のために先王を殺して眠りも殺した」

空也が語るマクベスは、高校一年生の夏、高校演劇大会全国大会決勝で観た、玉座に座った鬼武丸天道のマクベスだ。

「動乱を終わらせようとした。惨《むご》たらしい戦を闘い抜いたから、自分の手で雑兵《ぞうひょう》の少年兵も殺したから。だからマクベスは先王を殺したんだ。おまえのマクベスだ天道！」

「覚えている。確かにそれは、俺のマクベスだ」

観念して、天道が確かに自分はそうしてマクベスを演じたと空也の目を見返す。

「それは、俺が間違えたんだ。空也」

はっきりと、天道は過去の自分を断罪した。

「人間は間違える。王座を魔女に魅せられたぶらかされたら、善良な先王も罪のない幼子《おさなご》も殺す。そして自分の眠りも自分の手で殺してしまう」

ただ王座に惑わされたのがマクベスだと、天道が空也に告げる。

「こんな風に間違える人間は、大勢いる。王座を望んだ、当たり前の男の話だ。俺はマクベスはそういう物語だと、今は思う」

「そんな……」

「正しさを見誤って道に迷った男の、大切な物語だ」

正しさを見誤ると、人も眠りも愛も殺してしまうという大切な物語を、正しさに自分が書き換えたのだと天道は打ち明けた。

「俺も、間違える男だ。マクベスと同じだ」

いつでも正しさを押し付けるような天道がそんなことを言うのに、空也も美夜も、そして五月女も驚きを露にする。

誰より五月女が、闇《やみ》のような美しい瞳に不安を湛《たた》えた。

「卒業公演の『リア王』の潤色を巡って、おまえと大喧嘩《おおげんか》になった『あのとき』」

あのとき、天道に何が起こったのかは、天道以外に知る者はいない。

「道化はエドマンドに殺させていい者ではないと、初めて知った気がした」

医務室で用を言い渡された公一朗も、静かに楽屋に戻って天道の声を聴いていた。

「俺は道化はリアが愛《め》でている道化で、だからエドマンドが殺すことに意味があると思っていた。だがおまえの解釈を聞いていたら、そんな風に殺していい者ではないと知った」

道化は実存しないリアそのものであり、リアの真実であり、その重荷を一旦下ろすから途中で音もなくいなくなるというのが、空也の道化の解釈だ。

「いや、知ったんだろうか？　俺は間違える人間だ。正解なんだろうか？　間違えたのに次に正しさを選べるのか？　俺が。そう思って」

目を見て紡《つむ》ぐ天道の言葉を、空也はただ必死に聴いている。

「俺は、俺に味方するのをやめたんだよ。あの日」

難しい天道の言い分を、空也はすぐに読み解けるような人間ではなかった。

「世界の方につくことにした。俺の選択ではなく、世界の選択を支持する。間違える俺が、信頼ならないからだ」

感覚で空也は言葉を選ぶ。感覚で正しさを感じ取る。解釈や理屈で決めていないので、今天道が何を言っているのか知ることもとても難しい。

「どの言葉が正しいのか、俺はもう自分で二度と決めないんだ。空也」

最後まで教えられても、空也にはなおわかりはしなかった。

「迷路だな」

この間それを説明された五月女が、一歩、天道に歩み寄る。

「言葉の力を信じているのに、自分で言葉を選ぶことをやめたのか。それは大きな迷路だが」

五月女はじっと、天道を見つめた。

「私はその迷路が好きだ。私もその迷路をおまえと歩く」

「六波羅《ろくはら》」

「結婚するという意味ではない」

誤解するなと、五月女は一秒でその期待を断ち切った。

「課長、インフルエンザの検査結果は一応陰性です。ただこの短時間で断言はできないそうですが」

現代の検査技術で陽性反応が出なくても、後《のち》に罹患がわかるということはあり得る。だが一度検査結果が出たなら、陰性という結果に現場は従うのがルールだ。

「厩戸飛鳥は動けませんが、意識を取り戻しました。課長への伝言を預かっています」

そのために戻ってきた公一朗が、手にしていたタブレットのテキストを見る。

「メモしましたのでそのまま読み上げます。『僕の役だがおまえがマクベスをやれ鬼武丸天道。さもなくばおまえなど、ただの無駄な骨にすぎない』」

熱があるからこの毒を吐くわけではないことは、本八幡で飛鳥と話しているので天道も公一朗も、五月女もよくわかった。

「続きます。『もしもこのまま観客を帰したら、必ずおまえを生きたままこの手で八つ裂きにしてやる』。厩戸飛鳥からは以上です！」

頼まれたので読み上げたが、なんと稚拙《ちせつ》な脅《おど》しだと公一朗の声も軽くなる。

「さすが天才役者だな、立派だ。自分の言葉というものを持たないらしい」

呆《あき》れたように感心したように、天道は苦笑した。

結局何もわからない幼子のように自分を泣きそうな目で睨んでいる空也を、天道が見返す。

「正本の『マクベス』をやる」

決定を、天道は言い渡した。

「ここにいる者なら正本の台詞は皆入っているだろう。内容も配役も変更になることを事前にアナウンスして、上演後観客が納得しなければ返金対応だ。誰がどうやって返金するかはあとで決める」

事務的なことを、シェイクスピア警察である同僚たちに告げる。

「三千人が。いや、たった一人でも客席に着くなら、厩戸飛鳥に言われなくとも幕は開ける」

制服の黒いロングジャケットを脱ぎ捨て、空也に突き付けられているマクベスのマントを天道は摑み取った。

「俺がマクベスを演《や》る。呼吸は大事だ。大学時代俺がマクベスを演ったときに、おまえがマクダフを演ったな。空也、おまえがマクダフを演れ」

唇を嚙み締めて、空也はただ、自分のマクベスを見ている。

「まだ開演までに時間がある。全員正本を読み直せ。すまないな、犬飼《いぬかい》草々。マクダフはおまえの役だろう。いい役者なのは知ってる。今回はバンクォーを演じてくれ。どんな役でも任せられる役者のはずだ。バンクォーを頼む」

NCGT内にはあらゆる正本の予備が複数置かれている書庫があり、公一朗が正本を取りに走った。

「しっかり演じます。僕のバンクォーを」

「頼もしい役者だ。信頼してNCGTを託す」

すぐに正本を抱えて戻ってきた公一朗が、一人一人の手元に「マクベス」の正本を手渡す。

全て諳んじられる天道自身も、正本を捲《めく》った。

「おまえ、舞台に立つのは何年振りなんだ」

一度もその姿を観たことがない五月女が、天道に尋ねる。

「大学院では履修のみだったから、五年ぶりだな」

「随分落ち着いてるな。そういうものなのか」

問われて、黒いマントを羽織りながら天道は五月女を見て苦笑した。

「馬鹿を言うな。心臓が破裂しそうだ」

しばらく話しかけないでくれと、天道が飛鳥がいた化粧前に腰を下ろす。

「空也」

正本を持ってまだ立っている空也を、振り返らずに天道は呼んだ。

「読み合わせはなしで演ろう。おまえと俺でならできるはずだ、第五幕第八場をその場で」

最後に決戦をするのはマクベスとマクダフだが、二人が闘う場はとても短い。正本のテキストでも三頁《ページ》ばかりだ。

「おまえのマクベスとやれるなら」

本当は俺はなんでもいいんだと、空也は小さく言った。

開演三十分前から、潤色から正本への変更と、配役の変更が繰り返しアナウンスされた。

客席はざわめいたが、帰ろうとする人は一人もいなかった。

三千人が席に着いて、「マクベス」の幕は上がった。

「いつまた会おう？　三人で。雷、稲妻《いなづま》、それとも雨の中？」

第一幕第一場「荒野」、三人の魔女の一人が、第一声をＮＣＧＴに放った。

「落ち合う場所は？」

「あの荒野」

「そこで会おうよ、マクベスに」

最初からマクベスは、魔女に見つけられてしまっている。

「きれいはきたない、きたないはきれい」

三人の魔女の声が、不気味に、見事に揃った。

やがて第二幕第二場「マクベス城の中庭」で、マクベスは魔女に唆《そそのか》され先王ダンカンが深い眠りの中にいるときにその手で刺し殺す。

「叫び声が確かに聴こえた。『もう眠りはない。マクベスは眠りを殺した！』罪を知らない眠り、心の煩《わずら》う絹糸の縺《もつ》れを解きほぐす眠り、一日一日の命の終わり、辛い労働の後の湯浴み、心の傷を癒《いや》す薬、大自然が与える最大の食事、人生の饗宴《きょうえん》における最高の一皿」

手に滴《したた》る先王ダンカンの血をはっきりと見ながら、天道はマクベスを生きて、取り込まれる狂気を身を捩《よじ》って叫んだ。

「何を言っているの、あなた」

マクベス夫人として冷酷なまなざしを身につける美夜が、いつもより低い声を聞かせる。

「館中に叫び声が響いていた！　『もう眠る夜はない！　グラームスは眠りを殺した。故《ゆえ》にコーダーにももう眠りはない』」

王座に囚《とら》われて人の命を終わらせたことを悔やんでも、もうその命は二度と還《かえ》らないとマクベスは知っていたはずだった。

「マクベスは、もう眠れない……！」

王座を望むごく当たり前の武人が、魔女にその欲を見つけられ間違えても、一たび命の理《ことわり》を曲げたら二度と戻れる道はない。

第五幕第一場「ダンシネイン、城内の一室」にて、夫より猛々《たけだけ》しく王座のために自《みずか》ら刃を翳《かざ》したマクベス夫人は、不眠と狂気に至る。

「ああ、この手は二度ときれいにならないの？　洗っても洗っても血の匂いが消えない……！　アラビア中の香料を振りかけてもこの手の嫌な臭《にお》いは消えやしない!!」

マクベス夫人、侍女、医師のみの芝居がしばらく続く。

更にこのあとの第五幕第二場「ダンシネインの近く」にも、マクベスとマクダフの出番はなかった。

第五幕第三場に出て行くマクベスの天道と、第四場に出て行くマクダフの空也は、上手《かみて》の待ち場で並んでいた。

天道と空也、草々はぶっつけ本番だが、四百年以上演じられてきた戯曲だ。しかも舞台上の役者は全員、シェイクスピアも「マクベス」もあらゆる角度から繰り返し通ってきている。

揺らぎはなく、客席はもう変更のことなど忘れてただ舞台に集中していた。

「劇場というのは、不思議な場所だ」

ふと、空也に、天道は言った。

「この空間でこの密度で、大勢の他人同士が一つの物語を紡いでいる」

「……ああ。不思議だ」

素直に、空也が頷《うなず》く。

並び立つ将として黒いマントと白いマントをそれぞれに羽織り、二人は一瞬だけ、客席の呼吸を共有した。

三千人の他人、個人、一人一人の事情。昨日喪《も》が明けたのだとしても、余命を言い渡されたのだとしても、徹夜の仕事明けでも、ふらっと寄った暇つぶしでも、等しく一人一人の命の時間が集まる場所が劇場だ。

別々の個、命が、同じ時間を共有する空間が、劇場だ。

やがて決戦の場、第五幕第八場「戦場の他の場所」で、マクベスとマクダフは対決する。

「待て地獄《じごく》の犬！」

壮絶な美貌《びぼう》に白い装束、闘いの証《あかし》の血を体中にべっとりと纏った空也は、従来のマクダフのイメージではなかったが、妻子を惨殺された充分な憎悪と殺気をもってマクベスに挑み掛かった。

「俺の命には魔力が掛かっている。無駄だマクダフ。女から生まれた者には俺は殺せない。俺は不死身なんだ」

敗戦の色濃く、妻を既に喪《うしな》い、マクベスは大きな死の影と報いを、黒い雲のように覆《おお》っている。

「その呪いは、終わりだ。おまえが崇《あが》め奉《たてまつ》っている悪魔に訊いてみろ。マクダフは女から生まれてはいない」

剣を翳して、マクダフは堂々とマクベスを真っ向正面から見た。

「俺は月足らずの母の腹を突き破って、この世に己で生まれ出《い》でた！」

自らの意志でこの世に生まれたというマクダフに、ついにマクベスは命の緒が途切れる。

「俺は最期《さいご》まで闘う。盾は投げ捨てた。さあ来い、マクダフ！」

最後の力を振り絞って、マクベスは盾を捨てた。

「先に『参った』と言った者が地獄行きだ……っ！」

剣を持ってマクダフに挑みかかり、長い交戦が二人の間で終わらない。

この時間は、稽古《けいこ》中に演出家が入れば止めるほど長かった。

だが観客はずっと固唾《かたず》を呑んで、その闘いの行方を見ていた。

マクベスとマクダフが命を賭けてぶつかり合うそのときを、誰もが惜しんだ。

返金を求める方には後日方法をご連絡しますと出口で急遽《きゅうきょ》パスコードが渡されたが、対価だったと感じて劇場を出て行く者が圧倒的に多いのは誰の目にも明らかだった。

「一生ものでしたね……まさか、まさか鬼武丸のマクベスと遮那王のマクダフの闘いを拝めるとは……‼」

一体何が起こってこうなったのかなど観客は推測するどころではなく盛り上がり、三婆《さんば》の一人、蒼《あおい》が薄いブルーのコートでエントランスを跳ねる。

「いやー、もっと長くてもよかったわー最後の対決‼　最高やったなあ！　鬼武丸のマクベスほんっまに最高やな‼　他にないわなんも感想！」

オレンジのコートを羽織った山吹《やまぶき》が、「最高やで！」を繰り返した。

「マジで言葉がないっス！　こういうときはなんも出てこないもんっスねえ」

真っ赤なコートの朱美《あけみ》が、もう日暮れ帯びた緑のエントランスからふと劇場を振り返ると、開演前に下げられた横断幕は上演中に撤収されて痕跡もない。

「また観られるといいんですけど」

「また観たいなあ」

「また観たいっス」

ただそれだけだと、三婆は同時に言って素晴らしい幸福な乾杯をするためにＮＣＧＴを離れた。

正本できっちり上演したので、誰一人シェイクスピア・テロリストの現行犯ではなくなった。N座の確保条件は揃わず、ただ劇場の無断使用については厳罰と使用料金の請求がきっちり言い渡された。また細かな処罰が、明日以降会議はされる。だが警備員の懐柔《かいじゅう》が巧妙過ぎて、不法侵入の罪に問えないだろうと警察からは既に答えが出ていた。

明後日にはもうウインター公演の「マクベス」初日が開けるので、N座は舞台美術を担当した草々指揮のもと全力撤収が行われている。

完全に日が落ちたエントランスに、天道と空也は脱力して座り込んでいた。

天道はもうシェイクスピア警察の制服に着替えたが、珍しく前をとめる気力がなく開いている。何しろ五年ぶりの舞台に立ち、マクベスを演じ切ったのだ。

「始末書じゃ済まないな……大臣から直々《じきじき》のお呼び出しだ。白の礼装で霞《かすみ》が関《せき》か」

今日シェイクスピア・テロリストが皆、純粋な正しさの証のように着ていた白を自分が明日着なければならない皮肉に、天道がため息を吐く。

一方空也はそんな天道の疲れは知ったことではなく、久しぶりに自分のマクベスと舞台上でしっかりとやりあえたことで、白いジャケットを羽織ってただ満ち足りていた。

観客も一人残らずとっくに引いて、NCGT前はもう、ここで上演があったことが夢であったかのようだ。

昼間捕らえられた暴漢が倒したプランターも直されていたが、散った柊の葉がまだウッドデッキに残っている。

その枯れた死に掛けの葉の上で、年老いた男が一人、踊っていた。

「米倉さん……？」

関東の地下劇場のオーナーである米倉が、白いシャツ黒いズボンという凡庸《ぼんよう》な衣服で、ゆっくりと踊っている。

だがその舞踊を追っていると、肉体が物語を紡いでいた。

惑わされ、猛り、人を殺し、そして眠りを殺して苦しむ男の物語だ。

「……まるで、世界の全てを見終えた人の」

疲れた声で天道は「マクベス」、とは言えない。

空也も、「マクベス」とは言わなかった。

「なんでマクベスは、王になんかなりたかったのかな」

老いた男の踊るマクベスを見つめながら、座り込んだ足元に空也が呟く。

「さあな」

天道が相槌《あいづち》を打ったが、おまえらがそれを言うかと突っ込む外野が今はいなかった。

「……おまえなんか、なんにもわかってない。なんにもわかってくれない」

新しいマクベスが目の前で生まれているのに、自分たちの時間がもう終わってしまったことを不意に空也が思い知る。

「そうだ。俺は何もわからないということが、わかったんだ。『あのとき』」

「それでどうしてシェイクスピア警察になる必要があった」

開演前に楽屋で天道が言ったことを、空也も時間をかけて多少は理解はした。

「おまえも全てが正しいわけじゃない。空也」

「当たり前だ」

なんの話だと、空也がまだ血糊《ちのり》のついた顔を顰《しか》める。

「俺はおまえの、殺すという言い方が好きだ。死ねは駄目だ」

「俺もそう思うけど」

「でもそう思うのは、俺たちで」

久しぶりに、天道が自分たちのことを「俺たち」と言ったと、空也は俯《うつむ》いた。

「死ねと言う者も多いし、責任があっても殺意があるから殺すの方が間違ってるのかもしれない」

ここに公一朗か美夜がいれば、「どちらも駄目」とはっきり教えられたが今はいない。

「俺は、言葉は乱れたと思う。心と一緒に、正しさが遠ざかった」

「誰から」

「多くの人から。間違える俺からも、正しさはもちろん遠い」

それはとても怖いことだと、天道は夜に落ちた世界を見渡した。

「俺は道に迷い続ける旅に出た。永遠に明日のことを考える。明日を終わらせないために、今日を生きると決めた」

「遠ざかってるかどうか、明日が終わるのかどうかをおまえが決めるのかよ」

「千回繰り返してきた会話だ」

縋《すが》る空也の駄々を、あやして天道が笑う。

「この旅が終わる日は来ない。辿り着く場所がないからだ。俺は明日のために生きるが、俺には明日は来ない」

「意味がわからん」

何一つわからないと首を振った空也に、「そうだろうな」と、天道は説明しなかった。

「……俺は、俺の旅をしてる。目の前のことしか考えない。目の前の観客のことしか考えない」

わからない、わかってくれない、嚙み合わない、なのに本当はただ一緒にシェイクスピアをやり続けたい。

「俺は今日でしかない。俺は今、明日じゃない。明日じゃない。俺は今」

辿々《たどたど》しく空也が、その思いを言葉にした。

「今日だ」

はっきりと言って、まっすぐに隣の天道を空也は見た。

「……いい台詞だ」

台詞だと笑んで、天道は空也の思いは受け取らない。

「シェイクスピア潤色に使うなよ」

「俺はおまえでマクベスがやりたいだけだ！　一緒にシェイクスピアがやりたいだけだ！

なんで……っ！」

受け取らない天道に、空也はあきらめ切れず叫んだ。

「何故、何故と、おまえは子どものように繰り返す。俺は説明した、今」

いつになく、天道の声にやさしさが帯びる。

「そうだな……説明した。嫌なだけだ、俺が」

俯いた空也に、天道は一瞬、迷路から出てしまいそうになった。

自分の意志で入った迷路から出ようかと思うほど、心が残るのは当たり前だ。

互いが唯一無二の役者だ。魂《たましい》だ。五年ぶりにその全てを懸けて、全身全霊で演り合った。

マクベスとマクダフの死闘は、恐らくは過去四百年上演された全ての「マクベス」史上最も長く最も激しかっただろう。

終わらせたくない、こうして剣と魂を思い切り永遠にぶつけ合っていたい。

その心のままの闘いは、劇場中の人の心を巻き込んで一瞬にさえ感じられた。

「俺はおまえの背中に、背中を向けて立つ」

だが決して、天道はその迷路を出ない。

「何故」

また何故と、空也は繰り返した。

「その方がきっと、世界は美しく変わると信じる」

「意味がわからない」

「わからないのか?」

問われて、また深く頭を垂れて、空也が小さく首を振る。

「俺たちは背中合わせで生まれてきた。おまえは世界の半分を見てろ。俺はその反対側の世界を見る」

「……それをおまえが決めるのか」

もうその言葉は、駄々でもない空也の仕方のない繰り返しでしかなかった。

「何故、やらなくなった。ハムレット、ロミオ、真ん中に来る役を」

それはわかって、天道がもう話を終わらせる。

「飛鳥がいる。さっき解熱剤打って調整室で観てたって。明日からの飛鳥が楽しみだ」

天道のマクベスを観てしまった飛鳥がその口惜しさからどんな進化を遂げるのかは、空也でなくともただ楽しみだ。

「それにしても、脇に回り過ぎじゃないのか」

「……声が」

皆に問われて答えてこなかった理由を、ふと、空也が天道にだからこそ打ち明ける。

「なんでだかわからないけど、大学卒業したあと声がもたなくなった。もつときともたないときがあって、稽古中にも。もし本番中に出なくなったらと思うと怖くてできない」

「それはおまえの声帯が薄いからだ」

何を今更という顔をして、天道はあっさりと空也に答えを寄越した。

「……は？　なんでおまえが俺の声帯の厚さを知ってんだよ」

「声聞けば誰にだってわかるだろうが」

誰にだってわからないことが、相変わらずさっぱりわからない天道である。

「ならなんで学生時代、俺ハムレットやロミオもったの」

「大学のカンパニーは公演期間が最長でも一週間だったし、大抵は二、三日だった。それにおまえの声がもつように、張りどころを塩梅《あんばい》した。潤色で俺が」

「なんでそれ、言わなかった」

呆然と、ただでさえ大きな目を見開いて空也が天道を凝視する。

「言った」

「聞いたことない」

「ボイトレをしっかりやれと、何度も何度も言っただろうが」

「それでわかるか！　そういうところだ天道!!」

「普通自分で気づくだろう!?　役者は自分の体を俯瞰《ふかん》で知ることも……っ」

仕事のうちだとまた喧嘩になりかけて、天道は言葉を止めた。

「空也」

名前を呼ぶこともうない、これが最後だと決める。

「いつもこうやって喧嘩別れだ。俺たちは」

あのときまでうまくやれていた、楽しかったという天道と空也の言葉に、誰もが驚いた。

だがそれは、天道も空也も誰にもちゃんとは説明できていない。

喧嘩が楽しかったわけではない。激しかったがそうして思いをぶつけ合うことで、お互いに新しい考えが訪れた。それが自分とは違う世界を知ることだとは、気づかずただ時をともに過ごした。

「俺は日本のシェイクスピア警察に、第九条は発動させない。表現の自由への俺にできる最低限の尊重だ。絶対に九条は発動させない」

はっきりと天道は、空也に告げた。

「おまえがやりたいシェイクスピアを潤色する限り、俺にはおまえはテロリストだ」

シェイクスピア警察と、シェイクスピア・テロリスト、きっぱりと左右に二人の王は道を違《たが》えた。

「今度こそ、ちゃんとさよならを言おう」

そもそも二つの玉座が、ともに在《あ》り続けることはできない。

「これが永遠の別れだ。ボイトレしろよ、空也」

立ち上がり、天道が制服の前を閉めて顔を上げると、踊っていた年老いたマクベスは幻のように消えていた。

「天道」

警察本部に向かっていこうとする天道を、空也が呼ぶ。

「永遠の別れだ。だけど忘れるなおまえは永遠に俺の骨だ」

決別には間違いないと、空也は強く言い放って立ち上がった。

「『ヴェニスの商人』を読み直せ。俺の骨の所有者は俺だ」

もうその声を背中で聞いて、空也はＮＣＧＴの楽屋口に向かう。

「空也」

ふと、けれど澄《す》んだ声で天道は空也を呼んで一度だけ振り返った。

「『あのとき』殴って、本当に悪かった」

その声を聴いて、天道が迷路を選んだ理由を初めてはっきりと知り、くしゃりと顔を歪《ゆが》めてから、空也は強く唇を嚙み締めた。

黒い王と白い王は、それぞれ背中合わせに一つだけれど別々の世界に向かって、顔を上げて歩き出した。

「何故永遠の別れが訪れたと思い込めるのか、一から訊きたいわ……」

楽園を模した常緑樹の向こうに実は、空也を迎えに来たものの出て行けなかった美夜がずっと座り込んでいた。

「僕はゼロから訊きたいです……この二カ月の間に何回出会っているのか。誰がどんなに強引に引き離そうとしてもその玉座は離れない魔女の呪いに掛かっていきます……」

同じく天道を探していた公一朗は、美夜の隣でずっと息を潜めていた。

「基本周りというか、何も見えてないから二人とも」

「僕は次回は本当に、半世紀後でいいんですが……」

美夜と公一朗は疲れ切って長い息を吐いて、そして朗《ほが》らかに健《すこ》やかに笑った。

「それにしても天道のマクベスはやっぱり世界一ね。舞台上では妻として心から愛した。空也じゃなくても駄々を捏《こ》ねるわ」

マクベス夫人として夫を愛し抜いた美夜が、役者の天道をどうしようもなく惜しむ。

「調整室で観ていることが口惜しかったですが……時々厩戸飛鳥の凄《すさ》まじい殺気が楽しめたので良しとします」

「飛鳥は超えようがないもんね。天道はマクベスだもの」

そこはどうにもならないと、公一朗も美夜も説明はなかった。

「でも、そちらのマクベス夫人の心は動かなかったみたいね」

舞台上の天道を観たら多少心が揺れるかと美夜は終演後求婚相手を見たが、特に変わらず冷淡な五月女に映った。

「ああ、六波羅補佐官ですか？　ちょっと表情の変化が出にくいんですよ……僕は毎日彼女を見ているので」

「天道に恋してた？」

「いえ」

率直な美夜の言葉に、公一朗が笑う。

「初めて、舞台を楽しんだように見えました。明日からが楽しみです」

「……明日、か」

明日と、今二人の王は全く違う明日の話をしていたと、美夜はため息を吐いた。

「あたしたち、生きてるうちに辿り着く明日が見えるかしら。天道のあの言い分……」

「明日のことは、何もわかりませんよ」

「そうね……あたしも明日が楽しみよ。誰にもわからない。わからないわね」

疲れたけれど何かとても幸いに笑んで、美夜が立ち上がる。

「誰にも何一つわからないことが、よくわかりましたね」

疲れたけれど公一朗もさてわからない明日に向かおうと、美夜と一旦手を振り合った。

それぞれが一人一人、別々に生まれてきた。一つの世界に、一つ一つの正しさと美しさの方角を向いて。

シェイクスピアが本当に言いたかったことなど、誰にもわからない。わかる日が来るはずがない。シェイクスピアは四百年以上前からもう存在していないのだから。

けれど遺《のこ》された言葉を導《しるべ》に、誰もが明日ではない今日にいる。

強い言葉を導に、帆を揚げて見えない明日へ進む。

実際のスコットランド王マクベスは、十七年の善政を施《ほどこ》した。

マクベスを描いたシェイクスピアにとってはそれは、昨日のことでしかない。

明日の王は、今日の世界にはただの一人も存在しないのだ。

世界に、王はいない。

参考文献

『こどものためのシェイクスピア物語』著／バーナード・マイルズ、訳／氷川瓏(小学館)
『世界文学全集10　シェイクスピア集』著／ウィリアム・シェイクスピア(筑摩書房)
『マクベス』著／ウィリアム・シェイクスピア、訳／福田恆存(新潮社)
『シェイクスピア全集　マクベス』著／ウィリアム・シェイクスピア、訳／小田島雄志(白水社)
『シェイクスピア全集3　マクベス』著／ウィリアム・シェイクスピア、訳／松岡和子(筑摩書房)
『リア王』著／ウィリアム・シェイクスピア、訳／福田恆存(新潮社)
『シェイクスピア全集　リア王』著／ウィリアム・シェイクスピア、訳／小田島雄志(白水社)
『シェイクスピア全集5　リア王』著／ウィリアム・シェイクスピア、訳／松岡和子(筑摩書房)
『ロミオとジュリエット』著／ウィリアム・シェイクスピア、訳／中野好夫(新潮社)
『シェイクスピア全集　ロミオとジュリエット』著／ウィリアム・シェイクスピア、訳／小田島雄志(白水社)
『シェイクスピア全集2　ロミオとジュリエット』著／ウィリアム・シェイクスピア、訳／松岡和子(筑摩書房)
『夏の夜の夢・あらし』著／ウィリアム・シェイクスピア、訳／福田恆存(新潮社)
『リチャード三世』著／ウィリアム・シェイクスピア、訳／福田恆存(新潮社)
『シェイクスピア全集　ヘンリー五世』著／ウィリアム・シェイクスピア、訳／小田島雄志(白水社)
『ハムレット』著／ウィリアム・シェイクスピア、訳／福田恆存(新潮社)
『オセロー』著／ウィリアム・シェイクスピア、訳／福田恆存(新潮社)
『シェイクスピア全集　オセロー』著／ウィリアム・シェイクスピア、訳／小田島雄志(白水社)
『シェイクスピア全集6　十二夜』著／ウィリアム・シェイクスピア、訳／松岡和子(筑摩書房)
『ヴェニスの商人』著／ウィリアム・シェイクスピア、訳／福田恆存(新潮社)
『シェイクスピア全集　ヴェニスの商人』著／ウィリアム・シェイクスピア、訳／小田島雄志(白水社)
『『リア王』の時代　一六〇六年のシェイクスピア』著／ジェイムズ・シャピロ、訳／河合祥一郎(白水社)
『すべての季節のシェイクスピア』著／松岡和子(筑摩書房)
『世界批評大系6　詩論の現在』著／篠田一士(筑摩書房)
『福田恆存評論集 第十九巻　シェイクスピア解題』著／福田恆存(麗澤大學出版會)
『深読みシェイクスピア』著／松岡和子(新潮社)
『シェイクスピア　人生劇場の達人』著／河合祥一郎(中央公論新社)
『決定版　快読シェイクスピア』著／河合隼雄・松岡和子(新潮社)
『シェイクスピアの正体』著／河合祥一郎(新潮社)
『シェイクスピア』著／福田陸太郎・菊川倫子(清水書院)
『一冊でわかるシェイクスピア作品ガイド37』監修／出口典雄(成美堂出版)
『シェイクスピアハンドブック』
監修／福田恆存、編／入江隆則・臼井善隆・喜志哲雄・中村保男・松原正(三省堂)
『シェイクスピア劇作品における剣　―1590年代英国における剣の表象と文化―』
著／若狭智子(関西大学学術リポジトリ・学位授与番号34416甲第476号)
『King Lear (Oxford School Shakespeare)』
Roma Giill , William Shakespeare(Oxford Univ Pr; Reprint版)
『Romeo and Juliet (Oxford School Shakespeare)』
Roma Giill , William Shakespeare(Oxford Univ Pr; New版)
『Macbeth (Oxford School Shakespeare)』
Roma Giill , William Shakespeare(Oxford Univ Pr; Reprint版)

※この作品はフィクションです。実在の人物・団体・事件などにはいっさい関係ありません。

集英社オレンジ文庫をお買い上げいただき、ありがとうございます。
ご意見・ご感想をお待ちしております。

● あて先
〒101-8050　東京都千代田区一ツ橋2-5-10
集英社オレンジ文庫編集部 気付
菅野　彰先生

シェイクスピア警察

マクベスは世界の王になれるか

集英社
オレンジ文庫

2019年10月23日　第1刷発行

著　者　菅野　彰
発行者　北畠輝幸
発行所　株式会社集英社
〒101-8050東京都千代田区一ツ橋2-5-10
電話【編集部】03-3230-6352
【読者係】03-3230-6080
【販売部】03-3230-6393（書店専用）
印刷所　株式会社美松堂／中央精版印刷株式会社

※定価はカバーに表示してあります

ISBN 978-4-08-680281-9 C0193